目次

金魚《きんぎょ》

母《かあ》さん、母《かあ》さん、
どこへ行《い》た。
紅《あアか》い金魚《きんぎょ》と遊《あそ》びませう。

母《かあ》さん、帰《かへ》らぬ、
さびしいな。
金魚《きんぎょ》を一匹《いっぴき》突《つ》き殺《ころ》す。

まだまだ、帰《かへ》らぬ、
くやしいな。
金魚《きんぎょ》を二匹《にイひき》締《し》め殺《ころ》す。

なぜなぜ、帰《かへ》らぬ、

ひもじいな。
金魚《きんぎょ》を三匹《さんびき》捻《ね》ぢ殺《ころ》す。

涙《なみだ》がこぼれる、
日は暮れる。
紅《あアか》い金魚《きんぎょ》も死《しイ》ぬ、死ぬ。

母《かあ》さん怖《こは》いよ、
眼《め》が光《ひか》る、
ピカピカ、金魚《きんぎょ》の眼《め》が光《ひか》る。

北原白秋

大正八年六月一日刊『赤い鳥』2巻6号

第一部　柳河《やながわ》慕情

曼珠沙華《ひがんばな》

GONSHAN・GONSHAN・何処《どこ》へゆく、
赤い、御墓《おはか》の曼珠沙華《ひがんばな》、
曼珠沙華《ひがんばな》、
けふも手折りに来たわいな。

北原白秋

明治四四年六月五日刊『思ひ出』より一部抜粋

柳河《やながわ》（福岡県柳川市）の河童《かっぱ》は熊本の球磨《くま》川から天草灘《あまくさなだ》を渡ってやって来た。なんでも渡ってきた河童は三匹いるらしい。

信太郎河童は立花伯爵邸の松濤園《しょうとうえん》東深みの三角《みすみ》に棲《す》みついた。和泡坊《わほうぼう》河童は米多比《ねたみ》（福岡県古賀《こが》市）隅に、鬼童丸《おんどうまる》河童は鬼童（福岡県柳川市）口に、それぞれ棲みついたという。

和泡坊といい、鬼童丸といい、その名の響きが、子供の耳にはなんとなくなじまない。

柳河の子供にとって、河童といえば、信太郎河童のことであり、掘割で何かがはねるのを見たりすると、あっ、信太郎が来よったばい、などと騒いだものだった。

いや、ただ、むやみに騒ぎたてただけではない。もう子供時代のことは、はるか歳月のかなたに、おぼろにかすんでしまっているが、実際に、一度ならず、河童の姿を見かけたことがあるような気もする。

なんとも情けないかぎりだが、いまでは年をとって、視力が弱り、もうほとんど何も見ることができない。

もっとも、そんな衰えた視界にも、なにかの拍子で、ぼんやりと陽《ひ》が射したように感じられるときがないでもない。そんなとき、せめて、ものの輪郭《りんかく》なりと見さだめることはできないものか、とあえがんばかりに視線を凝らすのは、われながら浅ましく思えるほどだ。

が、それもほんのつかのまのことで、すぐに滲《にじ》んで、揺れて、もとの闇《やみ》のなかに溶け込んでしまう。

そんなときの情けなさは、言葉ではいいあらわせないぐらいだが、ただ、そのほんの一瞬の光の揺らぎに、柳河の水のきらめきが思い出されることに、かろうじて慰めを得られる。

いうまでもなく柳河は運河の町。運河は矢部《やべ》川に流れを発して、延々とつらなりながら、藩祖《はんそ》をまつる三柱《みはしら》神社をめぐり、町なかを縦横に貫いて、沖《おき》ノ端《はた》で合流したのちに、沖ノ端川にそそぎ込む。沖ノ端川からは海が近く、潮と混じりあい、川口に葦《あし》を茂らせながら、有明《ありあけ》海に向かう……これが柳河。

水の揺らめき、光のきらめきは、季節のうつろうままに、菱《ひし》の葉、蓮《はす》、浮き藻、ウォーターヒアシンスを浮かびあがらせ、それがさながら精妙な更紗《さらさ》模様をあやなしているようにも見える。

隠れ遊びの三味線《しゃみせん》のつまびき、観音講の鉦《かね》の音、ボンボン時計の重い響き、芝居小屋の馬車の喇叭《らっぱ》、手籠《てかご》かかえた菱の実売りの呼び声——はかなく、うつろう季節のなかに、ただ溝渠《ほりわり》の水の匂いだけがひそひそと染み込んでいた。
揺れる柳に、なつかしい白壁の影を映しながら、水は流れながれて、材木置き場、古風な中二階の下、水汲場《くんば》の石段、低い土橋を行きすぎて、水門に渦を巻き、やがては沖ノ端に落ちていく。
柳河を南におよそ半里、一方を海にのぞんで、ここに六騎《ろっきゅ》の町沖ノ端がある。昔、壇《だん》ノ浦《うら》に敗れた落武者六騎が落ちのびてきて、この地に住みつき、村をなしたために、この名があるという。
沖ノ端は寺の町。裏《うら》町の常願寺《じょうがんじ》、正段《しょうだん》の等応寺《とうおうじ》、北《きた》町の長善寺《ちょうぜんじ》、稲荷《いなり》町の光国寺《こうこくじ》、田代《たしろ》町の西福寺《さいふくじ》……いま視力がおとろえ、ぼんやりとかすんだ薄闇のなかにも、水に映えるいらかの輝きだけは、おぼろに銀色に浮かんでいる。
忘れてならないのは、沖ノ端太神宮の裏道を東に抜けた浄土宗一心山専念寺《いっしんざんせんねんじ》。草むす軒の閻魔堂《えんまどう》があり、線香の匂いのこもる墓所があり、いや、ここにはなにより、
二人なる軀《むくろ》は老いよ朽ちぬべき軀《から》はとく老いていけ
法名・釈誓念不退霊信士。なんとしても忘れることのできぬ、青春の万感《ばんかん》の思いの

こもった中島白雨《なかじまはくう》の墓があるのだ。

一

北原白秋《きたはらはくしゅう》が駿河台《するがだい》の杏雲堂《きょううんどう》病院に入院したのは昭和十二年十一月十日のことだ。

この年、白秋は改造社《かいぞう》の『新萬葉集《しんまんようしゅう》』の審査員となり、また福助足袋《ふくすけたび》会社の社歌の制作などもあって、その身辺は多忙をきわめていた。すでに九月には、視力の衰《おとろ》えがいちじるしく、天眼鏡を用いて、かろうじて『新萬葉集』の選歌にあたったという。そして、ようやく選歌の終わった十一月、眼底出血の診断を受け、入院することになったのだ。

直接には、糖尿病と腎臓病が引きおこしたものだが、あるいは、それぱかりではなく、積年の疲労と、『新萬葉集』の選歌をする際の無理がたたったのかもしれない。

白秋はこのとき五十二歳――すでに三年まえに、全十八巻からなる『白秋全集』が刊行され、また、その翌年には白秋生誕五十年記念の催しが日比谷《ひびや》公会堂で開催されるなど、まさにその生涯の絶頂期を迎えつつあった。

それだけにこの白秋の突然の入院は、とりわけ出版界の人間に、少なからぬ衝撃をもたらしたようだ。

北原白秋が歌誌『多磨』を創刊したのはわずかに二年ほどまえのことである。その二年のあいだに、『多磨』は『アララギ』に匹敵するほどの新勢力に育っていて、この一事をもってしても、どんなに白秋がこのころの歌壇に大きな影響力をもっていたか知れようというものだろう。

歌壇、出版界ばかりではなく、日中戦争を背景にひかえた時局もまた、この天才詩人を必要としていた。

いよいよ戦意がたかぶる世相のなか、戦地詠や時局詠、軍歌などがさかんに作られ、発表されている。白秋はたんに歌の作り手としてだけではなく、新聞社や各種機関から、軍歌の選者を依頼されることが少なくなく、その意味からいっても、いまの時局にはなくてはならない存在といえそうだった。

もっとも、白秋自身は時局詠や軍歌を作り、かつ発表することには消極的だった。もちろん表だって、それを口にすることはなかったが、むしろ嫌悪感さえ持っていたのではないか、と思われるふしがある。選考の席などで、歌のよしあしを無視し、もっぱら聖戦推進の立場からのみ、歌を選ぼうとする軍人たちと、ときに激しく対立することがあったというのも、その内心の苦々しさが表れたものにちがいない。

——白秋に軍歌は似合わない。

矢代夕子《やしろゆうこ》はそう考える。

もともと白秋は滅《ほろ》びかけているもの、小さなものに詩魂を求める詩人であって、世をときめくものには何であれ、顔をそむけて生きてきたはずなのだ。故郷柳河を廃市《はいし》と呼び、滅んでいく町と感じたからこそ、詩集『思ひ出』が生まれ、小さなスズメに思いを寄せたからこそ長編散文詩『雀の生活』が発表された。

そのことを考えれば、いまをときめく軍歌などには、嫌悪を抱きこそすれ、愛着を持つはずがなく、もしかしたら、しだいに潤いを失っていくいまの時局が、この大詩人の健康を損ねる遠因になったのではないか、と夕子はそんなことを思いもする。

もちろん、青楓社《せいふう》の女性編集者という立場上、夕子もそのことを軽々しく、口にすることはできない。

青楓社は必ずしも左翼系の著作を専門にする出版社というわけではなかったが、一年ほどまえに出した東大K教授の『戦時リベラリズム』が内務省の発売禁止処分を受け、経営陣は社会科学関係の本を出版するのに臆病になっていた。このころ谷崎潤一郎《たにざきじゆんいちろう》の『文章読本』がベストセラーになり、また岩波の『寺田寅彦《てらだとらひこ》全集』が評判になったこともあって、青楓社としてもいわゆる読本に力を入れることになり、とりあえず北原白秋の本を出してはどうか、という話が持ちあがった。

なにしろ、このころの青楓社の経営状態は最悪で、毎月、社員の給料を支払うのに、ゾッキ屋に在庫品の一部を引き取らせなければならないほどだった。とりあえず白秋の本を出せば、そこそこ売れるだろうし、経営者には、その本を足がかりにして、おいおい読本に進出していこう、という腹づもりがあったようだ。

それまで編集者とは名ばかりで、お茶をいれたり、かんたんな原稿取りをやらされていた夕子が、白秋の担当をまかされることになったのは、なにもその才を認められ、抜擢《ばってき》されたからではない。

夕子の父親は弁護士であるが、祖父の代までさかのぼれば、九州柳河の出身で、いまも本家は当地で造り酒屋を営んでいる。明治三十四年、大火にみまわれ、その後、没落してしまったが、もとはといえば白秋の実家も有名な造り酒屋で、おそらく祖父の代には北原家との交流があったものと思われる。

夕子はまだ一度も行ったことがないが、父親からおりにふれ、柳河のことを聞かされ、数えきれない掘割のなかに横たわるというその町を、なにかはるかな夢の地のように感じながら、育ってきた。

そんな夕子が柳河出身の詩人北原白秋に魅せられないはずがない。まだ訪れたことのない柳河の本家が、造り酒屋の家業を通じて、北原家と交流があった、ということを聞かされればなおさらのこと、白秋という名になにやら郷愁めいたものを覚えるのだ。

あれは十四歳のときだろうか。父の本棚に『思ひ出』という白秋の詩集を見つけ、それを読んだときの感動は忘れられない。明治四十四年の出版になっていたから、ずいぶん古い詩集で、父にとっても、やはり北原白秋は特別な詩人であったらしい。抒情《じょじょう》小曲集とうたわれた『思ひ出』のなかの詩は、どれをとっても夕子を酔わせるものばかりであり、とりわけ柳河風俗詩におさめられたものは、ほとんど魔法の言葉としか思えなかった。

ほうつほうつと蛍《ほたる》が飛ぶ……
しとやかな柳河の水路を、
定紋《ぢやうもん》つけた古い提灯《ちやうちん》が、ぼんやりと、
その舟の芝居もどりの家族を眠らす。

「水路」と名づけられた詩である。
この一節を読んだだけで、夏の掘割に舞うホタルの群れ、太鼓や三味線の囃子《はやし》のなか、あかあかと提灯をともした船の姿が脳裏にまざまざと浮かんできて、そのあざやかさにほとんど息苦しくなるほどだった。
夕子の通っていた女学校は、本科が五年、さらにそのうえに英語部、国語部、家事部の専科が三年あり、専科を卒業したときには満二十歳になっている。ただでさえ専科を卒業した者は、行きおくれ、などと陰口をたたかれることが少なくなかったのに、わがままをいい、出版社に勤めることにしたのは、いつの日か北原白秋に会ってみたい、という子供じみた思いがあったからだ。

入社したときから、夕子は何かにつけて、白秋にたいする自分の特別な思いを口にしてきた。また柳河の本家を通じ、白秋とわずかながらも関係がある、という事情も手伝って、それで出版部の上司は夕子を白秋の担当にすることに決めたのにちがいない。夕子が喜んだことはいうまでもない。ほとんど天にも昇る心地だったといっていい。

――なんとか間にあったわ。

そう思った。

夕子は今年で、満二十二歳になる。

専科に入るのにさえ、嫁に行きおくれるのではないか、と母は渋ったものだ。ましてや、職業婦人になるなどとんでもない、と頭から反対し、どんなに夕子が頼んでも、ガンとして聞き入れてくれようとはしなかった。出版社に勤めるというので、婦人公論の女性記者が作家の有島武郎《ありしまたけお》と情死した事件を思い出すことなどもあったかもしれない。

それを、

「これからの女性は社会のことも知らなければならない。縁談がととのったときには会社を辞める、ということで、好きなようにさせてやればいいではないか」

そうとりなしてくれたのは父親だった。弁護士という仕事柄か、父親はこの時代にあってリベラルな思想の持ち主だった。

入社して二年、ほとんど仕事らしい仕事もしないうちに、今年の夏、夕子は見合いをさせられることになった。

相手は陸軍大学校の若い教官で、いずれは日本公使館付陸軍武官として、外国に派遣されることになるという。どうやら外国に派遣されるまえに、身をかためてしまおう、ということのようで、専科で英語を学んだ夕子がその候補としてあがったらしい。

夕子は軍人は好きではなかったが、陸軍武官は外交官の扱いであるし、なにより外国に行ける、ということが魅力的だった。相手の若者に軍人らしからぬ優しげなところがあるのも気にいったし、そのはにかんだような少年ぽい笑顔も嫌いではなかった。

見合いのあと、その若者とは二度会っている。もちろん、そんなことは顔には出さなかったが、会うのを重ねるうちに、しだいに相手が自分にひかれていくのが、はっきりと分かり、夕子はそのことにも娘らしい満足感を覚えていた。

相手は来年の春にも婚儀をまとめたい意向であった。口に出してはいわないが、おそらく内々で、どこかの国に駐在武官として派遣されるのが決まっているらしい。そのために結婚を急いでいるのだろう。

それもあってか、秋には婚約の運びとなり、来年の春に結婚式をあげることが決まったのだが、せっかく出版社に勤めながら、ろくに仕事らしい仕事もしなかったのが、なんといっても夕子には心残りなことだった。

それが思いがけないことから、北原白秋の担当に選ばれたのだから、夢ではないか、と夕子が喜んだのも当然だろう。

夕子は年内で社を辞めることになっている。本家のつてを頼りに、白秋に青楓社という出版社の名前を知ってもらう、というのがせいぜいできることだろう。実際には、これからの仕事はべつの人間があたることになる。

出版部の上役も、夕子にそれ以上のことは期待していないようだが、彼女としては、なんとか出版の約束だけでも取りつけておきたかった。せめて、そんなことでもやり遂げないと、母親の反対を押しきって、出版社に勤めた意味がない、とそうも考えた。

夕子は友達からよく歌手の渡辺《わたなべ》はま子《こ》に似ているといわれることがあった。自分ではそんなに似ている、とも思わないのだが、たしかに目が大きく、彫りの深い顔だちは、いくらか渡辺はま子に似ているところがあるかもしれない。

夕子は明るく、屈託のない娘だったが、芯《しん》には意外に強情なところもあり、いったんこうと心に決めたら、その道を一心につき進む勁《つよ》さも持っていた。

白秋はこのころ『新萬葉集』の選歌のために、伊豆《いず》長岡《ながおか》温泉に滞在していたのだが、夕子がわざわざ、長岡まで足を運んだりもしたのも、その勁さの表れだったかもしれない。

おそらく、夕子の聡明《そうめい》さと、仕事熱心なことが気にいられたのだろう。もちろん、本家が柳河で造り酒屋を営んでいる、ということも、白秋に気にいられるのに役だったにちがいない。

「『新萬葉集』の選歌が終わったら、十二月に、草木屋から『雀百首』の限定本が出ることになっている。それが終わったら、なにか青楓社で出すものを考えることにしよう」

ついにその約束を取りつけることができ、夕子が有頂天になったその矢先、白秋は眼底出血で杏雲堂病院に入院することになってしまったのだ。

面会が許されてすぐに、夕子は病院に白秋を見舞った。仕事のことよりも、この天才詩人の健康のことが心底から心配だった。

朝から雨が降っていた。女学校の行き帰りに、見慣れているはずの神田《かんだ》のニコライ堂が、この日は雨に濡《ぬ》れ、奇妙に淋《さび》しげなものに見えたのを覚えている。

白秋は起きていた。黒い色眼鏡をかけ、窓の外に降りしきる雨を見ていた。いつもは溢《あふ》れんばかりの生命力を感じさせる人なのに、この日の白秋は、何か気がかりなことでもあるように、ぼんやりと放心していた。

「おかしなものだね。こんなふうに目が不自由になると、なおさら、柳河のことが思い出される。柳河のやなぎのみどりが青々と目のなかに浮かんでくるような気がするんだ」

白秋はそうつぶやいたが、なにか胸がいっぱいになってしまって、夕子はそれには何も返事をすることができなかった。

ただ、

「一日も早く、お体が回復なさるのをお祈りしています」

それだけをいうのが精一杯だった。

青楓社は京橋《きょうばし》にある。

その翌朝、いつものように省線有楽町《しょうせんゆうらくちょう》駅で降り、出社した夕子を、出版部の部長が呼んだ。

「こんなものが届いているんだ。ついうっかりして開封してしまったんだが、かえって、そのほうがよかったかもしれない。悪戯《いたずら》だと思うんだが、どうだろう。ぼくはこんなものは白秋先生に見せる必要はない、と思うんだけどね」

部長はなんとなく冴《さ》えない顔をして、夕子に封筒を渡した。

何の変哲もない、ありふれた封筒だった。青楓社出版部気付で、北原白秋宛になっている。いかにも稚拙《ちせつ》な筆致だったが、これは意識して、字を崩したのかもしれない、とそうも感じられた。

青楓社では月ぎめで、朝日と、東日に、月一回一面全三段の広告を出している。今月には北原白秋の出版予定があることも広告に載せたから、おそらくそれを見て、青楓社気付で、白秋への手紙を送ってきたのにちがいない。

「…………」

夕子は部長の顔を見た。かまわないから読んでみろ、というように、部長はうなずいて見せた。

夕子は封筒のなかを覗《のぞ》いた。なかには便箋《びんせん》が一枚入っているだけだ。便箋には、これもやはり、稚拙な筆致で、短く、これだけが書かれてあった。

おまへは中島白雨の才能を盗んだ。おまへがいまあるのはすべて中島白雨の才があつたればこそのことだ。忘れるな。おまへの栄光、おまへの名誉は、本来、すべて中島白雨に帰せられるべきものなのだ。

白霧《はくむ》

「中島白雨……白霧……」

夕子はぼんやりと部長の顔を見た。なんだか自分がひどく悪い冗談のなかにいるような気がした。

「こんな連中がよくいるんだよ。頭がおかしいのかもしれない。有名人がねたましくてならないんだな。それで、こんな妄想めいたことを書いてくる。こんな手紙、白秋先生には内緒で、こちらで握りつぶしてしまってもいいと思うんだけどね」

部長は憂鬱《ゆううつ》げな顔になっていた。

「ええ、かまわないと思います。いまはそうでなくても、先生、大変なときなんですもの。こんな先生を中傷するような手紙、わざわざお見せすることはないと思います」

夕子はそう返事をしたが、どうしてか、このとき彼女が思い出していたのは、病室で、窓の外に降りしきる雨を見つめていた白秋の姿だった。柳河のやなぎのみどりが青々と目のなかに浮かんでくる、とそうつぶやいた白秋の声だった……

二

……いま、暗くかすんだ視界のなかに、遠い日の、造り酒倉の情景が、ぼんやりと幻灯のように浮かんでいる。柳河の水の流れと、この酒倉の情景だけは、どんなに視力がおとろえても、ありありと見ることができる。

明治のそのころには洗米機などという便利なものはなく、酒倉の米は、百日ばたらきの男たちが素足で洗わなければならなかった。木の小桶《こおけ》に一斗の上米を入れ、それを踏み洗いし、踏み洗いし、それこそ足が白くふやけてしまうまで、男たちは懸命に働いた。もうほとんど歌の内容は忘れてしまったが、その独特な哀調をおびた米洗唄の旋律は、いまも頭のどこかにこびりついているようだ。

いや、覚えているのは米洗唄ばかりではない。蒸し米を半切りに入れ、それを長い櫂棒《かいぼう》でかきまわし、酛《もと》をつくるときの酛すり唄も、どうやら頭のなかに残っているらしい。実際には、そんなはずはないのに、この酛すり唄も、哀《かな》しげな唄として記憶に残っているのは、その後のあの沖ノ端の大火の思い出があるからだろう。

どんなに歳をとっても、あの日を忘れられるものではない。明治三十四年三月三十日。あの日、北町からの飛び火で北原家は火事にみまわれた。新酒が二千石あまりに、その六尺桶を収容するワラ葺《ぶ》き小屋が十数棟、それこそ火薬庫に火を投げ込んだようなもので、たまったものではない。北原家は、わずかに母屋を残し、寝蔵家《いぐらいえ》といわず、臨設小屋といわず、ほぼ全焼してしまった。

これを俗に「虎助《とらすけ》火事」ともいう。なにしろ一町歩《ちょうぶ》にもわたって並んでいる酒蔵がことごとく燃えてしまったのだ。こんな派手な火事はあるまい。酒に引火する。大砲を撃つような轟音《ごうおん》とともに炎があかあかと噴きあがる。酒蔵から流れ出した酒は、道と溝に溢れ、ヤジ馬たちはこれを飲んで、笑い、気勢をあげた。

いま思い出しても、それは遠く、陽気な、おとぎ話の祭りの光景ででもあったかのように感じられる。ポンポンと陽気に打ちあげられる花火に、ふるまい酒に騒ぐ酔っぱらいたち。ときは三月、花の季節であれば、ここにサクラの花をあしらってやっても、ふしぎはあるまい。

しかし、その華やかさのなかに一抹の淋しさのようなものを感じさせるのは、それが北原家の没落を告げる、いわば落日の祭りででもあったからだろう。

もちろん北原家の人間はなんとかして、この火事の痛手から立ちなおろうとはしたのだが、いったん傾きかけた家運はどうすることもできず、ついにそのまま再起することができなかった。

この世のことはすべて、糸をつむいで一枚の布を織《お》るようなもので、これからあれに、あれからこれに、次から次に模様があやなされていき、決して機《はた》織りの音がとだえることはない。そのときには何でもなく思われたものが、しだいに運命の縦糸、横糸とからまりあっていき、いずれは思いもよらぬ模様を織りあげることになる。後から思い起こしてみれば、人生のどんな些細《ささい》な、細い糸さえも、あだやおろそかにされていないことに気がつき、そのことにあらためて驚かされる。

もっとも、これはまがりなりにも数十年を生きて、こうして目がおとろえ、足腰が弱ってきて初めて気がつくことで、若いときにはただもう、その場その場をしのいでやり過ごすのに精一杯で、自分がどんな柄の布をつむいでいるのか、そのことを考えるだけの余裕はなかった。

いまから考えれば、あの「虎助火事」はたんに北原家の没落を呼んだばかりではなく、それから三年後、ひとりの若者を死に追いやる遠因となったといえないこともない。明治三十七年二月十三日、ひとりの天才詩人がみずからの頸部《けいぶ》を短刀で刺し、無残に滅んだ。満十七歳九カ月。白雨が死んで、白秋が生き残った。これが逆にならなかったのは、たんなる偶然のことでしかない……


……夕子の家は渋谷《しぶや》にある。

二十坪ほどの小さな借家で、両親、それに十二歳になる弟の、四人家族だった。

父はつつましやかな、もの静かな人で、弁護士を自分の天性の仕事とこころえ、決して利をむさぼるようなことはしない。酒も飲まず、煙草もたしなまず、唯一の楽しみといえば、休日の朝湯ぐらいなものなのだが、それも今年の十月、公衆浴場の朝湯が廃止されるまでのことだった。

夕子はこの父親が怒ったところを見たことがない。いつも辛抱強く、努力家で、どんなときにもよく考えるこの父親を、夕子は誰よりも尊敬している。

弁護士という仕事をしていながら、いつまでたっても小さな借家住まいをつづけなければならないのは、よほど金儲《かねもう》けが下手なのだろうが、母親はそのことでは決して不満を洩《も》らそうとはしなかった。

夕子は自分の家族を誇りにしている。いずれ結婚したときには、自分もこんな家族を持ちたい、とそう考えていた。

白秋を病院に見舞った二日後、夕子は父親に書斎に呼ばれた。そして、柳河に行ってみる気はないか、といきなりそういわれたのだ。夕子は自分の耳を疑った。

「一週間ほどまえ柳河の綺羅《きら》家から手紙が届いた。鈴《すず》さんの名になっているが、どうも番頭が代筆したものらしい。手紙だけでは、詳しいことは分からないのだが、なんでも鈴さんが二階の階段から落ちたんだそうだ。さいわい命には別状はなかったらしいが、なにぶんにも鈴さんももう六十に近い。それ以後、体調が思わしくなくて、寝たり起きたりの生活をつづけているということだ」

「鈴さんが……」

夕子は驚いたが、実際には、ときおり父親から話を聞くことがあるだけで、これまで鈴という女性には一度も会ったことがない。写真を見たことはあっても、それも二十年以上もまえの、父が母と結婚し、柳河の本家に挨拶《あいさつ》に行ったときのものを見せられたことがあるだけだ。

祖父が矢代家に養子に入ったために、姓は違っているが、柳河の綺羅家が父方の本家であることに変わりはない。鈴は十年まえに夫に先立たれ、子供がいなかったために、綺羅家を家督相続し、それ以後、女手ひとつで造り酒屋の大所帯を切りまわしてきた。

「しかし、鈴さんもそんなことで、体が思うようにならないので、隠居して、家督相続をすることに決めたらしい。あれだけの資産をそっくりそのまま譲り渡すことに決めたということだ」

「まあ、でも、鈴さんはどなたに家督相続なさるおつもりなんでしょう？　鈴さんにはお子さんはいらっしゃらないのでしょう」

「それがいたらしいんだ。いや、鈴さんの子供じゃなくて、亡くなった連れあいに、なんといったらいいのか、庶子《しょし》がいたらしいんだな」

夕子のまえをとりつくろってか、父はいかにも弁護士らしい、持ってまわった言葉を使ったが、要するに妾《めかけ》の子ということだろう。

このころの法律では、父親が認めた私生児は庶子と呼ばれ、正妻の嫡子《ちゃくし》とは区別して考えられた。これも、このころの法律で、家督相続は戸主の交代のことを指し、戸主が死亡、あるいは隠居するときに、その地位と財産を相続させることになっている。家督相続はひとりにかぎられ、嫡出の長男が第一順位、嫡出の長男が死亡し、その子供もいないときには、嫡出の次男、嫡出の三男と順位がさだめられ、嫡子がいないときにのみ、庶子にも相続の権利が生じる。

嫡子も、庶子もいないとき、はじめて妻が相続人として認められるのであるが、鈴の場合には、死んだ夫に子供がいないとされ、家督相続を許されたのだった。

しかし、亡夫に庶子がいたのだとすれば、そもそも鈴が家督相続をしたこと自体、誤りだったということになる。

夕子がその疑問を口にすると、

「さっきもいったように、手紙だけでは詳しい事情は分からない。わたしにも何ともいえないんだよ。文面から察するに、鈴さんも死んだ連れあいに子供がいたことは最近まで知らなかったようだ。なんでも二十歳を過ぎたばかりの若者だということなんだが」

父親はそこでお茶を飲み、ちょっと考えるような目つきになって、

「要するに、健康はすぐれないし、跡継ぎはできたしで、鈴さんも家督相続を考えたんだろう。もっとも鈴さんにはふたりの弟がいる。このふたりの弟がなかなか家督相続に賛成しないらしいんだ」

「鈴さんのお話はよくお父さまからうかがったけど、弟さんたちのことは、これまであまりお話しにはなりませんでしたわね」

「わたしもよく知らないんだよ——長男の稔《みのる》さんはもともと柳河の中学伝習館《でんしゅうかん》の教諭をしていたんだが、鈴さんのご亭主が亡くなってからは、教諭を辞め、鈴さんの造り酒屋の手伝いをしている。ああ、そうだ。この伝習館は白秋先生が学んだ中学なんだよ。もっとも卒業はしていないらしいけどね。次男の守《まもる》さんはずいぶんとやり手で、東京に出て、事業をおこし、いまは横浜《よこはま》の鶴見《つるみ》のほうで機械工場を経営しているらしい。『海軍御用』の軍需工場だというから、いまはうけにいってるんじゃないかな」

「そのおふたりが鈴さんの家督相続に反対なさっているんですか」

「うん、どうもそういうことらしい。なにしろ毎年、二千石の新酒を出荷する大きな造り酒屋なんだからね。人間、どうしても欲がからんでくる。この庶子の若者が登場しなければ、鈴さんは家督をさしずめ稔さんあたりに譲ったにちがいないんだ。それが駄目だということになれば、弟さんたちも黙ってはいられなくなったんだろう――」

父親は眉をひそめて、

「それで守さんもわざわざ柳河まで出向いていったらしい。一族が一堂に会したということなんだろうね。裁判所に調停を依頼し、親族会を組織したらしいのだが、弁護士としていわせてもらえば、この親族会制度というのが、なんとも欠点の多い制度なんだ。いたずらに形式にとらわれるばかりで、問題の解決にはほとんど何の役にもたたない」

「いやなお話ですわ」

「うん、いやな話だ。そんなことで、柳河のほうでは、わたしにも親族会に立ち会って欲しいようなことを書いてきたんだ。べつだん、わたしが弁護士だからということではなく、あとに妙なしこりを残さないために、ひとりでも多く、身内が立ち会ったほうがいい、とそう考えたらしいんだがね。あいにくなことに、わたしはいま仕事が忙しくて、東京を離れるわけにはいかない」

「それでわたしにお父様のかわりに柳河に行けとそうおっしゃるんですか」

「ああ、そうしてくれれば助かる。とりあえず本家への義理もたつしね」

「でも、わたしなんかが行って、先様にご迷惑になるのではないでしょうか」

「そんなことはないさ。きみは綺羅家の親戚の娘なんだから。鈴さんにしてみれば、親族会に立ち会うのは、べつだん、わたしでなくてもいいんだ。利害関係のない、冷静な第三者が欲しいんだろう。親族会に親族以外の縁故者が加わるのは何もめずらしいことではないんだからね」

父は微笑《ほほえ》んだ。まだ夕子が幼いころ、父はよく彼女を膝に抱きあげ、そうして笑いかけてくれたものだ。

「それに、きみは一度、柳河に行きたいとそういってたじゃないか。日本の婦人は、いったん家庭を持ってしまえば、もう自分の好きに旅行もできなくなってしまう。特に、いまはこんなご時世だしね――いい機会だから、行きたいところには行ってみることだ。きみの大好きな白秋先生の故郷じゃないか。以前、北原家が造り酒屋をやっていたときには、綺羅家ともつきあいがあったと聞いている。なにか白秋先生の子供のころのおもしろい話でも聞けるかもしれないよ」

「…………」

どうやら、これは結婚まえに夕子に柳河を見せてやりたい、という父親の心尽くしであるらしい。婚礼をひかえた若い女がひとりで九州に行くなど、母親はずいぶん反対したはずだが、おそらくそれも父親が説得してくれたのだろう。

いつもながらの父の優しさに、ふと夕子は涙ぐむような思いにみまわれた。

「お父様がそうまでおっしゃってくださるなら、わたし、柳河に行かせていただきます。いま白秋先生はあんなご病気ですし、帰ってから、柳河の話を聞かせてさしあげれば、きっとお喜びになられると思いますわ」

「ああ、そうしなさい。そうしなさい」

と、父は笑ってうなずいたが、すぐにその顔を引きしめて、

「ただ、なにぶん家督相続がからんでいることだからね。あれこれとむずかしいこともあるだろう。向こうにいったら、できるだけ綺羅家のことは見てみないふりをしていたほうがいい。きみのことだから、そんなことはないと思うが、よけいなことをして、妙な恨みを買うようなことにでもなったらつまらないからね。気をつけることだ。なにしろ、向こうには脅迫状のようなものも舞い込んでいるということだし」

「脅迫状？」

「うん、これも手紙に一行、二行、記されていただけで、詳しいことは分からないのだが、なんでも妙な手紙が綺羅家に届いたということだ。差出人は白い霧、白霧とだけ記されていたというんだがね」

「白霧……」

夕子はわずかに自分の顔がこわばるのを感じた。青楓社に届いたあの妙な手紙も、やは

り差出人は白霧と記されていたのではなかったか。

「どうかしたのかね？」

夕子の顔色が変わったのに気がついたのだろう。けげんそうな表情になり、父がそう尋ねてきた。

「その白霧という人だったら、会社のほうにも手紙を送ってきました。青楓社気付の、白秋先生への手紙だったんですけど」

「なんだって」

父の顔色が変わった。

「どういうことなんだ。よく話が分かるように説明してくれないか」

「ええ」

夕子はうなずき、青楓社に届けられた手紙のことを話した。

そうして話しているあいだにも白霧の響きが頭にこびりついて離れなかった。はくむがあくむに聞こえたのだった。悪夢だ。

三

その翌日、夕子は杏雲堂病院の白秋を見舞った。看護婦に見舞いの品だけ託して、すぐに辞するつもりだったのだが、今日は白秋の体調がいいとかで、病室に招き入れられた。

もっとも、いざ実際に会ってみると、とりたてて白秋の体調がいいようには見えなかった。ベッドのうえに上半身を起こしてはいるが、口数も少なく、白秋のいつもの生気が感じられない。色眼鏡をかけているから、なおさらそんなふうに感じられるのか。その日はぼんやりと力がなく、焦点を失っているように思えた。

こんな気弱げな白秋の姿を見るのが忍びなかった。相手が若い女であればなおさらのこと、白秋はこんな衰えた姿を見せたくはなかったはずだ。

——やっぱり病室におじゃまするんじゃなかった。

夕子は自分がずいぶん心ない仕打ちをしてしまったような罪悪感にかられた。白秋を疲れさせたくはない。柳河に行くことになったのだけを報告し、すぐに病室を出るつもりだった。

「なにか柳河から買って帰るものはないでしょうか？　先生のお好きなものがあれば、どんなものでもお持ちしますけど」

夕子がそう尋ねたのに、白秋はすぐには返事をしなかった。あいかわらず、ぼんやりと放心したような目を向けているだけだ。

「そうか、柳河に行くのか……」

やがて白秋はつぶやいた。夕子に、というより、自分自身に向かってつぶやいた言葉のようにも感じられた。

「きみ、知っているかい。柳河にはね、幽霊が出るんだよ」

「は？」

「柳河には幽霊が出るんだ」

「…………」

どういうつもりで、白秋がそんなことをいったのか、夕子には分からなかった。白秋自身にも説明するつもりはないようだ。

――後には昼の日なかにも蒼白《あおじろ》い幽霊を見るやうになつた。

そういえば、白秋が故郷の柳河のことを記した文章の一節に、そんなくだりがあったような気がする。昼の日なかの蒼白い幽霊。あれは『思ひ出』の巻頭に載せられた「わが生ひたち」のなかに記されていたのではなかったか。

「わが生ひたち」によれば、白秋は子供のときに幽霊を見たという。いま五十二歳の冬を迎えて、目をわずらい、病床に横たわりながら、白秋はふたたび、その蒼白い幽霊を見ることになったのだろうか？　そうだとすれば、それは誰の幽霊なのだろう。

もちろん、そんな立ち入ったことを白秋に尋ねるわけにはいかない。いや、よしんば尋ねたところで、白秋がそれに答えてくれるとも思えなかった。

何も訊《き》かないほうがよさそうだ。何も訊かずに帰ったほうがいい。

「わたくし、そろそろ失礼させていただきます」

夕子がそういったときのことだ。

ノックの音が聞こえ、白秋が返事をするまえに、ドアが開けられた。

若い男が顔を覗かせた。

その顔はなかばドアに隠され、ほとんど見てとることができなかった。が、ドアのかげのなか、その右頰から顎《あご》にかけて、薄い傷あとが走っているのが、妙にあざやかに浮かびあがって、一瞬、夕子はたじろいだ。

どうやら、若い男のほうでも病室に白秋以外の人間がいるとは予想していなかったらしい。ひどく慌てた様子で、一言も口をきかずに、ドアを閉めてしまった。

しかし、そのとき夕子は白秋がこうつぶやくのを聞いたのだ。それはほとんど聞きとれるかどうかの低い声だったが、白秋はたしかにこうつぶやいた。

「白霧」

夕子は白秋の顔を見た。

が、白秋の黒眼鏡に隠された顔からは、どんな感情も読みとることができなかった。あいかわらず、しんと沈んだ、静かな表情をしている。

その顔を見ているうちに、白秋がほんとうに「白霧」とつぶやいたのかどうか、夕子に

もそれが分からなくなってしまった。そのことをたしかめたくて、

「いまの方、先生の御存知の方なんでしょうか?」

夕子はそう尋ねた。

「いや、見たことのない人だ。病室を間違えたかどうかしたのでしょう」

白秋はそう首を振ったが、その言葉は弱々しく、妙に力が感じられなかった。

——先生は嘘《うそ》をついていらっしゃる。

夕子はほとんど直観的にそう感じた。白秋はやはり、いまの若者の顔を見て、「白霧」とつぶやいたのだ。

どうして、そんなことで白秋が嘘をつかなければならないのか? もちろん、それは白秋がなんらかのことで白霧と称する人物に脅迫されているからだろう。

もしかしたら、いまの若者がその白霧で、あの得体の知れない脅迫状を出した当人であるかもしれない。いや、このことをどう考えたらいいのか、夕子もただ混乱するばかりなのだが、白霧と称する人物は、白秋ばかりではなく、柳河の綺羅家にも妙な手紙を出しているという。

——いまの若者は何者なのだろう? 白霧とは何者なのだろう?

どうしても、そのことを知りたいという思いにかられた。

夕子は挨拶もそこそこにして白秋の病室を出た。なんとしても、いまの若者が誰である

のか、それを突きとめたかったのだ。

もちろん、いつもの夕子であれば、敬愛する大詩人にたいして、決してこんな失礼なことはしなかったろう。

しかし、それも白秋の身を案ずればこそのことであり、また、綺羅家の血筋を引く人間のひとりとしても、このまま白霧という人物を見過ごしにはできなかったのだ。

四

若者のあとを追った。

あとから考えれば、よくそんな無鉄砲なことができたものだと、自分でもあきれるのだが、そのときには白霧という人物の正体を知りたくて、ほとんど無我夢中になってしまっていた。

もちろん、いくら夕子でも、これが夜であれば、とてもそんな勇気は出なかったにちがいない。まだ午後の明るいうちだったから、なんとか若者のあとをつける気にもなったのだろう。

若者は新宿《しんじゆく》に出た。

夕子はこの新宿という街をほとんど知らない。若者がどちらに向かっているのか見当もつかず、ただ、その姿を見失わないようにするのが精一杯だった。

交差点のベルが鳴り、電車、自動車、自転車、それに歩行者たちが、ドッと堰《せき》を切ったように通りにあふれる。その度ごとに、若者の姿を見失ってしまいそうで、こんなことに慣れていない夕子は、ひどく神経を消耗させられる思いがした。

若者は背広に、外套《がいとう》を着て、ソフト帽を被《かぶ》っている。十一月のこの季節には、ありふれた格好だが、そのありふれた格好が、いかにもいたについていない。なんとなく借り物めいて、ぎこちない印象があるのだ。

住友《すみとも》銀行、安田《やすだ》銀行と抜け、これだけは夕子も知っている紀伊國屋《きのくにや》のまえを通りすぎると、そこに電車の車庫がある。若者はその車庫の横の道に入っていった。

もちろん、夕子もそのあとを追ったが、いったん裏通りに入ると、一変して、淋しい町並みに変わった。

ほとんど人通りもない。屋台食堂というのだろうか。コンクリートの塀に沿って、ライスカレー、牛めし、カツ丼、ワンタンなどと書かれた暖簾《のれん》の下がった屋台が何台も置かれてある。アセチレンのランプが淋しげに下がっていた。

ここで商売しているのか、それとも夜になれば、これらの屋台をどこか盛り場に引き出すのか。それは夕子にはなんとも分からないことだ。ただ、若い女がめったに足を踏み入れることがない場所に入り込んでしまったことを知って、なんとはなしに心細い思いにみまわれた。

その塀がつきると、トタン葺きの低い家並みがつづいて、見上げるものといえば湯屋の煙突ぐらい。ところどころに草の生えた空き地があり、そこで子供たちがデッド・ボールや、メンコをして遊んでいる。

若者はのんきたらしく、子供たちの遊びを覗き込んだり、路地口に貼《は》られた〝人情紙風船〟や、〝浅草《あさくさ》の灯〟の映画ポスターをしげしげと見つめたりしながら、裏通りに踏み込んでいく。

そんなふうにして二十分ほども歩いたろうか。横町に入った突き当たりに、ネコの額ほどの空き地があり、そこにセメント造りのアパートが建っていた。

このところ、東京のいたるところに急速に増えてきた、安直な二階建てのアパートだ。博覧会の売店バラックのような安普請で、それでもペンキで外壁を白く塗って、消し忘れた灯のなかにうっすらと土曜荘アパートの名が浮かんでいる。

若者はチラリと左右に目を走らせた。夕子は急いで物陰に身を隠したから、若者には気がつかれなかったはずだが、それでも胸がドキドキと高まるのを覚えた。若者はアパートのなかに入っていった。

あの若者はこのアパートに住んでいるのだろうか。いや、それにしては、アパートに入るのに、あたりの様子をうかがったようなのが、なんとも解せない。

夕子はためらったが、それもほんのわずかな時間のことだった。思い切って、引き戸を開け、なかに踏み込んだ。

玄関に、室の番号を記した大きな下駄箱があり、その四号室と書かれた箱のなかに、いまの若者の見覚えのある靴が突っ込まれてあった。

それでは、あの若者はやはりこのアパートに住んでいるのだろうか？

玄関には汚いスリッパが散乱している。外来者は、このスリッパを使え、ということなのだろうが、どれも足の脂が染み込んだようなスリッパで、いかにも履くのが気持ち悪い。やむをえず靴下のままで上がり込んだ。

四号室は二階にあるらしい。狭い階段を上がりきったところ、廊下の端に、炊事場があり、薬缶《やかん》がコンロにかけられていた。ぼんやりと西日が射し込んで、その薬缶が鈍い光を放っている。

どこからか、これはラジオか、蓄音器なのか、流行歌《はやりうた》が聞こえている。どうやら上原敏《うえはらびん》の『妻恋道中』のようだ。

廊下には、妙な、すえたような臭《にお》いがこもっていて、全体に、なんとなく荒廃した雰囲気が感じられる。いつもの夕子なら、とてもこの不潔さには我慢ができなかったろうが、いまは白霧という人物の正体を知りたい、という思いのほうが強かった。

四号室は、廊下の突き当たりにある。ドアの脇に、宮口《みやぐち》、とエンピツで書かれた紙が、ピンでとめられてあった。

それでは、あの若者は宮口というのだろうか。それとも、たんに若者は宮口という人物を訪ねてきたにすぎないのか。

ドアがわずかに開いていた。

さすがに夕子は迷ったが、見とがめられたら、部屋を間違えました、といえば、それで何とか言い逃れができるのではないか。ここはどうしてもあの若者の正体を知らなければならない。そうでなければ、わざわざ、こんなところまで若者を尾行してきた意味がないだろう。

夕子は思いきって、ノブに手をかけ、ドアを押してみた。

あとから考えれば、そのとき悲鳴をあげなかったのがふしぎだった。いや、あまりに思いがけないものを見て、一瞬、現実感を失ってしまったのかもしれない。自分がなにか悪い夢のなかに踏み込んでしまったかのように感じていた。

四畳半一室、入り口に、押し入れを加えても、全体で三坪にはならないだろう。粗末な卓袱台《ちゃぶだい》がある以外は、家具らしいものは何もない。

その狭い部屋のなか、薄日が射し込んでいるなかに、うつ伏せになって、ひとりの男が倒れている。その口のまわり、汚れた畳のうえに、赤黒いものが散っているのは血を吐いたあとのようだ。

あらためてたしかめてみるまでもない。男は死んでいた。カッと見ひらいた目は、しかし虚《うつ》ろで、ただ、その顔に苦悶《くもん》の表情だけを刻んでいる。かすりの着物に、兵児《へこ》帯、三十がらみの男だった。その胸をあられもなくはだけているのは、よほど苦しんで、胸を掻《か》きむしったからにちがいない。

男のまわりに散っているのは血だけではない。おそらく百円ぐらいはあるだろう。札が散っていて、その札の一枚が、やはり血で汚れているのを見て、夕子はなにか総毛だつような思いにみまわれた。

いや、これも妙な話だが、なにより恐ろしかったのは、その男が死んでいることではなかった。窓の下にガラスの金魚鉢がある。その金魚鉢のなかで、一匹の金魚が腹を上にし、プカリと浮かんでいた。死んでいるのだ。どうしてか、その金魚が死んでいるのが、男が死んでいるのよりも、なおさら夕子には恐ろしいことに思われたのだった。

ガタンと音がした。押し入れのなかから男が出てきた。あの若い男だ。髪の毛が長く、童顔といってもいい顔だちをしている。若者はそのまま腰をかがめて、畳のうえの札びらを拾い始めた。すぐ横で人が死んでいるというのに、なんとも浅ましい姿だった。

自分では気がつかなかったが、どうやら夕子はそのとき声をあげたらしい。

若者はギクリと顔をあげ、夕子を見つめた。さすがに驚いたらしい。その口をあんぐりと開けた。

そして、自分が札を拾い集めているのを見られたことに気がついたようだ。一瞬、夕子の顔から札びら、札びらから夕子の顔へと、あわただしく視線を動かし、

「いや、これは違うんです。誤解しないでください」

そう悲鳴のような声をあげた。

「この男は青酸カリで殺されていて、ぼくは、その、それを確認するために——」

しかし、夕子は若者が叫ぶのを最後まで聞いてはいなかった。若者が死んだ男のすぐそばで、札びらを拾い集めているのが、なんとも浅ましく、恐ろしくて、それ以上、その姿を見ているのに耐えられなかったのだ。後ずさり、パッときびすを返すと、部屋から逃げ出した。

「違うんです。違うんです。誤解しないでください」

若者の悲鳴のような声が追いすがってきたが、夕子はもう後ろを見ようともしなかった。

アパートの外に走り出て、公衆電話のボックスを探した。路地口の角に木造の電話ボックスがあった。そのなかに飛び込んで、受話器を取り、なんばん、なんばん、と交換手の声が聞こえたとたん、

「警察をお願いします」

ほとんど叫ぶような声でそういった。

五

……酒の名は「潮《うしお》」——沖ノ端の大火に、酒蔵から金色の日本酒が流れだし、掘割を満たし、泉水に注がれ、それが真っ青に燃えあがる炎に、泡立ち、沸騰した。いま、無力におとろえた目のなかに、あのときの消防の刺子姿の、あざやかに炎に映える赤い色が、ありありと滲《にじ》んでいる。曼珠沙華《ひがんばな》の花のように。

これを何かの暗合と考えるもよし、あの大火のときには、「潮」に酔った魚がおびただしく水面に浮かんできたものだ。魚たちの白い腹にもやはり炎の色があかあかと映えていた。酒の流れに口をつけて飲んだ六騎の男たちは、したたかに酔いしれ、酒《さか》樽《だる》を太鼓がわりに打ち鳴らし、舞い、仏壇の扉を剝《は》がすような、狼藉《ろうぜき》のかぎりをつくした。

しかし、どんなに酔いしれても、しょせん酒の酔いなどはかないもの、翌日にはすっかりしらふに覚めはてて、重い頭にうめきながら、ただぼんやりと、柳河にほのかに咲いたウォーターヒアシンスを見つめるばかり。男たちのその腑《ふ》抜《ぬ》けたさまは、ただ惨めで、ことさらに祭りのあとの虚《むな》しさなどというのも愚かしい。

酔って、酔って、酔いしれて、それでも覚めない酔いを追い求め、その狂おしい彷《ほう》徨《こう》の果てに、ついに見出したのが与謝野鉄幹《よさのてっかん》の『明星《みょうじょう》』だった。薄田泣菫《すすきだきゅうきん》の「夕《ゆうべ》の歌」、島崎藤村《しまざきとうそん》の「旅情」、その浪漫に心ふるわせ、とりわけ忘れられないのが鳳晶《ほうあき》子《こ》、前髪のみだれし額をまかせたるその夜の御胸ああ熱かりし、のちの与謝野晶子の歌なのだった。

　北原家の没落を、沈んでいく太陽の照り返しのように浴びながら、そこに燦然《さんぜん》と輝いたのが、伝習館中学の若い文学グループで、この早熟な中学生たちは、藤村の『若菜集』を耽読《たんどく》し、晶子の「みだれ髪」に胸をふるわせた。当時、柳河の小道具小路に相浦忠蔵書店という本屋があったが、ここでは久留米《くるめ》よりも、福岡よりも、文学書がよく売れたという。

　文学に憑《つ》かれた若者たちは、たがいに籤引《くじび》きで、「白」を頭にしたペンネームをつけあって、これがすなわち白秋の由来、このときをさかいにし、造り酒屋の長男北原隆吉《りゅうきち》はこの世からきれいに姿を消してしまったといっていい。

　忘れてはならないのが中島鎮夫《しずお》、グループのなかでもきわだった才を示して、回覧誌『常盤木《ときわぎ》』、同人雑誌『文庫』にあいついで詩歌を発表し、十七歳の晩年にはポーの「初戀《はつこい》」を流麗な筆致で翻訳するという偉業をなしとげている。これがすなわち中島白雨で、自分の決して短くはない生涯で、ただひとり、天才の名を挙げよ、といわれれば、ためらうことなく、この若者の名を口にしよう。目を患い、視力がふがいなくおとろえても、中島白雨のあの若々しい顔だけは、あざやかに瞼《まぶた》の裏につむぎ出すことができるのだ。

そのほかの、伝習館中学の文学少年の名をつらねれば、白蝶が由布熊次郎、白葉が藤木秀吉、白月が桜庭純三、白川が立花親民、いずれも早熟な少年たちのなかにあって、悪夢と韻《いん》を踏む、白霧の名だけは、ここに記すのがはばかられる。あとから考えれば、あのころから白霧は文学グループ、とりわけ中島白雨のうえに、暗い影を落としていて、あれから三十五年をへたいまになり、視力がおとろえ、立ちふるまいさえ不自由になった自分のうえにも、その不吉な影を投げかけているのだ。

白霧に呪《のろ》われて、十七歳の白雨がみずから頸《くび》を切り、自刃したように、自分もまた白霧に滅ぼされることになるかもしれない。あるいはそれもまた前世の行きがかりというものだろうか……

……関門海峡を渡り、筑紫潟《ちくしがた》にけむる霞《かすみ》を見たとき、ようやく自分が九州に入ったのだという実感を得ることができた。はるばると東京を離れ、列車に揺られつづけること数十時間、夕子にとってこれは生まれて初めての大旅行といえた。

――わたしは柳河に行くのだ。

そう思うと、娘ひとりの長旅の心細さも忘れ、胸のなかに泡だつ喜びに、ほとんど歌いだしたくなるほどだった。

この日は大牟田《おおむた》に下車、南関《なんかん》泊まり、柳河に足を踏み入れるのは、明日ということになる。

若い女のひとり旅で、旅館に泊まっても、湯に入り、夕食をいただけば、もうほかには何もすることがない。家族、友人への手紙をしたためても、まだ寝につくまでには時間があまり、こんなこともあろうかと、持参してきた白秋の『思ひ出』をひもといてみた。

……時は逝く、何時しらず柔かに影してぞゆく、
時は逝く、赤き蒸汽の船腹の過ぎゆくごとく。

これでもう何度めになるか、『思ひ出』の「わが生ひたち」に記された冒頭のその詩を読むだけで、もう思いは、まだ見ぬ柳河に飛んでいき、明日にはその地を踏むことができるというわが身の幸運が信じられないような気持ちになってしまう。

ただ、その喜びの念に、思う存分、身をゆだねることができないのは、あの新宿のアパートで変死した男の姿が、そこに暗い影を投げかけているからだった。

夕子は電話で警察に、男が死んでいることだけを告げ、自分の名を告げようとはしなかった。もちろん、事件に関わりあいになるのを嫌ったからであるが、こんなことで北原白

秋の名を汚すことになるのを恐れる気持ちもないではなかった。

あの次の日、夕子は息をひそめるような気持ちで、新聞を拡げた。そんなはずはないのに、もしかしたら、警察に電話をした自分の名が新聞に載っているのではないか、とそんなおびえる思いがあった。

しかし、新聞はいつものようにもっぱら時局問題を大々的に取りあげていて、市井《しせい》の片隅で起こった殺人事件など、ほとんど問題にもしていなかった。とりわけ大きな、躍るような活字で、第一回の大本営御前会議のことが報じられていて、南京《ナンキン》攻略のことが取りあげられていた。作戦地域の制限を解除する、というのは、要するに、南京を攻略するということなのだろう。

「また、大勢の人間が死ぬことになる」

夕子に新聞を渡しながら、父が顔をしかめて、そんなことをいった。これには、将来、海軍の軍人になるのを志している弟が、露骨にいやな顔をし、こんなことで父子の仲がぎくしゃくするのが、夕子にはなんとも悲しいものに思われたことだった。

八月、海軍中尉の射殺事件に端を発した第二次上海《シャンハイ》事変は、その後、戦線が拡大するばかりで、深刻な事態を迎えつつあった。こんなとき新聞が市井の事件を報じるのに熱意がないのは当然かもしれない。

隅から隅まで、紙面を探して、ようやく小さな、かこみ記事で、あの男の変死事件が報じられているのを見つけた。無職の宮口　某《なにがし》なる男がアパートの自分の部屋で死んでいるのが発見された。死因は、青酸カリによるもので、いまのところ他殺とも、自殺とも結論が出ていない……せんじつめれば、ただ、それだけの内容で、新聞記者はもちろん、警察さえも、この事件にはさして関心を持っていないらしい。

無職とあるから、正業にはついていない、おそらくチンピラまがいの男だったのだろう。夕子はただ死に顔を見ただけだが、それだけでも、なんとなくまともな男ではない、という印象を受けた。この重大な時局に、そんな男がひとり死んだからといって、とりたてて問題にするまでもない、ということなのかもしれない。

もちろん、夕子の名前が載っているはずはないし、あの長髪の、若い男のことも一行も報じられてはいなかった。そのことに夕子はホッとしたが、なにか物足りないような思いにかられもした。

もしかしたら、北原白秋はなんらかの理由で、白霧と称する人物に脅迫を受けているのかもしれない。それは、青楓社に届いた手紙からも、たやすく想像がつくことだ。そして、父の話によれば、その白霧という人物は、柳河の綺羅家にもなにやら脅迫めいた手紙を送りつけてきたらしい。これが夕子にはどうにも理解できない。かつて北原家が造り酒屋をしていたときには、同業である綺羅家ともそれなりの親交はあったろうが、いま白秋が個人的に綺羅家となんらかの関わりがあるとは考えられない。もし、そうであれば、当然、白秋はそのことを夕子にも話しているはずではないか。それなのに白秋を脅迫した（と思われる）人物が、柳河の綺羅家にも脅迫状を送りつけている。このことをどう考えればいいだろう？

死んだ宮口某が、白霧という名の脅迫者であったのか、それともあの若者が白霧だったのか、どうして宮口某は死ななければならなかったのか、あの若者を殺人者と考えてもいいものかどうか？——あれもこれも分からないことばかりだが、いずれにせよ、これは夕子のような若い女が深入りすべきことではない。あのときのことは、一場の悪夢と考えて、忘れてしまったほうがいい。夕子はそう自分にいいきかせた。

本心から忘れるつもりだった。これまで、どんなことでも打ち明けてきた父にも、このことだけは話さなかったのも、もちろん心配させたくなかったこともあるが、それ以上に、忘れてしまいたい、という思いが強かったからだ。

しかし、どんなに忘れようとしても、忘れられないこともある。たとえば、死んだ金魚のことがある。なぜか、金魚鉢で死んでいたあの金魚のことだけは、頭の片隅にいつまでも、ほのかに赤い姿を刻んでいるのだ。どうしても、あの死んだ金魚のことだけは忘れられない。

——そういえば、白秋先生には死んだ金魚のことを歌った童謡があったのではないかしら？

夕子は『思ひ出』を置いて、ぼんやりと視線を天井に這《は》わせた。白秋の詩や童謡はあらかた覚えているはずなのに、妙なことに、それがどんな童謡だったか思い出すことができなかった。

あきらめて、布団に入り、枕もとの明かりを消した。その暗闇のなか、どこからか、あの死んだ金魚が、夕子のことを見つめているような気がし、なかなか眠りに入ることができなかった。

六

万歳《ばんざい》の声。出征兵士の見送りらしい。日の丸の旗が波のように振られ、祝応召、の幟《のぼり》が揺れている。まだ、東京ではそんなには見かけない国防服にゲートル、割烹着《かっぽうぎ》にもんぺ姿の人が目立った。汽車が出て、見送りの人たちが散っていき、そして駅のまわりが急に静かになった。

そこに夕子は立っている。

フランネルのグレイの上着に、濃茶のオーヴァーブラウス、ファンプリーツのスカート、これも濃茶のスエードの靴。東京では何でもないそんな姿が、この町ではひどく場違いなものに思われた。

柳河はどんよりと曇っていた。

駅からすこし歩くと太鼓橋がある。橋の向こうに鳥居が見えるが、これが藩祖が祀《まつ》られているという三柱神社なのだろう。空には雲が垂れこめているというのに、その太鼓橋のうえだけは、ぼんやりと薄陽《うすび》が射していて、欄干《らんかん》の影が落ちていた。

三柱神社を見てみようかとも考えたが、なんとはなしに太鼓橋を渡るのが、ためらわれた。あめ色に時代がかった太鼓橋の木の色がそんなことを感じさせたのかもしれない。この橋を渡ってしまうと、どこかべつの時代、べつの世界に踏み込んでしまうような、そんな妙な思いにとらわれた。いったん、その世界に踏み込んでしまえば、もう戻ってはこられない。そんな気がした。

いや、すでに、この柳河という町そのものが、時代から切りはなされた、異世界であるような感じがする。日を追うにつれ、目にすることが多くなってきた出征兵士の見送りも、この町では、なにか独特の意味あいを持っていたような気がする。あの兵士はどこに出征していったのだろう?

白秋がこの町を廃市と呼んでいるのを思い出した。廃市。もしかしたら、夕子は自分ではそれと気がつかずに、どことも知れない不思議の国に、さまよい込んでしまったのではないだろうか。

——何をバカなことを考えているのよ。夕子、しっかりなさい。

綺羅家には、あらかじめ連絡がいっているはずなのに、どこにも出迎えの人間が来ている様子はない。

太鼓橋から掘割のほうに向かった。掘割には、柳河を船でめぐる乗船場がある。

乗船場には小舟がもやってあったが、人の姿はない。

夕子はそこに立ち、しばらく、掘割を見つめていた。

白秋の著作で読んだことがある。これが鋤先《すきさき》土手というのだろう。掘割の両側にはどこまでも柳がつづいている。柳の老木が抹茶のようなみどりを重くしだれさせ、そのあわいに沈んだ水の色が横たわっていた。水は鈍い光を放っていて、それがはるか彼方《かなた》、曇り空のなかに灰色に溶け込んでしまっている。どこまでもつづく掘割、そのなかに浮き藻が滲んで、濃淡の影をあやなしていた。

これが柳河だ。白秋が廃市と呼んで、水上に浮かぶ灰色の柩《ひつぎ》であると称した町。まだ夕方と呼ぶには間がある時間なのに、どこにも人の姿はなく、ただ雲を映した、灰色の沈んだ水の色だけがある。たゆたうような、けだるい静けさのなかで、時代から取り残されてしまった町。それが柳河だった。

あの人はどこに出征していったのだろう、とまた夕子はそんなことを考えた。

ふいに背後から自動車のクラクションの音が聞こえてきた。

ぼんやりと物思いにふけっていた夕子は、そのけたたましい音に、ほとんど飛びあがってしまうほど驚かされた。

いつのまに来たのか、背後に、黒いダットサンが停まっていた。幌《ほろ》を取った、小型車で、そのまえに、ひとりの男が立っている。

チョビ髭《ひげ》を生やした中年男だ。いや、その服装が派手だから、中年に見えるのだが、もしかしたら、もう初老といっていい歳かもしれない。

ニッカーボッカーというのだろうか、膝の下でくるんだ半ズボンに、なめし革のジャンパーを着て、チェックのハンチングを斜めにかぶっている。ジャンパーの襟もとからは赤いスカーフが覗いていた。

「矢代夕子さんですな。いや、若いときのお母様もお美しい方だったが、それにまさるとも劣らない。想像していたとおりの美人でいらっしゃる」

と男はかんだかい声を張りあげた。チョビ髭がピクピクと動いた。

「間にあわせるつもりで、家を出たんですけどね。思いのほか時間を取ってしまった。わたしは新しもん好きでね。ダットサンなんて国産車に乗ったのがいけなかった。やっぱり自動車はフォードにかぎりますな」

「あのう、失礼ですけど、どなた様でいらっしゃいますか」

夕子はパチクリと目を瞬《またた》かせている。この静かな城下町に似合わない、道化めいた男の出現に、あっけにとられていた。

「ああ、これは自己紹介が遅れて、とんだ失礼をいたしました。あなたのことは、なにかと話に聞いていたんで、なんだか初対面のような気がしなくてね。わたしは綺羅稔、鈴の弟ですよ」

「ああ、稔さん――」

夕子はいくらか狼狽《ろうばい》している。

中学の教師を辞め、酒造りの店を手伝っている、ということから、稔のことを、なんとはなしに呉服屋の番頭のような人物だと想像していた。まさか、こんなモダンな人物だとは思ってもいなかったのである。

「失礼をいたしました。矢代夕子です。このたびは、お招きをいただいてありがとうございます。ご面倒をおかけします」

「あ、いや、これはご丁寧に。ご面倒をおかけしたのはこちらのほうだ。親族会などという、こちらの都合で、若いお嬢さんをこんな遠方までお呼びして、さぞかし、ご迷惑だったでしょう。なに、わざわざ来ていただくまでもないことなんですが、なにぶんにも姉が気弱になってましてね。しきりと親戚の方に会いたがるもんですから」

「鈴さんのおかげんはいかがですか。階段からお落ちになった、とうかがったのですが」

「なんですか。まだ姉は六十までには間があるんですけどね。足腰がすっかりいけなくなりました。付き添いの人間がいなければ、ろくに手洗いにも行けないような有り様なんですよ。若いころから働きづめに働いてきた無理が、いまになって、一気に噴き出してきたのかもしれませんなあ。会って、お驚きになるといけないから、あらかじめお断りしておきますが、姉はヨボヨボに耄碌《もうろく》してしまっていますよ」

「まあ」

「いや、まあ、そのこと自体は、べつだんどうということもないんですがね。おかげさまで、姉が出なくても、商売のほうはなんとかなる。人手は十分に足りていますから。ただ、家督相続などということをいいだされたのには、いささか参りました。耄碌して、しかも頑固なんだから、まわりの人間は悩まされますよ」

　稔は笑い声をあげた。

　正直、夕子は不愉快だった。じつの姉が災難にあったというのに、この男は少しもそのことを気にしていないらしい。軽薄というより、たんに冷淡なのだろう。

　そのとき乗船場に船頭らしい老人が姿を見せた。稔はその老人に手をあげ、合図をすると、

「さぞかし、お疲れになられたでしょう。何はともあれ、わたしどもの家で休んでいただくことにしましょうか。せっかく柳河までいらっしゃったんだ。こんなダットサンより、船に乗ったほうがいいでしょう」

　そういい、夕子の返事を待たずに、乗船場に下りていった。

いかにも強引で、これも夕子には愉快ではなかったが、柳河の掘割を船でめぐりたい、という思いはある。

不快の念をおさえて、夕子は稔のあとにしたがった。

それから三十分ばかり、小舟に揺られ、掘割をたどったそのときは、夕子にとって、自分が北原白秋の歌のなかに入り込んでしまったような、たゆたう至福の時間だった。

白壁に映える水のちらつき、ただよう水藻の流れ、木橋、石橋、水あかで錆《さび》色に染まった土蔵の海鼠《なまこ》壁、可憐《かれん》な薄紫色の水ヒアシンス、ながながと水面にしだれる柳の糸、石組みの水汲《くん》場《ば》、残照を赤く撥《は》ねている水門……小舟が進んでいくにつれ、白秋の詩に歌われた風景が、運河のそこかしこに、ぼんやりと幻灯のように現れる。現実の風景と、白秋の詩とが、渾然《こんぜん》と溶けあって、夕子をほとんど夢見心地にさせるのだった。

しんと静まりかえった水郷の町に、ただ櫓《ろ》のきしむ音だけが響いている。ときおり水鳥の羽ばたく音が聞こえてきた。

橋をいくつも過ぎた。井樋《いび》と呼ばれる、堀水を調整する水門も通った。

「ここが沖ノ端川です。このあたりは潮川と呼んでいますけどね。ほら、あそこに見えるのが綺羅の家ですよ」

稔が指さした先、夕暮れの残照のなかに、掘割に面して、大きな家がぼんやりと浮かんでいるのが見えた。何棟か離れがあるらしい。たそがれの淡い陽のなかに、屋根のいらかが幾重《いくえ》にもかさなって光り、それがはるか遠くの天守閣をあおぎ見ているようにも感じさせる。

水上に浮かぶ灰色の柩だった。

七

これは綺羅稔が説明したことだ。

沖ノ端川は有明海に通じている。一日に二度の潮の満ち引きがあり、満潮時には、荷物船が上がってきて、干潮時には、水位が極端に下がってしまう。

上町通りに沿って、西町、蟹《かに》町とつづき、この沖ノ端川に接して、鮒《ふな》町がある。沖ノ端川にかかる橋が権右衛門橋、これは造り酒屋の綺羅家に〝権右衛門〟の銘酒があることから、この名がつけられたものらしい。

鮒町はほとんど綺羅家の地所で占められているといってもいい。なにしろ三千坪にも及ぼうという広大な敷地なのだ。

沖ノ端川にのぞんで、居蔵《いぐら》家が十棟《むね》あまりもあり、精米所、麴室《こうじむろ》、ワラ葺きの臨設小屋などが建ちならんでいる。

酒づくりには、寒《かん》の水を使い、大量の淡水を必要とする。この淡水をわざわざ柳河町のはずれから船で運んでくるとかで、敷地のなかには船着場まで設《しつら》えられているということだ。

綺羅の店は上町通りに面しているが、母屋《おもや》はその裏、居蔵家や、臨設小屋とはやや距離をおいて、これも沖ノ端川にのぞんで、建てられている。

二階建ての大きな母屋、その両端に、翼館のように平屋の離れを配し、庭園には百本あまりの松を植えて、ここにひょうたん型の池がある。なんでも冬には、おびただしい数の野鴨《のがも》がこの池で遊ぶとかで、池の裾《すそ》は沖ノ端川につながり、それを井樋と呼ばれる水門が閉ざしている。

両親から話を聞いて、あらかじめ想像はしていたが、それでも、綺羅家の広大な敷地に、夕子はただ唖然《あぜん》とするばかりだった。

淡水を運び入れる船着場は、方尺型の石積みを、川べりに沿って、平行に傾斜をつけ、敷きならべられたものだ。稔の話によれば、これを柳河ではアコラと呼んでいて、潮の満ち引きを利用し、船を接岸させたり、離岸させたりするらしい。

このアコラとはべつに、ひょうたん池の水門脇に、これは板材を組みあわせた船着場があり、こちらからは直接、庭園のなかに入れるようになっている。母屋の人々はもっぱら、こちらの船着場を利用しているらしい。

稔に案内されるままに、夕子はその船着場から上がり、母屋に向かって、庭園のなかを歩いた。

「柳河には立花十二万石の殿様のお屋敷があるんですよ。東京の人にこんなことを自慢すると笑われるかもしれんが、なにしろ七千坪というんだから、たいへんなお屋敷だ。わたしどもはそれを御花と呼んでいるんですけどね。その御花の庭園は仙台《せんだい》の松島《まつしま》を模したということです。まあ、ごらんのとおり、ずっと小ぶりなんですが、じつの話、この綺羅家の庭は、その御花の庭園を真似しているんですよ。だから、この庭も松島を模しているということになるかもしれませんなあ」

稔が自慢するだけあって、たしかに夕暮れの沈んだあい色のなか、池をめぐって、築山《つきやま》をあしらった日本庭園は、しみじみと胸に染みる情緒を感じさせた。

庭園のそこかしこに根をはる松が、頭上に枝を拡げ、それが日没の薄日におぼろに溶け込んでいる。池の水がぼんやりと白く残照に映えて、その仄《ほの》かな光のなかを、ゆっくりと野鴨が渡っていた……

庭のなかに冠木門《かぶきもん》があり、そこから母屋まで小径《こみち》がつづいている。

その冠木門のところで、中年の女性と行きあった。地味な着物を着た、いかにも純朴そうな顔だちをした女で、どうやら、このあたりの人らしい。

「ああ、旦那さん。うちは今日かぎりで、お暇ばとらせてもらいますけん」

稔の顔を見るなり、その婦人はいきなりそういった。いまにも嚙《か》みつきそうな表情になっている。

稔はあっけにとられたようだが、

「やめるって、あんた、急にそげんこといわれても、こちらも困るんだがね。どげんしたとね」

すぐにそう切り返した。夕子と話しているときとは違って、この地方の言葉になっている。

「どうもこうも、あげん、わがままな病人はおらんよ。綺羅家の奥様だと思えばこそ、わたしもこれまで我慢してきましたばってん、細かいことにまでぐどぐどと文句をいわれて、わたしはもう勤まらん。奥様の付き添いには、どなたか、ほかの人ば頼んでくださいー」

女はほとんど切り口上のようにして、そういい捨てると、もう稔のことを見ようともせずに、その場を離れていった。

稔はしばらく憮然《ぶぜん》として、女のあとを見送っていたが、

「これでもう姉の付き添いがやめるのは三人めですよ。まったく姉のわがままには悩まされる。何が気にいらないんだか、付き添いの人間にあれやこれや文句をつけて、かならず怒らせてしまうんですからね。たしかに姉は気の強いところはあるけど、そんな、分からないことをいうような人間じゃなかったんですけどね。やっぱり体が不自由になると、人

間、変わってしまうんですかね」

ため息をつくと、そう弁解するように、夕子にいった。

八

綺羅家の奥座敷は、庭のひょうたん池に面していて、硝子戸《ガラス》の外から水の音が聞こえていた。

ランプの薄暗い明かりのなかに、古い掛時計がチッ、チッと秒針を刻んでいる。なんでもオランダの古い掛時計とかであるらしい。扉絵には、黒ネコが描かれていて、その目がランプの火に映え、金色に光っている。黒ネコはひびの入った敷き石のうえにうずくまり、ジッと座敷を見下ろしていた。

火鉢には薬缶がかかっていて、白い湯気をあげている。芥子《けし》とドクダミを混ぜたような匂いが籠《こ》もっているのは、これが病人のための薬湯だからだろう。その白い湯気のなかに、いずれも年代物の箪笥《たんす》や長持ちがぼんやりと浮かびあがっていて、ひだのように影を重ねながら、ゆらゆらと揺れている。

そして、その揺れる湯気のなか、布団のうえにうずくまる老婆の姿も、ボウとほのかに浮かんでいる。厚い掛布団をまとい、ちんまりとすわっている老婆は、なにか大きな蓑虫《みのむし》がうずくまっているようにも見える。

小柄で、しなびたような老婆。これが綺羅家の鈴だ。いや、まだ六十には間がある年齢を考えれば、老婆と呼んでしまうのは酷かもしれない。しかし、あらかじめ稔が断ったように、鈴はヨボヨボに耄碌していて、意識ももうろうとしているらしい。歳をとってから、足腰をいためると、急速におとろえてしまうという話を聞いたことがある。もしかしたら、鈴もまたそうであるかもしれない。

「遠いところをようきんしゃった。わたしはこんな体になってしもうて、ろくにおもてなしもできんが、ゆっくりと休んでいきんしゃるがよか――」

鈴がしゃがれた声をあげた。

「いや、さすがに血筋は争えんもんじゃ。あんたのお母様もきれいか人で、わしら田舎者は驚いたもんばってん、あんたはお母様に負けんごと美しか」

「父や母も鈴さんのお体のことを案じておりました。せっかく、お呼びいただいたのに、うかがえないのを、くれぐれもお詫《わ》びしてくれ、ことづかって参りました。階段からお落ちになったとお聞きしたのですが、お元気そうなので、安心しました」

「そうやって慰めてくれるのは、ありがたかことばってん、なに、なんで元気でなどあるもんか。この歳で、階段から落ちて、足腰が立たんようになったとでは、もうおしまいだわさ。わしもこのまま老いぼれて、死んでいくばかりであるわい」

「そんなことをおっしゃるものではありませんわ。お身内の方も心配なさっておいでじゃありませんか。わたくしのような者が、こんなことを申しあげたのでは、かえってお気を悪くなさるかもしれませんが、まだ鈴さんはこれからというお歳なんですもの。元気を出していただかなければ困ります」

「優しいことばいうてくれる。だが、わしの体を案じてくれる身内といえば、遠くはなれたあんたがたばかり。この家の人間は、婆ァ、ざまあみろ、と内心で赤い舌ば出しとるような者ばかりでな」

あいかわらず低い声だが、その声にはかすかに憎しみの響きが感じられた。その憎しみの強さに、夕子はわずかに自分がたじろぐのを覚えた。

「姉さん、東京のお客様になんてことをいうとですか。そんなことばいうて、もしお客様が本気にしんしゃったら、どげんするとですか。わしら身内の悪口をいうとは、身内の人間といるときだけにしてくれませんか」

鈴の背中をささえている稔がウンザリしたようにそういった。そして、夕子のほうを見ると、これはなんとはなしに弁解がましい口調で、

「どうか姉のいうことを本気にせんといてください。こんな体になってしまってからというもの、気むずかしくなるばかりで、何かというとひがむんで、わたしらもほとほと往生しているんです」

「なにが気むずかしくなるばかりじゃ。何がひがみじゃ。わしはな、誰かに階段から突き落とされたとやぞ。この家の誰かがわしば殺そうとしたとばい。それでも、わしのことを気むずかしくなるばかりだというんか。ひがみっぽいというんか」

鈴はいきなり怒りにみまわれたらしく、一瞬、そう声を荒らげたが、それがよくなかったのか、すぐにむせて、激しく咳《せ》き込んだ。

背中を丸めて、掛布団のなかで咳き込んでいる鈴の姿は、見るからに痛々しい。悪いとは思ったが、夕子は目をそむけずにはいられなかった。

そんな鈴の背中をさすりながら、稔が目線で、座敷を出ていって欲しい、と夕子をうながした。

夕子はうなずき、

「今夜はこれで失礼させていただきます」

頭を下げると、座敷を出た。

ほの暗いランプになじんだ目には、渡り廊下に灯《とも》された電灯は、ひどく眩《まばゆ》いものに感じられた。片面にならんだ小座敷の障子が白く映え、それが深い闇をのんだ長い廊下に、ぼんやりと浮かんでいる。

「いや、申し訳ありませんでしたな。見苦しいところをお見せしました」

あとからすぐに稔が出てきて、そういいわけがましい口調でいった。さすがに苦い表情になっている。

「足腰がおとろえてからは、いつもあんな調子なんですよ。猜疑心《さいぎしん》ばかりが強くなって、扱いにくくて、ほとほと往生します。耳は遠くなるわ、目は弱るわ。電灯の明かりがきついというんで、わざわざ蔵からランプを持ち出してくるという始末で、いや、もう話にもなりません」

「鈴さんは誰かに階段から突き落とされたとおっしゃってましたが、あれは本当のことなんでしょうか」

「誰がそんなことをするもんですか。自分ひとりでそういいはっているだけで、誰もそんなことを信じる人間はいません。被害妄想というんですかね。そうでなければ、あんなことをいって、われわれに嫌がらせをしているに決まっています」

「でも、父がいただいた手紙には、なにか脅迫状のようなものが届いた、と書かれてあったということを聞きました。なんでも白い霧、はくむと読むんでしょうか。差出人はそんな名になっていたということですが」

「ああ、あれね」

稔はますます苦い表情になった。

「たしかに、そんなような手紙が届いていたようですな。なに、気に病んでいるのは姉ひとりだけなんですよ。あんなもの、タチの悪い悪戯に決まっています。これだけの所帯ですが、これでも綺羅家は、この柳河では資産家と呼ばれていましてね。こちらにそんなつもりはなくても、人のねたみを買うこともあるんでしょう」

「その手紙にはどんなことが書かれてあったんですか」

「さあ、どんなことが書かれてあったものやら。わたしはろくに目も通さなかったもんですからね。正直、ほとんど何も覚えていないんですよ」

稔は顔をそむけ、熱のない口調でそういった。

これは夕子の気のせいか、稔はあまりその手紙のことを話題にしたがっていないように思われた。

「その手紙はいま、どなたが保管なさっているんですか」

「姉が持っていると思います。手紙が届いたときには大騒ぎしてましたからね」

「鈴さんにお願いすれば、その手紙を見せていただけるでしょうか」

「それは大丈夫なんじゃないですか。もっとも、あのとおり姉は耄碌してますから、いまでも手紙を保管しているかどうか、そのことはわたしにも分かりませんが」

稔は浮かない顔でそういい、ふと思いついたように、あらためて夕子の顔を見た。

「ずいぶん、あの手紙に興味をお持ちのようですね。なにか、気がついたことでもおありなんですか」

「いいえ、べつだん、そういうわけでもないんですけど」

夕子は首を振った。

鈴のもとに届けられた手紙の字と、出版社気付で、白秋宛に送られた手紙の字を比べてみたい……そう考えたのだが、ほんとうに同一人物が書いたものなのかどうか、自分でもはっきりしないことを、軽々しく口にするべきではないだろう。

もしかしたら、うかつに北原白秋の名を出したくない、という気持ちもあったのかもしれない。夕子にとって、白秋は誰より尊敬すべき詩人であり、稔のような男を相手にし、その名を持ち出すことは、なんとはなしに白秋を冒瀆《ぼうとく》することであるようにも感じられた。

夕子が自分に打ち解けていない、ということを敏感に察したのか、

「まあ、いいや。あんたも物好きだね。そんなに、あの手紙が見たいんだったら、姉にそういって、見ればいい」

急にぞんざいな口調になって、稔がそういった。

九

夕子には邸《やしき》裏の離れをあてがわれた。

土蔵造りの八畳間、手すりのすぐ下はもう石積みの掘割で、窓障子に、柳の糸が重くし

なだれかかっている。障子を開けても、電灯の明かりは掘割まで届かず、暗いなかに、ただ水の流れる音だけがさらさらと聞こえている。

以前は、子供の部屋ででもあったのか、柱にはネジの切れたボンボン時計、飾り棚にはびいどろ瓶に、唐子《からこ》人形、壁には菱《ひし》形の西洋凧《だこ》などもたてかけられていて、なんとはなしに現実離れした印象をかもし出している。

瀬戸物の手あぶりに、炭が熾《おこ》ってはいたが、むしろしんとした夜気の冷たさが、懐かしいものに感じられ、火を灰で埋めると、何を考えるでもなしに、ただぼんやりと水の音に耳を傾けていた。

――わしはな、誰かに階段から突き落とされたとやぞ。この家の誰かがわしば殺そうとしたとばい。

ふと、その水の響きの底に、そう鈴の憤《いきどお》ろしい声が聞こえてきたように感じ、ギクリと顔をあげた。

もちろん、これは長旅の疲れがもたらした幻聴にすぎなかったようで、あらためて耳を澄ませば、そこに聞こえているのは、やはり水の音ばかりだった。

家督相続をめぐって、親族会が開かれるというだけあって、この綺羅家には妙に不穏な空気が漂っているようだ。いまはまだ、鈴と、稔のふたりに会っただけだが、この姉弟の仲にしてからが、しっくりとはいっていないように思われる。

気のせいか、この広い屋敷はしんと冷えきっていて、その底には、なにか目に見えない悪意のようなものがわだかまっているのが感じられる。

もしかしたら、誰かに突き落とされたというのは、あながち鈴の妄想とばかりもいえないのではないか。この古い家の階段は狭く、急で、六十になろうとしている女を背後から突き落とすのは、造作もなく、できるはずのことだった。

いったい誰が、何の目的で、そんなことをしなければならなかったのか？　とりあえず、その容疑者として、真っ先に、頭のなかに浮かんでくるのは綺羅稔だろう。

あの稔という人物は、いかにもモダン・ボーイのなれの果てという感じで、軽薄にふるまっているが、じつは、ときおりチラリと覗かせる冷酷さが、その地金ではないのか。これまで妻もめとらずに、姉を助けて、造り酒屋を切りまわしてきて、そのあげくに、資産をそっくり他人に奪われてしまうというのでは、心おだやかでいられるはずがない。いっそ親族会が開かれるまえに、姉を階段から突き落として、殺してしまおう、と思いつめたところで、それほど不思議ではないかもしれない。

いや、それをいうなら、法的にはどうあれ、自分の肉親をさしおいて、亡夫がよその女に生ませた子供に、家督を譲ろうとしている鈴という女性にも、なにか尋常でないものが感じられる。

弟たちがそれに反発するのは当然で、それでもなお親族会を開きまでして、自分の意志を貫こうとするのは、たんに筋を通す、ということだけでは説明しきれないものがあるような気がする。これは夕子の邪推といわれればそれまでだが、そこには自分の肉親に対する、なにか悪意のようなものさえ感じられる。

いまは足腰も弱り、五感もおとろえて、ひそひそと朽ちていくばかりのようだが、鈴の その痩《や》せさらばえた体の底に、どんな怨《うら》みが、どんな悪意がひそんでいるものか。そのことを想像すると、なにやら背筋が冷たくなるようなものを覚えるのだ。

体がしんしんと冷えてきたのは、あながち火を落とした部屋の寒さが、原因ばかりでもないようだった。

——こんなことをしてると風邪を引いてしまう。

さすがに寒さに耐えられなくなり、寝間着に着替えて、布団に入ろうか、と考えたそのとき、どこかで何かがかすかに鳴るのが聞こえてきた。

夕子は眉をひそめた。わずかに天井をあおぎ見るようにし、耳を澄ました。

どうかすると、窓の外の水音にかき消されてしまいがちなのだが、たしかに屋敷のどこからか、カラカラとなにかが回転するような音が聞こえている。それも数秒つづくと、とぎれ、しばらくしんと静まりかえり、忘れたころになると、また聞こえ始める、といったあんばいで、妙に不自然な感じがする音なのだ。

強《し》いていえば、誰かが荷車を引いているような音なのだが、いまはもう夜の一時を過ぎていて、こんな時刻に荷車を引くような酔狂な人間がいるとも思えない。

夕子はジッと耳を澄まして、その音を追った。

とぎれ、とぎれながらも、その音は絶えることなく、座敷の外の闇のなかから執拗《しつよう》に聞こえてくるのだ。気にしなければ、それまでのようなものだが、こんな時刻にするはずのない音だけに、気にせずにはいられない。

——何の音なんだろう?

ついには、それをたしかめずにはいられない思いになって、襖《ふすま》を開けると、廊下を覗いてみた。

こんな時刻に、誰もいるはずはない。二十燭《しょく》の薄暗い電灯の下、廊下は闇をのんで、しんと静まり返っている。何も聞こえてはこない。

もう音はとぎれたのかと思い、さらに耳を澄ましてみると、その廊下の闇の奥から、いったんはやんだ車輪の音が、やはりまたカタカタとかすかに聞こえてくる。

嫌な音だった。疲れているために、神経が過敏になっていることもあり、その音には妙に不吉な響きが感じられた。

夕子は自分のことを臆病で、気の小さい人間だと考えている。が、じつは、たんに自分でそう思い込んでいるだけのことで、ほんとうは、勇敢で、気の勁《つよ》いところがあるのかもしれない。

そうでなければ、その音が何であるかを突きとめようとして、座敷から出ていくようなことはしなかったろう。

どうやら、その音は上町通りに面した表側、店のほうから聞こえてくるようだ。

小座敷のつづく廊下を渡り、階段の横にある板張りに出る。音がしだいに近くなってきた。この板張りからは、酒樽を積んだ土間をへだてて、広い帳場を見通すことができる。店の側面は、土蔵造りの格子窓になっていて、これも二十燭の電灯に照らされ、格子の影がぼんやりと長く、帳場に落ちていた。

しかし、板張りに出たとたんに、もう車の音は聞こえなくなった。こころみに下駄をつっかけ、土間に下りてみたのだが、どんなに耳を澄ましても、ただ掘割の水の音が聞こえてくるだけなのだ。

——あれは何だったんだろう?

夕子はぼんやりと立ちつくした。

そのときのことだ。帳場からカタンというかすかな音が聞こえてきた。それがくぐり戸のさるを外した音だということに気がついて、夕子はほとんど反射的に、酒樽のかげに身を隠した。

格子窓の光と影のなかをスッとよぎった人影がある。一瞬、その顔が、電灯の明かりのなかに浮かびあがり、そしてその人物はくぐり戸を抜けて、外に出ていった。

さいわいなことに、その人物は夕子が土間に身をひそめているのには気がつかなかったらしい。さいわいなことに？　そう、その人物はひどく険しい顔つきをしていて、夕子に見られているのに気がついたら、それこそ乱暴でも働きかねないような、なにか一途《いちず》に思いつめているものを感じさせたのだ。

その人物が外に出ていったあとも、しばらく夕子は酒樽のかげから、動くことができなかった。下駄をつっかけた指の先がひんやりと冷たく、わずかに膝が震えているようなのを感じていた。

その人物は、綺羅稔だったのだ。

十

その夜はろくに眠れなかった。ちぎれちぎれに夢を見た。その夢のなか、何度も、何度も、暗い格子窓のまえを、人影がよぎっていった。影のなかから、明かりのなかに出て、ぼんやりと浮かびあがるその顔は、ときには稔であり、またときには、新宿のアパートで死んだ宮口という男でもあるようだった。そのうちに、しだいに格子窓が膨らんできて、それが透明なガラスになると、男たちの顔が赤い金魚に変わった。金魚は死んでいた。死んでいるのに、ひらひらと泳いでいる。死んだ金魚の眼がキラリと光った。それが恐ろしくて、思わず声をあげてしまい、自分のその声に目を覚ました。

もう朝になっていた。寒いが、よく晴れているらしい。

部屋のなかに射し込んでいる陽のなかに、チッ、チッ、と小鳥のさえずる音が聞こえている。掘割に面した障子窓に、ゆらゆらと水が映え、まばゆい光を撥ねていた。

廊下に足音がして、襖をへだてて、遠慮がちな声が聞こえてきた。どうやら下働きの女の声であるらしい。

「お目覚めでいらっしゃいますか」

「はい、起きています――」

夕子はあわてて起きて、手で髪を撫《な》でつけた。

「お早うございます」

「お食事の支度ができましたが、いかがいたしましょう。なんでしたら、お部屋まで、お運びしてもよろしいのですが」

「いえ、とんでもありません。いますぐにいただきに上がります」

いくら疲れていたとはいえ、人の家でつい寝過ごしてしまった自分が恥ずかしく、夕子は急いで身支度をととのえ、布団を片づけると、座敷を出た。

朝食は居間に用意されているという。女中に案内されるまま、奥の居間に向かった。

途中で、ひとりの男とすれちがった。痩せた、青白い顔をした若者で、油気のない髪が額にかかっている。黒いスェーターに、黒いズボン、素足にスリッパを履いていた。

「お早うございます」

女中が挨拶をしたが、それには若者はうなずきさえしなかった。夕子が黙礼をしたのも無視し、なにか怒ったような顔をして、表のほうに歩いていった。

なんとなく、この土地の若者ではないような気がした。どこか都会の人間のひ弱さのようなものを感じさせたのだ。

「いまの方はどなたでしょう」

夕子がそう尋ねると、

「淳一郎《じゅんいちろう》さんです。あのう――」

女中が返事に窮したように、その言葉を濁した。

夕子もべつだん、女中を困らせるつもりはない。うなずいて、行きましょうか、とうながした。

淳一郎という名前は初めて聞いたが、おそらく、いまの若者が、鈴の亡夫がよその女に生ませ、いま鈴が家督を相続させようとしている当の本人なのだろう。

居間に向かいながらも、しばらく淳一郎という若者の面影が、夕子の脳裏から離れようとしなかった。

これまで、どこでどんな暮らしを送ってきたものか、私生児という境遇を考えても、それほど幸せな日々を過ごしてきたとは思えない。それが、これだけの資産のある家に迎えられ、家督相続の話まで持ちあがっているのだから、ほんとうなら有頂天になってもおかしくないだろう。それなのに、何をあの若者はあんなに憂鬱げな顔になっているのか？

夕子には妙にそのことが気にかかった。

居間は十六畳の日本間で、縁側を設けて、ガラス障子ごしに、広々とした日本庭園にのぞんでいる。さすがに旧家だけあって、床の間の掛け軸、鴨居の額、どれをとっても由緒ありげなものばかりで、黒檀《こくたん》の大きな卓子《たくし》のうえには、白い花をあしらった九谷《くたに》焼の壺が飾られてあった。

夕子が居間に入ったとき、すでにふたりの男女がそこで朝食をとっていた。和服姿のでっぷりと太った初老の男に、まだ若い、長身の、洋装の女だった。

夕子の姿を見るなり、

「やあ、兄から話を聞いてはいたが、これはほんとうにお美しい。いや、矢代さんもいいお嬢さんを持って、これからますます家が栄えようというものだ」

男がそう無遠慮な大声を張りあげた。

これが横浜の鶴見で機械工場を経営しているという綺羅守なのだろう。その値踏みをしているような、ぶしつけな視線は愉快ではなかったが、血のつながりがほとんどないとはいえ、綺羅家は親戚筋なのだ。もちろん挨拶をしないわけにはいかない。

「初めてお目にかかります。矢代夕子です」

「ああ、わたしが綺羅守です。横浜に住んでいて、しょっちゅう東京に行き来しているのに、つい失礼をして、矢代さんをお訪ねすることをしなかった。いや、こんなきれいなお嬢さんがいらっしゃると知っていたら、お訪ねしたんですがね。なにぶんにも、わたしも仕事のほうが忙しくて、なかなか暇が取れない体でしてね――」

守は笑い声をあげた。暗に、自分が成功者だということを告げたいのだろう。その赤ら顔に得意げな表情が浮かんでいる。

「こちらはわたしのワイフで、信子《のぶこ》といいます。まだ結婚したばかりで、こう見えても、わたしら、新婚なんですよ。お嬢さんなんかから見れば、ずいぶんとうがたった新婚に見えるでしょうがね。式はまだあげとらんのですが、そのうちに、ご案内をさしあげるつもりでいます。その節には、どうかご両親ともども、足をお運びください」

「よろしく」

女はそっけなく頭を下げただけだ。ほとんど夕子のほうを見ようともしない。まだ二十代の後半ではないだろうか。険《けん》があるのが難点だが、目鼻だちのはっきりした、肉感的といってもいい美人だ。

「ところで、お嬢さん、廊下で淳一郎とお会いになりませんでしたかな」

そう守が尋ねてきた。

「はい。まだ、ご紹介はいただいていないのですが、廊下でお会いした方が、淳一郎さんだと思います」

「お嬢さんはあの男をどうお思いになりますか」

「はい？」

「いや、淳一郎をどう思います？」

「あのう、おっしゃってることがよく分からないんですけど」

「なに、淳一郎はもともと東京で暮らしていたそうなんですがね。兵隊検査にはねられたとかで、ブラブラしているということなんだが、東京でどんな暮らしをしていたのか、それがよく分からない。家督を相続させようというんだから、いくらなんでも、姉はそのことを知っていると思うんだが、わたしらには教えてくれようとしない。なんだか得体の知れない男じゃないですか。あんな若造にそっくり財産をくれてやろうというんだから、わたしにいわせれば、姉は頭がおかしくなったとしか思えない」

「………」

夕子には返事ができない。うかつに返事をしていいことではなかった。

「ほんとうに淳一郎が姉の死んだ亭主の子供なのかどうか、それだって分かったもんじゃない。姉ひとりがそう飲み込んでいるだけで、わたしらには、たしかな証拠を見せてくれたわけじゃありませんからね。いまどき天一坊《てんいちぼう》でもあるまいが、これだけの所帯だ、ご落《らく》胤をよそおって、お家乗っ取りということだって、まんざらない話ともいえんでしょうが」

　夕子が返事に困っているのを、いっこうに意に介する様子もなく、守は秘密めかして話をつづける。いや、秘密めかしているのならまだしも、どこで、誰が耳をそばだてているかも分からないのに、傍若無人な大声を張りあげて、夕子をハラハラとさせた。

「姉が階段から落ちたときには、もう淳一郎はこの家にいたんですよ。姉が誰かから突き落とされた、といってるのは、お聞きになったでしょう? 兄はあんな人間だから、はなから姉のいうことなど問題にしていないが、わたしはもしかしたら姉はほんとうに突き落とされたのかもしれない、とそう考えているんですよ。いま姉が死ねば、この家の財産はそっくり、あの男のものになる。親族会などという面倒な手続きを踏む必要もなくなるわけですからな」

　さすがに夫の話を聞き苦しく思ったのか、およしなさいよ、と信子が横から口をはさんだ。どことなく投げやりな感じのする、けだるい響きの声だった。

「お嬢さんが困っていらっしゃるじゃありませんか。朝からなんて話をするんです。すこしは場所柄というものをわきまえたらどうなんですか」

「わきまえているさ。わきまえているから、こんなことをいっているんじゃないか。おれはあとで悔やむようなことになってはいけないと思うから、こんなおせっかいな心配をしているんだ」

「ほんとうに、おせっかいだ。そんなことをいつまでもクダクダといっていると、あなたまでもが財産を狙《ねら》っているんだ、とそう思われますよ」

「な、なにを馬鹿なことを。おれがどうしてこんな家の財産なんか欲しがるもんか。おれは手広く事業をやっているんだ。『海軍御用』だぞ。いまさら、こんな家の財産なんか欲しがるはずがない」

守の声が高くなった。その顔が赤くなり、怒るというより、ドギマギと狼狽した表情になったのは、もしかしたら痛いところをつかれたからかもしれない――守はことさらに成功者のようにふるまっているが、内証は、意外に苦しいのではないか？　夕子はふとそんなことを思った。

夫に怒鳴りつけられても、信子はいっこうにひるんだ様子がない。それどころか、ケロリとして、

「ねえ、この家にはコーヒーはないのかしら。わたし、朝はコーヒーを飲まないと、どうも頭がはっきりしないんだけどなあ」

そんなことをいい、さすがに、これには守はにがりきった表情になっている。それでいて何もいえずにいるのは、よほど、この若い妻に惚《ほ》れているからだろう。

そのとき、稔が居間に入ってきて、守はこれに救われたように、急いで声をかけた。

「どうしたとや、兄さん。今朝はずいぶんゆっくりやなかね」

「ああ、きのう、新しいレコードが届いたもんやけんね。つい遅くまで、それを聞いとって、寝坊してしまった。まだ頭がはっきりせんよ」

稔はそういい、夕子に会釈をした。それに応えて、夕子も頭を下げたが、

――あなたが遅くなったのはレコードを聞いていたからじゃないわ。

胸のなかではそうつぶやいていた。あなたは夜遅く、コッソリ家の外に出ていった。それなのに、どうしてそのことを隠そうとするのかしら？

「じつに、いい天気やなあ」

稔は食卓につき、目をせばめるようにし、ガラス障子の外を見た。そして、急に、夕子のほうに視線を転じると、

「そうだ。せっかく、こんないい天気なんだから、夕子さんを歓迎する意味をこめて、今日はみんなで舟遊びにくりだしませんか。こんな天気だったら、そんなに風も冷たくないだろうし」

「いえ、わたくしのことでしたら、どうかお気づかいなく」

「べつに気なんかつかってはいませんよ。じつのところ、わたしが川風に吹かれたいんでしてね」

稔はチョビ髭をぴくつかせながら、守のほうを見ると、

「なあ、守、おまえもずっと舟に乗っとらんとやないか。信子さんも連れて、一緒に舟遊びにくりださんか」

「そうやね、久しぶりにそんなことをするのも悪くないかもしれんな。この家には妙なやつがおるけん、どうにも気がクサクサしとったところたい。気晴らしに、舟にでも乗ってみるか」

守がそううなずいたそのとき、ふいに屋敷の裏手のほうから、女の悲鳴が聞こえてきたのだ。

悲鳴はいつまでも、とぎれることなくつづいて、その声に、食卓についていた全員が総立ちになった。一瞬、たがいに顔を見合わせたが、最初は稔が、そしてすぐに守が、ガラス障子を開けはなち、縁側から庭に飛び出していった。


水面に酒蔵の海鼠壁が影を映している。菱の葉、蓮、浮き藻がもつれ、漂うなかに、白い米の研《と》ぎ汁が一筋、牛乳のように流れていた。その何もかもが透明な青い炎のなかに浮かんでいる。浮かびあがり、燃えあがっていた。

舟が燃えている。いや、これはほんとうの舟ではないらしい。

竹を芯《しん》にし、櫓も、舵《かじ》も、甲板も、すべて麦ワラでくるんだ麦ワラ舟だ。舟甲板は二階造りで、軒先には小提灯、舟べりにはボンボリが下げられ、艫《とも》に立つ船頭までが麦ワラでつくられている。舟尾には「西方丸」と書かれた旗さしものがあり、それが炎のなかでバタバタとなびいている。

――誰がこんなことをしたのだろう？　この舟は何なのだろう？

朝のうららかな日差しのなか、ポン、ポン、としきりに竹を爆《は》ぜさせながら、燃えあっている麦ワラ舟は、なにか子供の遊びのようで、ふしぎに現実感にとぼしい。それを見ながら、夕子はなんだか自分が夢のつづきを見ているような、そんな妙な錯覚にとらわれていた。

「ひどか悪戯ばしやがる――」

夕子の横に立っている稔がうめくような声でそういった。

「誰がこんなバカなことばしたとや」

「この舟は何なんでしょう？」

と、夕子が尋ねた。

え？　と稔は顔を向けて、一瞬、ぼんやりとしたようだが、すぐに気をとりなおしたらしく、

「あ、ああ。これは西方舟なんですよ」

「西方舟？」

「初盆供養の精霊《しょうりょう》流しです。盂《う》蘭《ら》盆の三日間は、この舟をばんこ、ああ、涼み台のこと

なんですがね。それに載せて、家のまえに飾っておく。三日めの夜には、これに火をかけて、潮川に流してやるという風習があるんですよ。舟は燃えながら、潮の流れにのって去っていく。精霊が帰っていくんです。なにしろ舟のなかにはオガ屑《くず》をつめて、灯油を撒《ま》いてやりますからね。こんなふうに派手に燃えてくれるんです」

「でも、いまは冬ですわ。盂蘭盆なんかじゃありません」

「そうなんです。これはおそらく姉の亭主が死んだときに造った西方舟だと思うんですがね。二隻つくって、こちらは出来が悪いというんで、そのまま蔵のなかに放り込んで、誰もがこんなものがあるのは忘れてしまっていたんです。それがなんで、こんなときに水に浮かんで、燃えているんだか」

いつものように、稔のチョビ髭はピクピクと動いていたが、すこしも滑稽《こっけい》なところは感じさせない。誰かの悪戯だといいながら、自分でもそれを信じてはいないのかもしれない。その顔が青ざめ、目がわずかに血走っていた。

「たしか荷車に積んで、そのまま蔵のなかに入れておいたはずなんだが。妙なことをしやがる。誰がこんなものを持ち出したものやら」

「………」

夕子は返事をしなかった。いや、返事ができなかった。

昨夜、耳にした、カラカラとなにかが回っているような音が何であるか、そのことにようやく思いあたったのだ。あれはこの西方舟を荷車で引き出す音だったにちがいない。

あんな夜中に、精霊を送る西方舟を誰がどんな目的で、蔵から引き出さなければならなかったのだろう。燃やすために？　もちろんそうではあろうが、それでは何のために盂蘭盆の西方舟を燃やさなければならなかったのか。

夕子は、舟が燃えるのを食い入るように見つめている稔の姿を、盗み見ずにはいられなかった。そして、こう胸のなかで問いかけている。あなたはあんな時間に何をなさっていたのですか？　もしかしたら、あなたがこの西方舟を蔵から引き出したのではないのですか？　もちろん、実際にそれを声に出して尋ねるわけにはいかない。そんなことを尋ねようものなら、なにか取り返しのつかないことになりそうな気がして、それが恐ろしくてならなかった。

「これは誰かが死ぬというお告げなんじゃないかしら？　これから死んでいく誰かのために、そのまえに、精霊を送ってやっているのかもしれないわよ」

と、これは信子だ。

もちろん、本気でいっているのではないだろう。ニヤニヤと笑っていた。しきりに金口《きんぐち》のウェストミンスターをふかしながら、なんだか皮肉っぽい、おもしろがっているような顔つきになっている。

「何をいうんだ。そんなバカなことをいうんじゃない」

稔が嚙みつくようにいった。横にいる夕子が驚いて飛びあがってしまうほどの大声だった。

しかし、信子のほうはいっこうにこたえた様子はない。赤く塗った唇をキュッと吊りあげて、ふてぶてしく笑って見せた。

むしろ顔色を変えたのは守のほうで、

「おい、兄さん。いくら兄さんやって、人の女房ばつかまえて、そげんいいぐさはなかやろう。なにも怒鳴ることはなか。信子はべつだん本気でいったわけやない。ただ冗談ばいうただけやなかね」

そう唇を尖《とが》らすようにしていった。

稔は、あ、ああ、とうなずいて、おれもつい気がたったもんだから、とそう口のなかでつぶやいて、バツが悪そうに、その顔をそむけた。

「バカね。なにも、そんなに粋《いき》がらなくてもいいじゃない。あんたがわたしを大事にしてくれているのは、みんなが知っていることなんだから、いまさら女房にいいところを見せることなんかないわよ。みっともない。お兄さんだってそれこそ悪気でいったわけじゃないんだから」

とりなしているのか、それともあおっているのか分からないような口調で、信子がそういった。笑い声をあげると、巻き煙草の煙を勢いよく吐きだした。

そのときになってようやく、酒屋男たちが掘割に駆けつけてきた。それぞれに大声をあげながら、手鉤《てかぎ》のついた長い竿をあやつり、燃えあがっている西方舟を岸に引き寄せようとする。

が、あらかた西方舟は燃えつきてしまっていて、引き寄せようとすればするほど、ただいたずらに火の粉を散らし、焼けおちて、沈んでいくばかりだった。

ふと何かの気配を感じて、夕子は振り返った。

庭園の小高い盛り土のうえ、松が繁るその下に、女中に体をささえられ、鈴が立っていた。どうやら鈴は西方舟が燃えるのを見つめているらしい。

おそらく急いで寝間着のうえに羽織ってきたのだろう。鈴は、黒い羽織を着ていた。それが遠目に、一羽の老いたカラスが朝の陽光のなかに下りたったようにも見えたことだった。

第二部　怖い童謡

黒い小猫

べんがら染か、血のいろか、
鹿子《かのこ》まだらの花弁《はなびら》は裂けてしづかに傾きぬ。
裂けてしづかに輝ける褐の花粉の眩《まば》ゆさに、
夜の秘密を知るやとて
よその女のぢつと見し昨《きそ》の眼つきか、金茶の眼、
なにか凝視《みつ》むる、金茶の眼。

北原白秋

明治四四年六月五日刊『思ひ出』より一部抜粋

一

こんなことがあったのだから、舟遊びはひかえたほうがいいのではないか、と守はそういったのだが、いや、こんなことがあったからこそ気分を晴らす必要があるのだ、と稔がそういいはって、結局、掘割に舟を出すことになった。

とはいっても、稔は舟に同乗しない。購入したばかりのダットサンの慣らし運転がしたいから、あとから自動車で舟を追うことにしたい、という。

要するに、守夫妻と三人づれということになり、夕子としては、それが気づまりなのだが、せっかく熱心に誘ってくれるものを、むげに断るわけにもいかない。それに、柳河の掘割を心ゆくまで見てみたい、という思いもあり、舟遊びに同行することにした。

潮川から沖ノ端川に出て、有明海のほうに向かうという。

有明海につながる沖ノ端川には日に二度の潮の満ち引きがある。

満ち潮に乗って、亭主が櫓《ろ》を漕《こ》ぎ、女房が舵《かじ》をとる、櫓船が川をさかのぼってくる。はるばる天草、島原《しまばら》から、油かす、からいも、薪《たきぎ》など、様々な荷を積んで、商《あきな》いにやってくるのだという。満ち潮の一時《いっとき》、川は荷売りの船であふれ、布帆が光にきらめいて、船着場には家舟が接岸する。

満潮が終わると、引き潮になるまでの二、三十分間、川の流れがやんでしまう。これをこの柳河では縦と呼んでいるらしい。縦が終わると、今度は潮が引きはじめ、有明海の方向に向かう舟人は、この引き潮を利用し、舟を押し出す。

柳河を南に約半里、このあたりは六騎《ろっきゅ》と呼ばれている。柳河のウトウトとまどろんでいるような城下町とは対照的に、ここには漁師町の豪放で、開けっぴろげな気風がみなぎっている。

沖ノ端川をさかのぼりながら、夕子は、白秋の『思ひ出』のなかにあるこんな一節を思い出していた。

――畢竟《ひっきやう》は柳河の一部と見做《みな》すべきも、海に近いだけ凡《すべ》ての習俗もより多く南国的な、怠惰《なまけ》た規則《しまり》のない何となく投げやりなところがある。さうしてかの柳河のただ外面《うはべ》に取すまして廃れた面紗《おもぎぬ》のかげに淫《みだ》らな秘密を匿《かく》してゐるのに比ぶれば、凡てが露《あらは》で、元気で、また華《はな》やかである。

水汲場《くんば》では、女たちが裾《すそ》をからげ、たすきがけをし、洗濯をしている。そのあらわになった二の腕が日の光を白く撥《は》ねていた。また、岸辺の細い道を、子供たちが天秤棒《てんびんぼう》に田子を通して、水を運んでいる。

なんでも大正の終わり頃に上水道設備が完成したそうだが、それでも共同栓がやっとで、そんなふうにして子供たちに水を運ばせる家はめずらしくはないということだ。

川は小舟で混《こ》んでいる。油かすや、からいもを運んできた舟が、帰りには、柳河名物の味噌や、醤油を運ぶとかで、舟人たちは先を急いでいるのだ。

ときに、水の底に割れた茶碗などが沈んでいることもあるが、それさえ夕子には六騎の活気をあらわしているように思え、自然に心が弾んでくるのを覚えるのだ。

舟は一櫓のどんこ舟、綺羅家の船頭が櫓をこぐ音が、引き潮のゆるやかな流れのうえを渡っていく。

十二月だというのに、川風はふしぎなほどおだやかで、ゆらゆらと藻をただよわせ、日の光に映える水面を見ていると、いつしかウットリと眠気を誘われるほどだった。

夕子は念のためにコートを着てきたが、信子はスェーターだけの軽装だった。

守も、信子も、気持ちよさげに川風に顔をさらして、ほとんど何もしゃべろうとはしない。おそらく、この沖ノ端川の澄んだ流れのなかにあっては、むやみに口をきく気になれないのだろう。

舟を進めるにつれ、しだいに周囲の風景がひらけてきた。海が近くなったのか。人家が少なくなり、柳しだれる水辺に、おびただしいアシの葉が茂って、それがさわさわと風に揺れている。

そんな岸辺のところどころに、棒を組んだうえに、ムシロ掛けの小屋のようなものがあるのが目についた。小屋からは、長い竹竿のようなものがしなっていて、その先端から何本もの縄が水面に垂れている。

「あれは何なのですか？」

それを指さして、夕子は尋ねた。

「ああ、あれは四つ手網です。このあたりじゃ蜘蛛手《くもで》網と呼んどります。あのとおり、クモに似とりますばってん、あの網を水から引きあげると、鮒《ふな》だの、稚魚だのがばさらか取れますとばい」

船頭はそう答え、アッ、というような声をあげた。

「また、あんな悪さばしとる。ろうげで蜘蛛手網から魚を盗んどる。それも子供ならともかく、いい歳をした大人が、なんばしよるか」

船頭は大声を張りあげ、こらっ、なんばしよるか、とそう叫んだ。

その声に驚いたのか、アシの茂みのあいだを、ドテラを着た男がひとり、あわてて逃げていく姿が見えた。その手に竹で編んだ籠《かご》を持っている。

「このあたりじゃ、魚とり籠のことをろうげと呼んでいるんだ。長いヒモをつけ、夜のあいだに、ろうげを川底に沈めておき、ころあいを見て、それを引きあげるんだ。つまり、蜘蛛手網にかかった魚を失敬するわけさ。子供がよくやる悪戯《いたずら》だが、あんな大人がろうげを仕掛けるのはめずらしい。よほど暇な男なんだな」

守がそう説明し、機嫌のいい笑い声をあげた。おそらく、いい歳をした大人が、魚を盗んでいるのを見て、優越感を誘われたのだろう。

信子も笑い声をあげたが、夕子だけは笑うことができなかった。

魚とり籠をかかえて、アシのあいだを逃げていったいまの男、その後ろ姿が、新宿の宮口のアパートまで尾行した、あの若い男にそっくりだったのだ。

二

鮒町から三キロほど有明に下ったところに小さな神社がある。境内のなかに、沖ノ端川の水を引きいれた池があり、川からどんこ舟で入ることができる。柳河の三柱神社に比べれば、ずっと小さな神社だが、それだけに静かで、ひなびた風情がある。

この神社で、稔と待ち合わせをした。

すでにから銅の鳥居の下に、ダットサンがとまっていて、稔が岸辺から舟に手を振っていた。

車を運転するときには、その服装に決めているのだろう。やはりニッカーボッカーに、なめし革のジャンパー、ハンチングを斜めにかぶっているという姿だった。

陸にあがった守たちに近づいてくると、

「どうも車の調子がよくないんだ。ここまで追ってくるのにも、二度もエンコをしたんだからね」

顔をしかめながら、稔はそういった。

「悪いけど、ここで弁当でもつかって待っていてくれないか。もうすこし慣らし運転したほうがよさそうだ」

「いや、それは、おれはかまわないけど、夕子さんはどうかな?」

「どうか、わたしのことはお気づかいなく。わたし、お弁当をいただいたら、すこしその辺りを歩いてみますから」

「わたしもそうするわ。柳河に来てから、ずっとあの家に居つづけなんだもん。いいかげん気が滅入るわよ」

と、これは信子だ。明らかに、夫にたいする当てこすりであったらしい。守が何もいわないうちに、さっさと神社のなかに入っていってしまった。すぐに信子の姿は見えなくなってしまう。

「しようがない奴だな。いや、もうわがまま一杯で、こまったもんだ」

さすがにバツが悪いのだろう。守が誰にともなく、照れ隠しのようにそういって、

「それじゃ、おれは釣りでもするか。船頭が釣竿を貸してくれることになってるんだ。鮒でも釣ることにするさ」

川にもやわれたどんこ舟のほうに下りていった。

稔がダットサンを発進させ、走り去ったあとは、もう夕子はひとりだった。

もちろん淋《さび》しいとも、つまらないとも思わない。決して話があうとはいえない人たちと別れて、はればれとするような解放感を味わっている。

鳥居をくぐれば、参道の両側に、桜の古木がつらなり、それが社殿の背景をなしている松林とあいまって、しんとした深い森のような雰囲気をかもし出している。池には野鴨《のがも》が浮かんでいて、うららかな冬の日差しのなかに、悠々と羽を休めている。

これは近所の子供なのだろうか。幼い女の子たちが何人か、キャッ、キャッ、とはしゃいだ声をあげながら、境内で鬼ゴッコをして遊んでいた。

なんだか弁当を食べる時間がもったいなくなった。それよりも、もしかしたら白秋も子供のころに遊んだかもしれないこの神社で、ぼんやりと物思いにふけって、時間を過ごしたかった。

夕子は社殿のきざはしにすわって、子供たちが楽しげに遊んでいるのを、ただボウとして眺めていた。

時間がゆるやかに過ぎていく。木々の枝から洩《も》れる日の光が、ゆっくりと傾いていき、参道に落ちるその影が、しだいに長くなっていった。

そんなふうにして、一時間ほどは過ごしたろうか。

そのあいだ、守にも会わなければ、信子にも会わなかった。

ただ一度、車のエンジン音が聞こえてきて、境内を抜ける道からダットサンが出てくると、それが遠くの参道にとまるのを見ただけだ。

車から降りてきて、手を振るハンチング姿に、夕子も軽く手を振って応じたが、すぐに相手はどこかに行ってしまった。

おそらく、ダットサンの慣らし運転が終わって、弟の守が川釣りをしているのでも見物に行ったのだろう。

それからまた十分ほどして、守が川から境内に上がってくると、ダットサンのほうに歩いていった。

守はダットサンのなかを覗《のぞ》き込んだ。どうやら車のなかに稔の姿はなかったらしい。車のそばで、しばらく途方にくれたように立ちつくしていた。参道の森のなかからフラリと信子が姿を現した。守が信子を呼び寄せて、ふたりは何事か話しあっている。

なんとなく様子がおかしく感じられたので、夕子も立ちあがり、ふたりのそばに歩いていった。

夕子の姿を見るなり、

「ああ、夕子さん、兄キがどこに行ったか知りませんか」

そう守が声をかけてきた。

「さきほど車で戻ってらしたのは見ましたけど。そのあとはお見かけしません」

「どこに行ったんだろう。もうそろそろ潮が満ちはじめるんで、戻らなきゃいけないんですけどね。車をここに置いて、一緒に戻る、とそういってたんだけどなあ」

守はけげんそうな顔になっていた。

「自分で舟遊びに誘っといて、ずいぶん勝手な真似をする。やっぱり、こんな田舎で暮らしていると、わたしら、東京の人間とはずれてしまうんですかねえ」

「なにもそんなに急がなくたっていいじゃない？　戻ったって、べつだん、やらなきゃいけないこともないんだし、もうすこし待ったらどうかしら」

信子が煙草に火をつけた。そのマッチを擦った指先がわずかに震えていた。

——何をそんなに苛立《いらだ》っているんだろう？

夕子はふとそのことを不審に思った。

「そういうわけにはいかないんだよ。満潮のときを逃したら、沖ノ端川をのぼるのがむずかしくなる。船頭がそんなこと承知しないさ」

守はチッと舌打ちをした。

「一体、どこをうろついているんだか。まあ、いいや。おれらだけで帰ることにしよう。

兄さんには車があるんだ。いつだって自分ひとりで帰ってこられるさ」

おそらく、この守という男は経営者としては、かなり苛酷《かこく》な人間であるのだろう。自分の思いどおりにならないと、とたんに不機嫌になり、それを隠そうともしない。短気で、あつかいにくい人物なのだ。

もっとも、守が癇癪《かんしゃく》を起こさなかったとしても、船頭は舟を出すのを待とうとはしなかったろう。どんなに天気がよくても、やはり午後になると風が冷たかったし、なにより満潮に乗らなければならない。

三人はまた舟に乗り込んだ。

川に潮が満ちている。小潮と書いてからまと呼ぶらしい。ひたひたと潮が流れ込んできて、それが浮き藻を押しながし、岸辺のアシの葉を波うたせる。蜘蛛手網の釣竿が音をたててしなっていた。

雲がかかったのか、まだ午後もそんなに遅くはないのに、もう日が翳《かげ》り、川面《かわも》にぼんやりと青い光を投げかけている。そのうえをカモメや、かいつぶりが、鳴きもせずに、スッと影をひいて、かすめ飛んでいた。

船着場にもやわれた小舟が、ゴトゴトと音をたてて、揺れていた。

行きには、あれほどのどかだった沖ノ端川が、帰りには一転して、淋しく、沈痛な風景に感じられるようになった。そう、ほとんど禍々《まがまが》しいといってもいいほどに。

あとから考えれば、このときの夕子にはたしかに予感めいたものがあったような気がする。不吉な予感、といってしまえば、あまりに芝居めくが、きっと何かが起こる、起こるはずだ、そんな妙な胸騒ぎのようなものを覚えていた。

だから、あそこに人が浮かんでいる、と船頭がそう叫んだときにも、それほど驚きはしなかった。いや、驚かないはずはないが、胸の底では、ついに来るべきものが来た、とそんなような、妙に諦《あきら》めに似た思いがあった。

満潮に波だつ川面に、うつ伏せに、男がひとり浮かんでいた。革ジャンパーに、ニッカーボッカーの半ズボン、赤いスカーフが血のように揺れていた。

信子が悲鳴をあげた。守も声をあげ、立ちあがり、その拍子に、どんこ舟がグラリと揺れた。

その悲鳴に驚いたのだろう、それまで申し合わせたように鳴かなかった水鳥たちが、一斉に水から飛びたって、ギャア、ギャア、と狂おしく鳴き声をあげた。

守は呆然《ぼうぜん》として舟のなかで立ちすくんでいる。そのために、船頭が気ぜわしく櫓を漕ぐたびに、舟が大きく揺れ、水飛沫《みずしぶき》がかかるのだが、守自身はそのことに気がついてもいないようだ。

「どうして、こんな。兄さん、どうして、こんなことが――」

そう口のなかでつぶやいている。

もちろん、浮かんでいる男は満ち潮に流されている。が、船頭は懸命に櫓を漕いで、なんとか追いつくことができた。男の髪がゆらゆらと藻のようにもつれている。船頭は櫓を放し、竹竿を伸ばすと、それで浮かんでいる男をたぐり寄せようとした。男はいったん沈んで、また浮き、いやいやながらのように、舟に近づいてきた。

そのときになってようやく、守もわれに返ったようだ。船頭に手を貸し、ふたりがかりで、死んだ男を舟のなかに引きあげた。舟がまた大きく揺れる。

さんざん苦労して、死んだ男の体を仰向けにさせた。その後頭部が舟板に当たり、ゴトン、と重く音をたてた。

やはり、それは稔だった。

目をかたく閉じ、その口をあんぐりと開けていた。水にさらされ、白っぽくなった顔に、そのチョビ髭だけが、ぬれぬれと黒い。胸がなにか刃物のようなものでえぐられていて、その傷あとが赤く生々しかった。

「誰かに刺されたんだ。誰がこんなことを――」

守がうめき声をあげた。

夕子にはとうてい死体を正視するだけの勇気がなかった。全身の力が抜けてしまっていた。舟の艫《とも》のほうに逃れ、ろくに声を出すこともできずに、ただわなわなと震えるばかりだった。

それは信子もおなじことで、やはり舟板のうえにペタリとすわり込んだまま、真っ青になって、唇をわななかせている。

恐ろしさで、しびれたような頭のなかで、夕子はそんな信子の様子をけげんなものに感じていた。まだ会って間もない人だが、自分よりもはるかに気丈な女性だ、とそんなふうに信子のことを考えている。こんなことで、だらしなくすくみあがってしまうのは、なんだか信子には似つかわしくないことであるようにも思われたのだ。

舟のなかで、船頭の老人がいちばん落ち着いているようだ。その老人が、おや、これは何だろう、と妙な声をあげた。

死んだ稔は右手を握りしめていた。老人が指を一本一本伸ばすようにして、その右手を開いた。稔の手のなかからポトリと何かが落ちた。血のように赤いものだった。

自分ではよく覚えていないが、もしかしたら、そのとき夕子は悲鳴をあげていたかもしれない。いや、悲鳴をあげることもできず、ただ喘《あえ》いでいただけだったか？　そのときの、いきなり悪夢のなかに落ち込んだような恐ろしさは、そのあとも長く、夕子には忘れられないものになった。

死んだ稔は死んだ金魚を握りしめていたのだ。

三

綺羅家の屋敷は物々しい雰囲気に包まれている。

屋敷のいたるところを刑事たちが歩きまわっている。そのあとを、詰襟の制服を着た巡査たちが、ガチャ、ガチャ、とサーベルを鳴らしながら、つきしたがっていた。

なにしろ綺羅家は柳河では名高い造り酒屋なのだ。その当主の弟が殺されたのだから、これはこの地ではまれな大事件というべきだろう。所轄署の係官たちが血相を変えるのも当然のことだった。

奥の小部屋が、急遽《きゆうきよ》、取り調べの部屋ということにされる。夕子たちはそこにひとりずつ呼ばれて、あれこれと質問されることになった。

夕子たちの質問にあたったのは柴田《しばた》という名の部長刑事だった。顔の大きな、がっしりとした体つきの男で、老けてみえるが、意外に若いのかもしれない。

「なるほど、そうすると、あなたがた三人は神社で、それぞれ一人ずつになったというわけですな。その時間はだいたい一時間といったところですか。そのあいだ、離ればなれになっていて、たがいの姿は見ていない、と、まあ、そんなようなわけですか」

柴田はおだやかで、丁寧な言葉づかいをするが、ときおり見せる、そのするどい視線は、やはり刑事に特有のものといえるだろう。

「これは、たんなる可能性として申しあげているだけなので、お気を悪くされると困るのですが、そのあいだ、お三人には、それぞれ綺羅稔氏を殺害する時間があったということになりますな」

「そんな、乱暴です。わたしたちの誰がそんなひどいことをしなければならないというんですか」

「いや、なにも、わたしどもは、あなた方の誰かがやったなどと断定しているわけではありません。たんなる可能性として、とあらかじめ、そう申しあげている」

「可能性としても、そんなの話がおかしいと思います。たしかに、わたしや、信子さんは神社でひとりになったかもしれませんが、守さんは船頭のお爺《じい》さんと一緒に釣りをしていたはずじゃないですか」

「綺羅守氏が釣りをしていたのはほんの十分ぐらいの時間なんですよ。まったく釣れなかったので、守氏は癇癪を起こして、すぐにどこかへ行ってしまった。船頭はそんなふうに証言していましてね。いや、だからといって、なにも守氏を犯人として疑っている、というわけではないので、そこのところを誤解がないようにお願いしたいのですが」

「わたしたち三人はそれぞれ神社でひとりになっていた――」

夕子は唇を嚙《か》んだ。

「つまり、わたしたちにはアリバイがないとそうおっしゃるのですね？」

「ほう、アリバイですか。これはたいへんな言葉を御存知でいらっしゃる」

柴田はチラリと手帳に視線を走らせ、

「東京の出版社にお勤めなんですね。やはり何ですか、江戸川乱歩《えどがわらんぽ》の探偵小説なんかをお出しになっているんですか」

「…………」

本気で訊《き》いているのか、それともからかっているのか、そのことを測りかねて、夕子はとっさには返事ができなかった。

「これも調査中のことで、何もそうと断定したわけではないのですが、わたしどもはとりあえず、あの神社が殺人現場ではないか、とそう考えています。ダットサンで神社に戻ってきた綺羅稔氏を、何者かが刃物で刺し、沖ノ端川に投げ込んだ、そんなふうに考えているのです。稔氏は神社の海寄りにではなく、川寄りに、浮かんでいた。このことからも、おそらく満潮が始まるか、あるいは潮の動きがやむ縦の時刻に、川のなかに投げ込まれたものと推察されます。つまり稔氏の死体は満ち潮に乗って、川を流されていった、ということになりますな。そうだとすると、やはり殺害現場として、もっとも可能性のあるのはあの神社だということになる」

「そうだとすると、あの神社にいたわたしたち三人が、ますます有力な容疑者ということになりますわね」

夕子はそういったが、残念ながら、この柴田という部長刑事には、そんな皮肉は通用しそうになかった。

「遺憾《いかん》ながら、そういうことになりますかな。いや、とんだご迷惑をおかけしました。さぞかし気分を害されたとは思いますが、これがわたしどもの職務ですので、なにぶんにも、ご容赦を願います。また、何かお訊きすることが出てくるかもしれません。そのときには、これに懲りずに、ご協力をお願いいたします」

「あのう、わたしからもお訊きしたいことがあるのですが、よろしいでしょうか」

「ほう、どんなことでしょう？　事件の捜査に関することですと、残念ながら、お答えできることと、できないことがあると思いますが」

「金魚のことなんです」

「金魚？」

柴田はキョトンとした顔になった。

「亡くなった稔さんは手のなかに金魚をお持ちでした。そのことはどんなふうにお考えなのでしょう」

「金魚、金魚と――」

柴田はパラパラと手帳をめくり、

「ああ、たしかにそのようですな。これは検死の報告を待たなければ、はっきりしたことは申せませんが、稔氏は川に突き落とされたときには、まだ息があったということなのでしょう。それで苦しまぎれに、たまたま泳いでいた金魚をつかんだ、そういうことなんじゃありませんかな」

「沖ノ端川には金魚が泳いでいるのですか」

「それはいくらもいましょう。子供が飼っていた金魚を川に放すなんてことは日常茶飯事にあることではないのですか」

「そうかもしれません」

夕子は両手を握りしめた。

殺された稔は、その手のなかに死んだ金魚を握りしめていた。そして、新宿のアパートで死んだあの宮口の部屋でも、やはり金魚が死んでいた。死んだ男がふたりに、死んだ金魚が二匹……これをたんなる偶然だと考えてもいいものだろうか？　もし偶然でないとして、これを犯人の仕組んだこととすれば、何のために、そんな奇妙なことをしなければならなかったのか。

四

柴田部長刑事から解放され、夕子はドッと疲れを覚えた。

ほんとうなら、弟を殺された鈴のもとに悔やみに行くべきかもしれない。だが、いまは稔の死体が屋敷に運び込まれた直後のことでもあるし、鈴も刑事の質問を受けている最中であるかもしれない。鈴のもとを訪れるのは、もうすこし後になってからのほうがいいだろう。

べつだん後ろめたいことがあるわけではないのだが、それでも取り調べを受けて、ずいぶん気疲れしてしまったようだ。冷たい風にあたりたくなって、夕子は裏の台所から、外に向かった。

まだ日は暮れていないが、台所は暗く、ぼんやりと明かりが灯っている。

その明かりのなか、土間に積んだ薪のうえに、ひとりの男が腰をおろしていた。

かなり高齢の男だ。若い夕子には、男の年齢は測りがたいが、おそらく六十代にさしかかろうとしているのではないか。それでも、あまり老人と感じさせないのは、見るからにがっしりとした、いかにも頑強そうな体つきをしているからだ。

ハンチングに、ゲートル巻きという姿だ。煙草盆を薪のうえに置いて、キセルをくゆらしている。

ジロリ、と夕子を一瞥《いちべつ》した視線はするどかったが、彼女が立ちすくんでしまったのは、そのせいではない。これは何のつもりなのだろう、男は左手に鉈《なた》を持っていて、それをゆっくりと振っていた。

男は鉈をもてあそびながら、夕子の顔を見つめて、

「ああ、あんたが矢代夕子さんですな。なんでもこの家の、東京のご親戚だとかいう。せっかく遊びにきんしゃったとに、とんだことに巻き込まれてしもうて、いや、ご災難なことでしたなあ」

しゃがれた声でそういった。

妙に馴れなれしいところがあり、それだけに得体の知れないものを感じさせる老人だった。その重く、瞼《まぶた》のたれさがったような目が、ジッと刺すようにして、夕子のことを見つめている。

が、夕子はただ射すくめられて、それだけで縮みあがってしまうような、弱い娘ではない。外には巡査が大勢いるというのに、まさか、いきなり鉈で殴りかかってくるようなこともしないだろう。

「こんなことを申しあげては失礼なんですけど、人の名前をおたしかめになるまえに、まずご自分から名乗られるのが礼儀ではないでしょうか」

「いや、なるほど、これはお嬢さんのおっしゃるとおりだ。どうも昔の癖がなおらんで、つい他人様《ひとさま》に失礼な口をきいてしまう」

「昔の癖？」

「巡査だったころの癖ですよ。もう辞めてから何年にもなりますばってん」

男はニヤリと笑い、キセルを軽く煙草盆に打ちつけた。

「わたしは名前を助川《すけがわ》といいます。助ける川の助川――こげん見えてもね、何年かまえまでは、柳河で巡査ばしよった者なんです。四十年とまではいかんでしたが、巡査を拝命してから三十五年、ずっと柳河で勤務しよった人間なんですよ」

「おまわりさん？」

「ええ、三十五年といえば、みじかい年月じゃなか。お勤めばしよりますときには、おかげ様で、この綺羅のお宅とも昵懇《じっこん》にさせていただきよりました。まあ、いまはごらんのとおり、年金暮らしの老いぼれですばってんね。こげん、とんでもないことが起きたんで、昔とった杵柄《きねづか》で、なんか役にたつこともあるかもしれない、そうお考えになったとでしょう。奥様がわたしを呼んでくださったようなわけでして」

「…………」

夕子はこの老人のことをどう考えたらいいのか分からなかった。何十年も巡査を務めていたにしては、いや、それだからこそ、というべきか、この老人には妙に陰険なところが感じられる。鈴はほんとうにこんな老人を信頼しているのだろうか？

「この鉈なんですけどね。今日の午後、淳一郎さんはこれで薪を割りんしゃったというんですよ」

　助川は手に持っている鉈をゆっくりと振って見せた。

「このあたりじゃ薪のことをたきもんと呼びよるとですがね。毎日、ブラブラと遊びよったんじゃ、体もなまるやろうけん、たきもんでも作ってくれ、そげんいわれて、丸太ば鉈で割って、それをノコギリで定尺《ていじゃく》に切りよんしゃったというんですがね。ほら、そのたきもんがそこに積んである」

　助川があごをしゃくったほうに、夕子は目をやった。なるほど、たしかに煤《すす》けた竈《かまど》の横に、やまのようになって、大量の薪が積みあげられている。

　夕子には助川が何をいわんとしているのか分からなかった。淳一郎が薪を作ったからといって、それが何だというのだろう？

「ははあ、お分かりになりまっしぇんか」

　助川は鉈を薪に打ちつけた。そして、キセルを煙草入れにおさめると、

「これだけのたきもんだ。これを定尺に切って、こげんふうに積みあげるとには、ずいぶん時間がかかる。稔さんが殺されたのは、午後の満潮が始まるころだそうですね。その時間には、淳一郎さんはたきもんを作っていたということなんですよ。つまり、淳一郎さん

は稔さんを殺すことはできんかった。そげん理屈になるわけですな」

「だって、稔さんが殺されたのは神社なんでしょう。そんな薪のことなんかなくても、家にいた淳一郎さんが稔さんを殺すことなどできるはずがないと思いますけど」

「それはそうですばってん、因果なことに、巡査なんかしよったもんですからね。つい人を疑うのが性分になってしもうとる。ただ淳一郎さんが自分は家にいた、といいはるだけのことやったら、わたしはそげんことは信じません。人が嘘《うそ》をつくとは、これまでいやというほど、見てきましたけんね。もしかしたら家を抜け出して、神社に行ったんじゃないか、一応は、そげんふうに疑いますよ。家督相続のことでは、淳一郎さんと、稔さんとは敵対関係にあったわけですからね」

助川は煙草入れをしまうと、薪から立ちあがり、土間から外に出ていった。

この助川という男は好きになれない。だが、どうしてか、淳一郎のアリバイを証明してくれたことが、なんとはなしに嬉《うれ》しく、頼もしいことにも感じられた。淳一郎とはたった一度、廊下ですれちがっただけにすぎないのに、どうしてそんなことを感じるのか、それは夕子自身にも分からないことだったが。

夕子も下駄を突っかけると、助川のあとを追った。

土間から出たすぐのところ、母屋と物置小屋とのあいだに、妙なものがある。

長さ三メートルぐらいの丸太が三本、三叉《みつまた》に組みあわされていて、その頂点から、大きな鉤《かぎ》のついた五十センチほどの縄が下がっている。その縄の途中に、丸い金具が取りつけられていて、その金具のなかに斜めに、これは優に四メートルを超えるような丸太棒が差し込まれている。その丸太の途中に、大きな分銅が下がっているところを見ると、どうやらこれは秤《はかり》のようなものであるらしい。

助川はそのまえに立って、

「これはチキリと呼ばれるものなんですよ。なに、何のことはない、ごらんのとおりの秤なんですばってんね。大きな家にはどこでもあります。梅雨と、正月のまえには、たきもんにするための、長尺ものの樫《かし》の丸太を売りに来る。このチキリで、たきもんにする丸太の重さを測って、買うわけなんです」

そんなことをいい、ニヤリと笑った。あらためて夕子の顔を見ると、

「淳一郎さんは運がよか。おあつらえむきにたきもんを切っとったからいいものの、そうでなければ、真っ先に、警察に目ばつけられとったでしょうけんな。なんといっても、淳一郎さんには稔さんを殺害するだけの動機がありますけんね」

「…………」

夕子は助川の顔を見た。

助川のいったことを、なんとなく言葉どおりには受けとめられないような気がした。これは夕子の気のせいなのか、妙に持ってまわった、なにか含むところのある口ぶりに感じ

られるのだ。

助川はニヤニヤと笑いながら、ハンチングのひさしに手をやると、

「いや、どうも長々とお話をして、申し訳ありませんでしたな」

そう小バカにしたようにいい、夕暮れの闇のなかに立ち去っていった。

その後ろ姿を見送りながら、

――もしかしたら、助川という男は巡査として有能な人物だったのかもしれない。

夕子はふとそんなことを思った。

有能だからこそ、鈴も助川を屋敷に呼んだのではないか。あるいは、それこそ江戸川乱歩の探偵小説のように、あの老人が警察を出し抜いて、真犯人を突きとめるというようなことになるかもしれない。

が、よしんばそうであっても、夕子は助川という人物を好きになれそうにはない。いまはもう淳一郎のアリバイを立証したことにも素直に感謝する気になれない。

どうしてか、助川と別れたいま、なにか汚物でもなすりつけられたような不快感だけが残されていた。

五

ひょうたん池のほとりに、淳一郎が立っていた。

夕暮れの薄日を反射して、ぼんやりと霞《かすみ》がかかったように、池の水が青い光を浮きだたせている。黒いスェーターに、黒いズボン。その姿が青い光のなかにくっきりときわだって、それが逆に、淳一郎に、そこにいながらいない、というような妙な非現実感をもたらしていた。

夕子はこれまで、ただの一度として、異性の姿を見て、美しい、などと思ったことはない。しかし、このときばかりは、たそがれた池のほとりに立つ淳一郎の姿を見て、ふしぎに胸がときめくのを覚えた。

どうやら淳一郎は池に浮いている野鴨を見ているらしい。

できるだけ足音をしのばせたつもりだが、それでも夕子が近づいたのに驚いたのか、野鴨が数羽、水飛沫をあげながら、池から飛びたった。

淳一郎がゆっくりと振り返った。どうやら夕子のことを覚えていないらしい。けげんそうな顔になった。

「淳一郎さんですね。わたくし、矢代夕子といいます」

「今朝ほど廊下でお会いしたんですけど、覚えていらっしゃいませんか」

「………」

「ああ、東京の親戚とかいう……」

淳一郎はようやく得心《とくしん》がいったようにうなずいた。はじめて聞く淳一郎の声は、若々しく、張りがあった。

「はい、きのう柳河に着きました。なにぶんにも着いたのが遅かったものですから、昨夜は、鈴さんにだけご挨拶して、ほかの方は失礼させていただきました。あらためてご挨拶しなければ、と思っているうちに、こんなことになってしまって――」

「いや、そんな、ぼくはあらためて挨拶を受けるようなご大層な人間じゃない。そんなことより、柳河に来る早々、とんでもない事件に巻き込まれてしまって、たいへんだったですね」

「ほんとうに恐ろしい事件ですわ。稔さんとはきのう初めてお会いしたばかりなんです。それなのに、今日にはもう、亡くなってしまうだなんて、なんだか信じられない気がします」

「誰が何の目的で稔さんを殺害しなければならなかったのか？　こうなってみると、誰かに階段から突き落とされた、というのも、あながち鈴さんの妄想とばかりいえないかもしれない。もっとも――」

淳一郎は苦笑した。

「家督相続の問題があるから、稔さんが殺されて、いちばん疑われるのは、ぼくということになる。稔さんが神社で殺されたのでなかったら、ぼくはとっくに検束《けんそく》されていただろうな」

「淳一郎さんはこの家にいらしてからどれくらいになるんですか」

「十月のなかばに来たんだから、もう一月半《ひとつき》になるかな。ぼくが来るとすぐに、鈴さんが階段から落ちて、あんなことになってしまった。それから一月ちょっとで、今度は、稔さんが殺されてしまった。なんだか自分が疫病神《やくびょうがみ》になったような気がするよ」

「鈴さんのことや、稔さんのことは、淳一郎さんには責任のないことです。淳一郎さんが疫病神だなんて、誰もそんなことは考えないと思います」

「そうとばかりもいえないさ。守さんがいるよ。あの人はこの家に二週間ぐらいまえにやって来たんだけど、よほど、ぼくのことが気にいらないらしい。家のなかで顔をあわせるたびに、鍾馗《しょうき》様みたいな顔をして、睨みつけるんだ。たまったもんじゃないよ。守さんはぼくに家督相続の資格があるのが腹立たしくてならないらしい」

「淳一郎さんは柳河に来るまえどこで何をしていらしたんですか」

「…………」

何の気なしに尋ねたことで、べつだん詮索《せんさく》するつもりなどなかったのだ。

淳一郎は夕子の顔を見つめた。

その視線に、一瞬、夕子は自分がたじろぐのを覚えた。他人が自分のなかに踏み込んでくるのを、キッパリと拒んでいる冷やかな視線だった。

淳一郎は無言のまま、巻き煙草をくわえると、それにマッチで火をつけた。そして、ゆっくりと煙を吐き出しながら、

「きみはどうして東京から柳河までやって来たんだ。まさか、若い娘がただ親族会に出るだけのために、こんな遠方までやって来たわけじゃないだろう。なにか柳河に来なければならないわけでもあったのですか」

どうやら淳一郎は自分の過去のことには触れられたくないらしい。さりげなく話題を変えたのは、そのことは訊いてくれるな、という意思表示でもあるのだろう。

夕子はドギマギとしている。自分がひどく無神経なことをしてしまったような、漠然とした後悔の念にかられていた。

「わたし、北原白秋先生の熱烈な愛読者なんです。『思ひ出』とか『邪宗門』なんかもう何度、読みかえしたか分からないほどなんです。ずっと以前から、一度、先生の故郷である柳河に行ってみたい、とそう考えていたんです。わたし」

「白秋?」

淳一郎には夕子の返事は意外なものであったようだ。一瞬、あっけにとられた表情にな

ったが、

「なるほど、白秋のファンね。それでわざわざ東京から柳河くんだりまでやってきたというわけですか」

「ええ」

と、夕子はうなずいた。

「淳一郎さんはどうですか。白秋はお嫌いですか」

「嫌いもなにもあまり読んだことがない。ぼくはそういうものを読む環境にはいなかったものだから――」

淳一郎はそうつぶやいた。なにか思い出したことでもあるのか、ぼんやりと視線を池に這《は》わせるふうだった。

たそがれたあい色の大気のなかに、池の水だけがほのかに白く浮かんでいる。その水のなかを、何匹もの鯉、鮒、それに金魚などが泳いでいる。

「そういえば、あれは雑誌の『赤い鳥』だったかな。子供のころ、白秋の童謡を読んで、ひどく怖い思いをしたことがある。あれはほんとうに怖かったな」

「怖い童謡？」

夕子は眉をひそめた。

たしかに白秋の詩歌のなかには、怖いとしかいいようのないものが少なくない。抒情《じょじょう》小曲集とうたわれている『思ひ出』にしたところで、幽霊、生胆取《いきぎもとり》、人霊《ひとだま》などの言葉が多用されている。そのことを見ても、白秋にいわば妖奇《ようき》趣味のようなものがあるのは、まぎれもない事実といえるだろう。が、白秋が『赤い鳥』に発表しつづけている童謡は、もちろん子供を対象にしたものであり、そんな怖い童謡などというものがありうるだろうか？

「白秋先生にそんな怖い童謡なんかありましたでしょうか」

「ええ、よくは覚えていないんだけど、なんでも金魚の童謡だったような気がする」

「金魚の……」

「ええと、どんな詩だったかな？　たしか最初は、母さん、母さん、というんじゃなかったかな。母さん、母さん、どこへ行た。紅い金魚と遊びませう――」

「………」

夕子は目を閉じ、耳をふさぎたい思いだった。もちろん、この「金魚」という童謡は知っている。知らないわけがない。

宮口の部屋のなかで、また稔の右手のなかで、死んだ金魚を見たとき、当然、「金魚」という童謡のことが、頭のなかに浮かんできたはずなのだ。それなのに、いまのいままでそのことを思い出さなかったのは、おそらく「金魚」という童謡が、現実の何を暗示しているのか、それを知るのが恐ろしかったからだろう。無意識のうちに、知りたくないという気持ちが働いたのだ。

しかし、こうなってしまっては、もう夕子も童謡の「金魚」を知らないふりをすることはできない。これ以上は、自分をいつわることはできそうになかった。

淳一郎につづいて、夕子は「金魚」の二節めを暗唱した。いや、自分では暗唱したつもりはない。暗唱するというより、巫女《みこ》が口寄せをするように、どこかの誰かが自分の口をかりて、「金魚」を唱えている、夕子にはほとんどそう感じられたことだった。

「母さん、帰らぬ、さびしいな。金魚を一匹突き殺す――」

そう、綺羅稔はこの童謡のなかの金魚のように、誰かに突き殺された。金魚を一匹突き殺す。

もちろん、そんなことは、たんなる偶然にすぎない。これが偶然でなくて、何だというのだろう? が、そうはいっても、この童謡のなかで、金魚が二匹、三匹と殺されていくことは、覚えておいたほうがいいかもしれない。

　まだまだ、帰らぬ、
　くやしいな。
　金魚を二匹締め殺す。
なぜなぜ、帰らぬ、

ひもじいな。
　金魚を三匹捻《ね》ぢ殺す。
涙がこぼれる、
　日は暮れる。
　紅い金魚も死《しィ》ぬ、死ぬ。
「母さん怖いよ、眼が光る、ピカピカ、金魚の眼が光る……」

六

夕子です、おじゃまいたします、そう外から声をかけて、襖《ふすま》を開けた。

灯明の明かりのなかに大きな仏壇が浮かびあがっている。金箔《きんぱく》に、黒の漆塗り。くすんだような観音開きの仏壇に、これは木目も新しい白木の位牌《いはい》が入っていた。花に、しきみが添えられ、一本箸の御飯。二筋、三筋、線香の煙がたなびいている。

電灯は灯されていない。ぼんやりと暗いなかに、小火鉢の炭火だけがあかあかと熾《おこ》っていた。

寝間着のうえに綿入れの半纏《はんてん》、厚い掛布団をまとって、鈴は布団のうえにすわり込んでいる。白髪をふりみだし、お数珠《じゅず》を繰りながら、一心にお経を唱えつづけているのだ。よほど弟の稔が殺されたのが衝撃だったのだろう。完全に常軌を逸していた。

「ご心痛のところを申し訳ありません。鈴さん。こんなときに何ですけど、すこしお尋ねしたいことがあるのです。いまは人と話す気にはなれない、そうおっしゃるのでしたら、また出直してまいります――」

「………」

鈴は夕子の顔を見つめた。その目はボウと焦点がさだまってなく、一瞬、自分のいったことが通じなかったのではないか、とそのことが心配になったほどだ。

しかし、鈴は何十年というもの、大きな造り酒屋を先頭にたって切り回してきた女であり、弟が死んだからといっても、むやみに取り乱すことはしなかったようだ。耄碌《もうろく》したとはいっても、芯《しん》には気丈なところを残しているらしかった。

鈴はお数珠を膝のうえに置くと、

「なんの、遠慮なさることはない。あんたが遠慮したところで、死んだ者が生き返る道理もあるまいからの。お話しなさい。どげんことばお尋ねになりたいとですか?」

そうしんとした声で切り返してきた。

「はい、お訊きしたいことというのは、じつは手紙のことなんです。東京の父にお寄こしになった手紙に、はくむ、という人物から脅迫状のようなものが届いた、とお書きになられたそうですが、それはほんとうのことなのでしょうか」

「はくむ？」

「はい、白い霧、と書くんだと思います。なんでも、その白霧という人物から脅迫状が送りつけられてきた、そんなようなことだと思うのですが……」

「ああ、そういえば、そげんような手紙が舞い込んだことがあった。白い霧、はくむという者から、なにか脅迫状めいたものが届いたことがあった――」

と、鈴はうなずいた。その手のなかで数珠がザラザラと鳴っている。

「お訊きしたいことというのは、その手紙のことなのですが、それはどんな内容のものだったのでしょう？　もし、おさしつかえないようでしたら、その手紙を見せていただけないものでしょうか」

「その手紙を見て、どげんなさるおつもりですかいな」

「はい」

と、夕子は曖昧《あいまい》にうなずいたまま、なんとなく返事を濁している。返事のしようがないのだ。

やはり白霧の名で、青楓社気付北原白秋宛に、脅迫状めいたものが送りつけられていることは、この鈴にも打ち明けるわけにはいかなかった。どんなことがあっても白秋の名を汚すようなことになるのだけは避けなければならない。

そんな夕子を見て、なにか事情がありそうだと考えたらしく、

「お見せしたいのはやまやまですばってん、あいにくなことになあ——」

鈴が気の毒げな表情になった。

「あの手紙がいまどこにあるのか、わしはそのことを知らんとです」

「え？」

「あの手紙は死んだ稔宛になっておった。わしは稔に手紙を渡した。そのあと、稔が手紙をどこにやったもんやら、わしにもそれはよう分からん」

「…………」

夕子は意外だった。

死んだ稔と手紙の話をしたのはつい昨日《きのう》のことだ。そのとき稔は白霧の手紙は鈴が保管しているとそういった。鈴ひとりが脅迫状のことを気に病んでいて、稔自身はほとんど気にもとめなかった……たしか、そんなような意味あいのことをいったのだ。まったく話が逆ではないか。

いずれにせよ、稔は死んでしまい、鈴はほとんど耄碌してしまっているらしい。白霧という人物からの手紙がどうなってしまったか、いまとなってしまってはもう、そのことをたしかめるすべはないようだ。

夕子はやや落胆したが、

「鈴さんはその白霧という人物からの手紙にどんなことが書かれてあったのか、そのことを覚えていらっしゃいますか」

気をとりなおし、そう尋ねた。

「ああ、なんでも鎮夫のことが書かれてあったな」

「しずお?」

「ああ、士族の子だよ。鎮夫――」

鈴は指で空に字を書いた。いつもぼんやりとしている鈴が、このときばかりは、その目に生気が宿ったように感じられた。

「沖ノ端村の石場に生まれた。気の毒に、早うに父親が亡くなってな。鎮夫は十歳で家督を相続せないかんやった――」

「あのう、話の筋道がよくのみこめないんですけど、その鎮夫さんというのはどこの方なんでしょう?」

「やけん、沖ノ端村で生まれた。さっきもいうたように、父親は士族で、なんでも祖父は柳河藩の勘定方やったそうばい」

「どうもよく分かりません。白霧の手紙にはその鎮夫さんという人のことが書かれてあったのですか?」

「鎮夫は古問屋《ふつどいや》のトンカ・ジョンとえろう仲のよか友達でな。いつも一緒に歩きよったもんたい――」

鈴はぼんやりと遠くを見るような目になっている。その口調には、はるかな思い出をたどる回想の響きが感じられた。

「トンカ・ジョン？」

北原家は柳河の人たちに古問屋と呼ばれていたらしい。白秋の『思ひ出』にこんな記述がある。

――その酒屋の、私はTonka《トンカ》 John《ジョン》（大きい坊ちゃん、弟と比較していふ、阿蘭陀《オランダ》訛《なまり》か。）である。

古問屋のトンカ・ジョン、つまりは北原白秋のことだろう。

「中島鎮夫はな、トンカ・ジョンより二年ぐらい後輩になろうかいな」

「中島、鎮夫」

夕子はそう口のなかでつぶやいた。

ようやく鈴が誰のことをいっているのか、そのことが分かった。いや、本来ならもっと早く、白霧という人物が書いてきたあの手紙を読んだとき、そのことに気がつくべきだったのかもしれない。

――おまへは中島白雨の才能を盗んだ。おまへがいまあるのはすべて中島白雨の才があつたればこそのことだ。忘れるな。おまへの栄光、おまへの名誉は、本来、すべて中島白雨に帰せられるべきものなのだ……

そう、どうして夕子はこのことを忘れていたのか？　すこしでも白秋の経歴を知っている人間なら中島白雨の名は忘れてはならないものであるはずなのに。

白秋は中学生のとき、伝習館中学の若き文学グループに属し、同人雑誌『文庫』、回覧誌『常盤木』などにしきりに早熟な詩歌を発表していた。この文学グループの仲間に、白秋より歳下の、中島鎮夫という若者がいて、この若者が白秋にまさるとも劣らない詩才を発揮したといわれる。

若き日の北原白秋はこの中島白雨（鎮夫）と親友であったらしい。

夕子の父は大正六年二月号『新潮』の北原白秋年譜を持っている。その年譜に白秋自身がこう記しているのを読んだことがある。

親友中島鎮夫露探《ろたん》の嫌疑を受け、遼陽戦捷《りようようせんしよう》祝賀行列の前夜自刃して死す。

日露戦争が始まって間もなく、明治三十七年二月、中島鎮夫はみずから刃物で頸《くび》を切って死んでいる。このとき鎮夫は満十七歳、白秋は十九歳。『新潮』の年譜にもあるように、中島鎮夫は露探の嫌疑をかけられ、自刃したらしい。

露探、つまりロシアのスパイということだろう。いまから考えれば、信じられないようなことであるが、十七歳の少年がスパイの嫌疑をかけられ、自刃に追いこまれたのだ。みずから頸をかっ切って、死ななければならなかった。

誰に、どうして、そんな嫌疑をかけられることになったのか？　白秋自身もそのことをはっきりとは記していない。分からないのだろう。誰にも分かるはずのないことだ。おそらく、日本軍が旅順《りょじゅん》港のロシア艦隊を奇襲し、宣戦布告をして、続々と出征兵士が満州《まんしゅう》に送られていく、というそんな異様な時代背景を抜きにしては、説明できないことなのかもしれない。三十年以上も昔、そのころの日本は狂っていた。そのころの日本は？　ほんとうにそのころの日本は、とそういいきることができるだろうか。

いや、そんなことは、夕子が考えたところでどうにもならないことだろう……

北原隆吉は十六歳のとき、友人たちと回覧雑誌『蓬文《ほうぶん》』を発行、このとき全員が〝白〟の下に一字を置くことになり、籤《くじ》で「秋」の字を引きあてて、白秋の雅号を得ることになる。このときに、中島鎮夫が白雨となったのだが、その文学仲間に白霧、あくむと韻をふむ雅号の者がいたかどうか、夕子にはその記憶がないのだ。

「白霧という人物の手紙には中島鎮夫さんのどんなことが書かれてあったんでしょう？」

夕子はそう尋ねたが、鈴はそれには返事をするつもりはないようだ。いや、自分ひとりの想念の世界に入り込んでしまい、もう夕子が同席していることも忘れてしまっているのかもしれない。

キョトンとした目で、夕子のことを見つめると、

「古問屋のトンカ・ジョンが〝金魚〟という童謡をつくったそうな。その童謡そのままに人が死んでいくという話を聞いたばってん、それはほんとうのことやろうか」

「そんな……そんな話をどこでお聞きになったのですか」

「やけん、稔も手のなかに金魚を握りしめとった。それは白秋の〝金魚〟という童謡そのままに、これから人を殺していくという、犯人からの告知だということなんやろうが、それはほんとうのことやろうか」

「嘘です。そんなことはありません。そんなバカな話があるものですか」

「母さん、帰らぬ。さびしいな。金魚を一匹突き殺す──たしかに稔は〝金魚〟そのままに突き殺された。あんたもそのことを嘘だとはいえんやろう」

「………」

「誰が、そげん〝金魚〟の童謡なんかにあわせて人を殺すなどと突拍子もないことを考えるもんね。それはやっぱりおかしくなった人間やろうか」

なかば自分自身に尋ねるように、鈴はそう問いかけてきた。もちろん夕子の答えられるはずのないことだったが、どうやら鈴も返事を期待していたわけではないらしい。また数珠を手に取ると、低く、ボソボソとした声で経文を唱えはじめた。

その声を聞きながら、夕子はどこか暗闇のなかから、母さん怖いよ、眼が光る、ピカピカ、金魚の眼が光る、とそんなつぶやきの声が聞こえてくるような気がした。

白霧が何者なのか、どんな手紙を書いてきたのか、夕子は結局、それを知ることはできなかった。

七

水の音が聞こえている。井樋《いび》から音をたてて水が落ちていく。

夜になって風が出てきたらしい。窓障子にしだれる柳の糸がわずかに揺れている。どうしてか電灯をつける気にはなれない。昔ながらの洋灯《ランプ》の明かりのなか、障子に映る柳の糸が、細く、長く、ただもうはかなげに風になびいているのだ。

いまはもう深夜の一時を過ぎて、土蔵造りの八畳間には、しんしんと冷気が忍び寄っている。火鉢の火は消えてしまっていた。

すでに稔の死体は検死にまわされ、巡査たちも引きあげ、この屋敷にはただ人が殺された、という事実だけが残された。そのためだろう。夕子には、なにか大きくて、空っぽの柩《ひつぎ》が、夜の闇のなかにしんと横たえられているようにも感じられるのだ。

思いがけなく殺人事件に関わりあうことになり、やはり神経がたかぶっているのだろう。なかなか眠ることができない。眠れないまま、布団のなかで、もうこれまで何度目を通したかしれない『思ひ出』のページを繰《く》って、その冒頭の「わが生ひたち」を拾い読みしている。

この『思ひ出』の、とりわけ「わが生ひたち」のなかには、北原白秋という希有《けう》な天才詩人のすべてがこめられている。『思ひ出』をたんねんに読みつづければ、いずれは白秋という詩人の全容を解きあかすこともできるはずだ……夕子はそんなふうに信じて疑わない。

たとえば『思ひ出』には中島白雨の自殺についてはこんなふうに記されている。

> さうして私の少年期の了《をは》るころ、常に兄弟のやうに親しんだ友人の一人は自刃して遂《つひ》にその才気煥発《くわんぱつ》だつた短い一生の最後を自分の赤い血潮で華やかに彩《いろ》どつて、たんぽぽのさく野中のひとすぢ道を彼の墓場へ静かに送られて行つたのである。

北原白秋はいろんな意味で天才詩人と称されてしかるべき人物だろう。その白秋が才気煥発と評するほどなのだから、中島白雨はよほどの才能に恵まれた若者だったにちがいない。

あるいは、いままで生きのびていれば、白秋に匹敵する大詩人として、評価されることになったかもしれない。それほどの才能を持った若者が、ロシアのスパイの嫌疑をかけられるなどという馬鹿げたことで、みずから命を絶たなければならなかったのだ。白霧という人物が、この夭折《ようせつ》した天才詩人のことを悼むのも、いわば当然のことであるかもしれない。

この白霧という謎の人物がどこの誰であるかは分からない。

白霧は青楓社気付で北原白秋に手紙を出し、

——おまへは中島白雨の才能を盗んだ。おまへがいまあるのはすべて中島白雨の才があつたればこそのことだ。

そう記している。

鈴の話によれば、白霧と名乗る人物は、綺羅家にも手紙を送りつけているらしい。稔が死んでしまい、現物が失われたのは残念だが、それにもやはり中島白雨のことが記されてあった、ということだった。

どうして、いまになって、白霧という人物は、三十年以上も昔に死んだ中島白雨のことを、こんなふうにあちこち手紙に書きしるし、送りつけなければならないのか？　北原白秋は親友であったとしても、本来、中島鎮夫（白雨）と、綺羅家とは何の関係もないはずではないか。

中島白雨は明治三十七年にみずから頸をかき切って死んでいる。白霧という謎の人物はそのことを非常に悼んでいるようだ。中島白雨は天才だったらしい。その夭折を悼む人間がいるとしても、べつだんふしぎはないだろう。

明治三十七年に死んだ中島白雨と、昨日、死んだばかりの稔の事件とは、なんらかの関わりがあるのだろうか？ あるいは三十年以上も昔に起こったことを、現代の事件にむすびつけて考えるのは、判断をあやまらせることになるだけかもしれない……

そのときのことだ。

闇のなかから音が聞こえてきた。また、あの車輪の回転するような音だった。

八

夕子はためらわなかった。ためらうには、あまりに好奇心が強すぎる。

すぐに布団から起きあがり、寝間着のうえに、羽織を着込んだ。昨夜は、この音を追って、稔が土間から外に出ていくのを見ることになった。その稔が死んでしまったいま、今夜は何を見ることになるだろう？

今夜はもうやむやに終わらせたくはない。その音が何であるか、なんとしてもそれを突きとめるのだ。

昨夜のあの音は西方舟を蔵から引き出す音だったのかもしれない。が、今夜の、この音は何なのだろう。

離れの座敷を出ると、二十燭《しょく》の明かりのなか、その音を追って、廊下をどこまでも進んでいった。

どこまでも？　いや、音はすでにやんでいて、小座敷のならんだ廊下には、ただ電灯の明かりがぼんやりと光と影を投げかけているだけだ。板張りに出たが、今夜は土間に抜けようとはせず、そこにある狭い階段を見上げてみた。いまとなっては、もうたしかめようのないことだが、もしかしたら、あの妙な音はこの階段のうえから聞こえてきたのではなかったか。

階段をのぼった。踏み板がギシギシときしんだ。ここにも電灯があり、夕子の姿が、漆《しっ》喰《くい》の壁、その腰板のうえに、長々と影をおとしていた。階段をのぼりつめると、一坪ほどの狭い踊り場、電灯の明かりのなかに、黒ずんだ杉の引き戸が浮かんでいた。

——あの音はこのなかから聞こえてきたのだろうか？

まさかとは思ったが、念のために、引き戸を開けてみた。部屋のなかを踊り場の明かりがぼんやりと照らし出した。

どうやら納戸に使われているらしい。斜め天井、格子窓に、六坪ほどの土蔵造り。さすがに老舗《しにせ》の造り酒屋だけあって、納戸のなかには、じつに様々なものが納められている。正面に黒糸おどしの甲冑《かっちゅう》があり、衣紋《えもん》掛けには金糸銀糸の能衣装、簞笥《たんす》、長持ち、屏《びょう》風《ぶ》、桐の箱、おびただしい箱膳が積みかさねられ、また鴨居《かもい》には金泥《きんでい》のかぶとがズラリと並んでいる。

が、夕子の注意を引いたのは、黒糸おどしの甲冑でもなければ、金泥のかぶと、衣紋掛けの能衣装でもない。

一方の壁に寄せるようにし、小さな文机《ふづくえ》があり、そのうえに古めかしいランプが置かれてある。どうやら、そのランプはいまも使われているらしい。油が入っていて、その横にはマッチの箱がある――誰かがランプの灯《とも》を灯し、文机のまえにすわって、何かを読んでいるということなのか。その誰かとは何者で、こんなところで何を読んでいるというのだろう？　夕子にはそのことがいぶかしく感じられた。

文机の横に本が積んである。その本が何であるか知りたくて、夕子は納戸のなかに足を踏み入れた。

本といっても、市販されているようなものではなく、半紙を紙縒《こよ》りでとじた、いわゆる和本と呼ばれるものであるらしい。その表紙なども、すっかり黄ばんでいて、かなり古いものであるようだ。

引き戸は開けっぱなしにしたままで、夕子の背後から電灯の明かりが射し込んでいた。そのぼんやりとした明かりのなか、どうやら毛筆で書かれているらしい本の題名が浮かんでいた。

「常盤木……」

夕子はそう口のなかでつぶやいた。

表紙が黄ばんでいるのも当然だ。それは三十年以上も昔の本なのだ。

もちろん夕子はこの同人誌の名を知っている。すこしでも白秋に興味のある人間なら『常盤木』を知らないはずはない。

たしか白秋が十八歳のとき、白仁《しらに》秋津《あきつ》を主宰者にして、『福岡日日新聞』の「葉書文学」で知り合った人たちと発行した回覧同人誌であったはずだ。

半紙に毛筆で記され、短歌は一首に一ページ、詩は全編のあとに数ページ、それぞれに余白が用意されて、回覧者が批評を書き込んでいくという形式がとられていた。同人は五人から六人、そのなかには白秋の親友で、若くして自刃した中島白雨も交じっていた。

『常盤木』のほかにも、若かった白秋がさかんに投稿していた同人雑誌『文庫』も何冊かあった。これは東京市神田区の内外出版協会が発行していた投稿誌で、もっぱら当時の中学生が、和歌、俳句、新体詩などを投稿していたらしい。

『常盤木』の一冊を手に取った。明治三十六年発行の『常盤木』第三、そのなかに中島白雨(鎮夫)の歌が載っていた。

「さる人に与ふ」という題のもとに、三首の短歌が掲載されている。夕子にはそのなかの一首が妙に心に残った。

こざかしき風吹きて来ぬ曇りたる夕が中なる姫百合の花

このとき中島白雨（鎮夫）は何歳だったろう？　十六か、十七、いや、もしかしたら十五歳であったかもしれない。そんな少年といってもいい年齢なのに、この短歌にははっきりと異性の存在が感じられる。

鎮夫の年齢を考えれば、それはおそらく初恋と呼ぶべきものだったろう。明治の時代、しかも鎮夫の家は藩士あがりで、堅い一方だったはずだから、そんな気軽に若い娘に声をかけられるような環境ではなかったろう。

鎮夫は思いを胸に秘めなければならなかったはずなのだ。それだけに、いっそう激しく、その思いは詩文にあらわれる。鎮夫は白秋に負けないほど早熟な少年だったようだ。その作品はときに、ほとんど背伸びしているといいたくなるほど、官能的な色あいをおびた。

『文庫』第二十五巻二号……そこに「初戀」という一編がある。ポー作、白雨訳とあるから、これは当時、中学生だった鎮夫が、ポーの小説を翻訳したものなのだろう。

明治三十年代、そのころの柳河は辺境と呼んでもいいところだったはずだ。そんな辺境に暮らしていた中学生が、ポーの小説を翻訳し、それをまがりなりにも同人誌に発表しているのだ。たんに早熟というだけではなく、ほとんど天才と呼んでもいいのではないか。おまへは中島白雨の才能を盗んだ。おまへがいまあるのはすべて中島白雨の才があつたればこそのことだ……たしかに、ある意味では、白雨は、北原白秋よりもすぐれた資質にめぐまれていたといえるかもしれない。

九

我は想像に耽《ふけ》り、情つよき種族より出づ、人皆な我を呼びて狂せりといへど、我はたゞいはれなく物に狂ひたるか、あるはそは才のためにか、それとも心の病なるか、深き才に兆《きざ》したるか、その狂せりといふ人ぞ我には却りて、もどかしき思ぞすなる。

白雨（鎮夫）の翻訳したポーの「初戀」はこんな文章から始まっている。これがわずか十五、六歳の少年の翻訳であることを考えれば、そのたぐいまれなる才能には驚かされるばかりだが、それはそれとして、ここにもやはり若い女の存在が感じられるようだ。

もう三十年以上も昔のことで、いまとなってはたしかめようのないことだが、当時、十五、六歳だった鎮夫に、誰か好きな人がいたのは、間違いのないことらしい。

文才に恵まれ、多感でもあったひとりの少年が、なぜ死ななければならなかったのか……いつものようにまた夕子は『思ひ出』を考える。そのなかに「たんぽぽ」という詩が載っている。

「たんぽぽ」そのものも絶唱といっていい詩だが、むしろ夕子にはその序文のほうが、ひしひしと哀切きわまりないものとして感じられるのだ。こんな序文だった。

わが友は自刃したり、彼の血に染みたる亡骸《なきがら》はその場所より静かに釣臺《つりだい》に載せられて、彼の家へかへりぬ。附《つ》き添ふもの一両名、痛ましき夕日のなかにわれらはただたんぽぽの穂の毛を踏みゆきぬ、友、時に年十九、名は中島鎮夫。

夕子はランプの明かりのなかに浮かんでいる納戸をぼんやりと見まわした。

白霧という人物がその手紙のなかに中島白雨のことを書いていたらしい。どんな内容のことが書かれてあったのか、稔が死んでしまったいまとなっては、そのことをたしかめるすべがない。北原隆吉が北原白秋、中島鎮夫が中島白雨……いったい誰が白霧なのか、それもまたたしかめようのないことだった。

いずれにせよ、この綺羅の家では、誰かが中島白雨のことを気にかけているらしい。そうでなければ、こんな三十年以上も昔の、『常盤木』だの『文庫』だのという同人誌が残されているはずがない。いや、もしかしたら、この綺羅家の誰かが白霧本人である可能性もなくはない。そんなふうに考えるのは、あまりに突飛すぎるだろうか？　稔が殺されたのは、おそらく家督相続の問題がこじれての結果だろう。稔が死んで、誰が得をすることになるか、警察は真っ先にそのことを考えているはずであり、もしかしたらもう捜査線上に何人か容疑者が浮かんでいるかもしれない。

家督相続にからんでの殺人、というある意味では、非常に日本的な事件のどこに、北原白秋だの、中島白雨だの天才的な詩人たちがからんでくる余地があるのだろう？　白霧という人物は何を考えて、青楓社気付で白秋に手紙を書き、また綺羅家に脅迫状を送ってきたりもしたのか。

いや、なによりも、この閉ざされた納戸のなかで、『常盤木』や『文庫』に掲載された白雨の作品を読みふけっていたのは、いったい誰なのだろう？　誰が、三十年以上も昔に夭折した無名の詩人に、こんなにも興味を寄せているのだろうか。

——柳河には幽霊が出るんだ。

駿河台の病院で白秋のそういった言葉がフッと頭のなかに浮かんできた。柳河には幽霊が出る。白秋はその幽霊を見たのかもしれない。それはどんな幽霊なのか？　自刃した白雨の幽霊なのか、あるいは悪夢と韻をふんでいる白霧自身なのだろうか。

そのときのことだ。ギシリ、と階段のきしむ音が聞こえてきた。夕子は反射的に立ちあがっている。板敷きのうえに落ちた同人誌が音をたてた。

——誰かが階段をのぼってくる。

そう、足音をしのばせてはいるが、たしかに、誰かが階段をのぼってくる。ときおり聞こえてくる階段のきしみが、夕子にはなにか自分の首を絞めるロープのきしみであるようにも感じられた。

夕子は足がすくんでしまっている。いや、よしんば、そうでなくても、納戸の出口はその階段しかないのだ。どうあがいたところで逃げ出せるはずがない。

——わしはな、誰かに階段から突き落とされたとやぞ。この家の誰かがわしば殺そうとしたとばい。

鈴が憤《いきどお》ろしい声でそういったのを思い出した。

もしかしたら、その誰かとは、いま階段をのぼってきつつあるその人物のことではないだろうか。それが誰であるかは分からないが、夕子もまた鈴のように、階段から突き落とされてしまうのではないか。そして、その場合、夕子もまた鈴のように運よく、命が助かるとはかぎらないのだ。そう、最悪の場合、夕子は殺されてしまうことになる。

十

夕子は逃げるべきだった。しかし、納戸から逃げようにも、その出口は階段しかないのだ。

――どうしたらいいの！

どうすることもできない。どこにも逃げ場などはない。

ついにその人物は階段をのぼった。踊り場の薄暗い明かりのなか、ぼんやりと人影が浮かんだ。どうやら、その人物は踊り場から納戸のなかを覗き込んでいるらしい。

納戸の引き戸を閉めておけばよかった、とそう悔やんだが、もちろん、いまとなってはもう手遅れだった。夕子はとっさに黒糸おどしの甲冑の裏に逃げ込んだ。

その人物が納戸のなかに足を踏み込んできた。背後から射している電灯の明かりがその横顔を浮かびあがらせる。明かりのなかに、肉の厚い、造作の大きな顔が、グロテスクな、道化めいた印象をかもし出した。その顔は……

――守さん。

夕子は胸のなかでつぶやいている。それが意外なようでもあり、また、そうでないようでもあった。

　守は入り口に立ち、しばらく納戸の様子をうかがっているようだった。ふだんから、あまり愛想のいい人物とはいえないが、いまはとりわけ、その顔が凶暴といってもいいほどの悪相になっている。かならずしも逆光になっているからばかりでもなさそうだ。

　夕子はじっと甲冑のかげに身をひそめている。いまにも、守が納戸のなかに踏み込んできて、夕子を甲冑のかげから引きずり出すのではないか、とそう考えると、身のすくむような思いにみまわれた。

　ふいに守は笑い声をあげた。なにか痙攣《けいれん》するような、妙に耳ざわりな響きのある声だった。

「そこにいるのはおまえなんだろ？　おれには分かっているんだ。みんな分かっているんだよ。なあ、おい、あんなことになってしまって気の毒だったな。あんなはずじゃなかったんだろ？　あんなことになるはずじゃなかったんだよな」

　どうやら守は甲冑のかげに隠れている人間を、誰か別人だと思い込んでいるらしい。守がそれを誰と考えているのか、それは夕子にも分かるはずのないことだ。

　夕子はますます身を縮《ちぢ》めている。あんなはずじゃなかった。いったい、それは何を意味しているのだろう。守は何をみんな分かっているというのか？

　守は笑いつづけている。笑いながら、階段をおりていった。やがて、笑い声は聞こえなくなった。しかし、そのクスクスと、妙に陰険な響きのある笑い声は、いつまでも執拗《しつよう》に夕子の耳の底に残った。

夕子はこれまで人があんなふうにして笑うのを聞いたことがない。あんな笑い声があるものではない。あれは笑い声というより、ほとんど人がすすり泣くのに似ていたのではなかったか。

夕子は甲冑のかげにヘタヘタとすわり込んでしまっている。しばらくは立ちあがる気にもなれなかった。

――それにしても。

と、夕子はそう考えた。

守がいったおまえというのは、いったい誰のことなのだろう? あんなことになってしまって気の毒だった、と口ではそういいながら、その声にほとんど嘲笑《ちょうしょう》といってもいいような響きが感じられた。その声にこめられた悪意、それもとてつもない悪意が、夕子をおびえさせるのだった。

第三部　白霧《はくむ》は悪夢《あくむ》と韻《いん》をふむ

たんぽぽ

あかき血しほはたんぽぽの
ゆめの逕《こみち》にしたたるや、
君がかなしき釣臺《つりだい》は
ひとり入日にゆられゆく……
あかき血しほはたんぽぽの
黄なる蕾《つぼみ》を染めてゆく、
君がかなしき傷口《きずぐち》に
春のにほひも沁《し》み入らむ……

北原白秋

明治四四年六月五日刊『思ひ出』より一部抜粋

一

民法の第九百四十四条から第九百五十三条までが親族会の解釈に割かれている。たとえば第九百四十四条によれば、

――親族会を開くべき場合に於《お》いては会議を要する事件の本人、戸主、親族、後見人、後見監督人、検事または利害関係人の請求に因《よ》り裁判所これを招集する。

と、なっている。

要するに、事件の発生ごとに裁判所によって組織招集され、その事件の議決を終えるとともに消滅するわけである。

もっとも、親族会制度には欠点が多く、ある場合にはいたずらに形式にとらわれ、またある場合にはかえって事態を紛糾させることになり、このころから批判の声が少なくなかった。

夕子が柳河に到着して三日め――

この日、裁判所の招集により、ようやく綺羅家の親族会が開催された。しかし、歩くのもままならないということで、戸主の鈴が欠席したうえに、稔まであんなことになってしまったのでは、参加者たちの熱意が削《そ》がれるのも当然だった。

親族会員は三人以上という規定があり、裁判所より、淳一郎、守、それに守の妻の信子が会員に選ばれたのだが、戸主である鈴が欠席したために、ほとんど親族会としての体裁をととのえることができなかった。

もともと鈴が淳一郎に家督相続させるのにふたりの弟たちは反対していた。しかし、いったん戸主が家督相続を決意した以上、いかに相手が庶子《しょし》であろうと、第三者がこれをさまたげるのはむずかしい。そこで弟たちは、親族会にはかって、なんとか家督相続そのものを無効にしてしまおう、と画策したのだろう。

戸主が隠居するときには、全財産を相続させずに、一部を保留しておくこともできる——どうやら稔と守の兄弟は、そんな方法を検討していたらしい。

もっとも、淳一郎がどの程度、自分の権利を主張するつもりなのか、いや、そもそも権利を主張するつもりがあるのかどうか、それさえはっきりとはしないのだ。家督相続のことは、鈴ひとりが持ち出したことで、どうも淳一郎本人はそのことに関わってはいないらしい。

すべては親族会の審議にゆだねるしかないのだが、戸主の鈴が病を得て、稔もまた死んでしまった以上、そもそも親族会を成立させることそれ自体がむずかしい。

夕子は結局、親族会への出席を要請されることはなかったのだが、あとから聞いた話では、〝すべては鈴の容体がよくなってからのことにしてはどうか〟、という裁判所側の主張が入れられ、親族会はなんとなく尻すぼみのようにして終わってしまったらしい。

次回の親族会がいつ開かれるか、それさえ未定の状態で、なにか稔の殺人事件がすべてをうやむやにしてしまったようだ。

この日――守、信子、淳一郎の三人が裁判所に出向いている。実際には店の人間などもいて、そんなはずはないのだが、なんとなく綺羅家には無人の印象があった。

夕子が沖ノ端の専念寺に行くのをふと思いついたのは、そのせいだったかもしれない。

専念寺には中島鎮夫の墓があるという。その墓をみまえば、なにか中島鎮夫のことで分かることもあるのではないか。いや、なにも分からなくても、若くして死ななければならなかった天才詩人の墓を見ておきたい、というそんな思いがあった。

専念寺は沖ノ端太神宮の東にある。中島鎮夫（白雨）が死んで、白秋はほとんど逆上するほど、その死を嘆き悲しんだという。夜が更けると、専念寺に走り、鎮夫の墓のまえにつっ伏して、声をあげ、泣いたと伝えられている。

その墓を見たい。専念寺には、北原家の墓所もあり、それも見ておきたかった。

綺羅の家を出たのは午後も遅くなってからのことだった。どんこ舟に乗るのではなく、柳河の町を歩くのは、これが初めてのことだ。

その日はどんよりと曇って、柳河の家並みは、くすんだ灰色のなかに塗り込められていた。

水路のみどりが重く沈んで、その両側に、古めかしいワラ葺《ぶ》きの家、瓦屋根の店などが並んでいる。今日は、ふしぎに水汲場《くんば》にも、船着場《アコラ》にも人の姿はなく、午睡《ごすい》をしているようなけだるい静けさのなか、水路が町の奥に消えている……

水路の曲がり角、柳の糸が重くしだれる下に、小さな社祠《しゃし》がある。

そのまえに、外套《がいとう》に、ソフト帽をかぶった男がひとり、ポツンとたたずんでいた。べつだん、お参りしているわけでもなさそうで、ただなんとなく、そこに立っているだけであるらしい。

その男がふと夕子の姿を見ると、

「おや、これは綺羅家のお嬢さんじゃないですか」

と、そう親しげに声をかけてきた。

あらためて、その人物を見てみると、思いがけないことに、それは所轄署の柴田部長刑事だった。そのソフト帽の下で、大きな顔がニコニコと笑っている。

「あ、いや、綺羅家のお嬢さんとお呼びするのはおかしいのかな。ええと、たしか、お名前を、矢代夕子さんとそうおっしゃいましたね——」

「ええ」

と、夕子はうなずいた。

べつだん、そんな必要はないのに、警察の人間が相手というだけで、なんとなく身がまえてしまう。自分でもそんな自分がおかしかった。

「これから、どちらかへいらっしゃるんですか」

と、柴田は愛想よく尋ねてきた。

「ええ、専念寺に」

「専念寺？　ほう、あそこの墓所にどなたか綺羅家の関わりのかたが入っていらっしゃいましたかな」

「ええ、まあ――」

夕子は返事を濁した。中島白雨のことを話すのが、なんとはなしに面倒に思われた。

「なるほど、お若いのに、墓参りとは感心なことですな。いや、なかなか、できることじゃありませんよ」

自分もまだ若いはずなのに、柴田はそんな年寄りめいたことをいう。あいかわらず愛想だけはいいが、その目は笑っていない。ゴールデンバットをくわえると、それに火をつけた。

「じつは、このまえ、おうかがいするのを忘れたことがありましてね。今度、お会いしたら、ぜひともお尋ねしなければ、とそう思っていたんですよ」

「どんなことでしょう？」

夕子は眉をひそめた。

「矢代さんの東京のお宅はたしか渋谷のほうにあるんでしたね」

「ええ」

「お勤めの出版社、ええと、青楓社といいましたか、これは京橋にある、と」

「はい」

「なるほど、いや、わたしなんか渋谷とか京橋とか名前だけは聞いていても、実際にはどんなところだか、見当もつかない。さぞかし、にぎやかな町なんでしょうな」

「………」

どうして柴田がそんなことを尋ねるのか、その真意が分からない。夕子はただまじまじと柴田の顔を見つめるだけだった。

「淳一郎さんのことなんですがね、いまは母方の名字を名乗っていて、岸森《きしもり》淳一郎さんとおっしゃるんだそうですが――」

柴田は巻き煙草をふかしながら、上目づかいになっている。なんとはなしに油断のならないものを感じさせる目つきだ。

「あの淳一郎さんと東京でお会いになったことはございませんか」

「東京で？　いえ、そのようなことはございません。淳一郎さんとは今回が初対面なのです」

「そうですか。いや、そうでしょうな」

柴田は心得顔にうなずいている。巻き煙草をくゆらしながら、これは無意識の癖なのだろう、唇にこびりついている煙草の葉をしきりに舐《な》めていた。

「あのう、淳一郎さんも東京にいらしたのですか」

夕子はそう尋ねずにはいられなかった。

「ええ、なんでも高円寺《こうえんじ》とかいうところらしい。御存知ですか」

「はい、行ったことはありませんが、地名だけは聞いています」

「なるほど、地名だけ、実際にはいらしたことがない、とそういうわけですか。そういうことなら、むろん、東京で淳一郎さんとお会いになったこともないはずだ」

なんだか奥歯にものが挟まったような、妙に含みのある言葉に聞こえた。柴田は淳一郎の何をそんなに気にしているのだろう？

「淳一郎さんは東京でどんなお仕事をなさっていたのでしょう」

「…………」

それには答えず、柴田は煙草の火を左手の甲に押しつけ、消した。熱さというものをほとんど感じないようなその乱暴なしぐさに、一瞬、夕子はひるんだ。

「いってしまってもいいのかな。まあ、いいんだろうな——」

柴田はそう自問するようにつぶやいて、

「淳一郎は主義者でしてね。党員だったんですよ。党の新聞に無産者《むさんしゃ》新聞というのがあるそうなんですがね。なんでも新橋《しんばし》駅のガード近くだというんだが、そこの編集局で働いていた。いや、月給三十円というから、働くというより、党に奉仕していたといったほうがいいかもしれないな」

「党員……」

意外というほどのことではない。党員だといわれてみれば、たしかに淳一郎にはそんな印象がある。青楓社は、ときに左翼系の出版物をあつかうこともあって、そうした関係の著者が出入りしていたから、夕子に党員に対する偏見はない。

「無産新聞社の宿舎で寝ていたところを、京橋署の職員に検束《けんそく》されたというんだが、柳河の鈴さんがそれを聞いて、弁護士を頼んだらしい。つまるところ懲役二年、執行猶予五年ということになった。まあ、これからは組織運動をやらない、と誓ったんでしょうな。いわゆる転向というやつだ。弁護士を通じて、これからは物心両面の援助をするつもりだ、もう運動はさせない、と鈴さんは控訴審でそんなことも証言したらしい」

「鈴さんが——」

主義者が検挙され、運動を断念するといえば、ほとんどの人間は執行猶予ということになる。転向そのものは決してめずらしいことではない。組織運動をやめると宣言しなければ、実刑を科せられることになるのだ。あれは三、四年ぐらいまえのことになるか、党指導者の佐野《さの》学《まなぶ》、鍋山《なべやま》貞親《さだちか》の「転向声明」が大々的に報道されたこともある。

ただ分からないのは、どうしてそんなにまでして、鈴が淳一郎のことをかばわなければならないのか、ということだ。亡夫がほかの女に生ませた子供。むしろ鈴にとっては、淳一郎の存在は不快なはずではないか。

「………」

夕子は考え込んだ。もちろん考えたところで、分かるはずのないことだが、なんだか真剣に考えなければならないことであるような気がした。

「ところで、お嬢さんは、助川という人物のことを御存知ですか？　もともと柳河で巡査をしていた人物なんですがね――」

ふいに柴田は話題を変えた。それまでの話とは何の関連もなく、いささか唐突の感はいなめない。

「助川さん……」

「お会いになったことはありますか」

「え、ええ、存じています。あの助川さんが何か？」

「あまり身辺にお近づけにならないほうがいいのではないかと思います。前身が巡査だからといって、かならずしも全面的に信用できるというものでもない」

柴田は夕子の目を正面から覗《のぞ》き込むようにしている。するどい、ほとんど恫喝《どうかつ》を感じさせるような目の色だった。

「………」

夕子はあっけにとられた。何を考えているのか、柴田の話題は、あまりに目まぐるしく変わりすぎて、その真意がどこにあるのか、それを突きとめることもできない。

「いや、これは、まあ、余計なことではあるんですがね。もし、お嬢さんに災いでもふりかかったら、なにかと面倒なことになりかねませんからね」

「どういうことなんでしょう？　おっしゃってることがよく分からないのですが」

「いえね。あの助川という人物は、現職の巡査だったころから、なにかとかんばしくない噂《うわさ》のあった男なんですよ」

「かんばしくない噂？」

「ええ、まあ、それでも現職の巡査だったころには、それなりにやり手ではありましたからね。鈴さんが助川を頼りにしたい気持ちも分からないではないのですが、いや、あの男は身辺に近づけないほうがいい」

「助川さんにどんな噂があったとおっしゃるんですか」

夕子はそう尋ねたが、それには柴田は聞こえないふりをすることにしたらしい。この若さで、部長刑事をつとめているだけあって、これでなかなか柴田には喰《く》えないところがあるようだ。

「いや、まあ、そうはいっても、助川は綺羅の家に出入りしているだけのことで、なにもお嬢さん個人が助川を近づけているわけではない――」

また柴田は話題を変え、とってつけたように笑い声をあげた。そらぞらしい響きのある笑い声だった。

「お嬢さんにこんなことを申し上げるのは筋違いかもしれませんな」

そんなふうにして、いつまでも笑いつづけていたが、このときにもやはり、柴田の目は笑ってはいなかった。

二

沖ノ端太神宮の裏道を東に抜けると、そこに浄土宗一心山専念寺がある。

堀に塀をめぐらし、本堂や、閻魔堂《えんまどう》の黒ずんだいらかが、午後のおとろえた陽光のなかに、鈍い光を撥《は》ねている。城下町に似つかわしい、いかにも落ち着いたたたずまいの古刹《こさつ》だった。

小楼門を入ると、二列十数基の墓石を集めた墓所があり、その右の隅に、北原家の墓もあった。

もっとも夕子は北原家の墓に参ったわけではない。いまや北原白秋は国民的な大詩人として遇《ぐう》されるまでになっている。なにも夕子などがことさらお参りをするまでもなく、いずれ大勢の人間が北原家の墓を訪れることになるだろう。白秋は天才的な詩人としては、例外的といってもいいほどの幸運にめぐまれ、(視力がおとろえるという不幸はあっても)きわめてしあわせな晩年を迎えつつある。

その意味では、おなじような才にめぐまれたにも拘《かかわ》らず、若くして、自刃しなければならなかった中島白雨の不幸とは、きわだった対照をなしているといえるだろう。

おそらく、死んでから三十数年が過ぎ、もう白雨(鎮夫)の墓を訪れる人間も、ほとんどいないのではないか? 大勢の讃美者を得て、名実ともに、日本詩界の第一人者の道を歩んでいる白秋とは、それこそ比較することもできない。夕子はそのことを考えると、満十七歳九カ月という年齢で無念の死を遂げることになった白雨の墓をお参りせずにはいられなかった。

中島白雨……

もしかしたら、この若者は、天才北原白秋が誕生するための、いわば血の贖罪羊《スケープゴート》のようなものとして、朽ちていくさだめにあったのかもしれない。天才北原白秋は華麗に羽ばたいた。そして、中島白雨はそのさだめに殉じて、白秋の背後で、むなしく滅んでいくことになったのだ。

——おまへは中島白雨の才能を盗んだ。おまへがいまあるのはすべて中島白雨の才があつたればこそのことだ。忘れるな。おまへの栄光、おまへの名誉は、本来、すべて中島白雨に帰せられるべきものなのだ。

白霧という人間がどこの誰であるかは分からない。しかし、白霧が手紙にそう書かずにいられなかった痛切な思いは、ひしひしと胸に突き刺さってくるように分かる。分かるような気がする。

ひとりの天才が脚光をあびるとき、その背後で、どれだけの人間が朽ちていかなければならないか。そのことを考えると、なにか粛然とした思いにみまわれる。白霧と称する人物が、若くして死んだ中島鎮夫のことを悼んで、忘れるな、とそう白秋に書き送った気持ちも、なんとはなしに理解できる気がするのだ。

もう十二月に入っているというのに、やはり九州だからか、そんなに寒いというほどではない。そのせいかもしれない。もうとっくに彼岸は過ぎているというのに、墓所のいたるところに、赤く、点々と彼岸花が散っている。

彼岸花、あるいは曼珠沙華《ひがんばな》……たしか、白秋の『思ひ出』のなかにも、この花をあつかった歌が載っていたような気がする。あれはどんな歌だったか？

そう、あれは、たしか、GONSHAN・GONSHAN・何処へゆく、赤い、御墓の曼珠沙華、曼珠沙華、けふも手折りに来たわいな……

三

夕子は自分でも気がつかずに白秋の歌を口ずさんでいたらしい。ふいに墓列のなかから、その「曼珠沙華」のつづきを唱える声が聞こえてきたのだ。夕子は立ちすくんで、しかし逃げることもせずに、ぼんやりとその声に耳を傾けた。

GONSHAN・GONSHAN・何本か、
地には七本、血のやうに、
血のやうに、
ちやうど、あの児の年の数《かず》。
GONSHAN・GONSHAN・気をつけな、
ひとつ摘んでも、日は真昼《まひる》、
日は真昼、
ひとつあとからまたひらく。

冬がれた草やぶのなか、二列に墓石が並んでいて、そのまわりに、血を撒《ま》いたように、赤い彼岸花が咲いている。そのなかに、〝釈誓念不退霊信士〟と刻《こく》された墓石があり、これがおそらく中島鎮夫（白雨）のものであるはずだ。

その墓のまえに、思いもよらない人物がたたずんでいた。思いもよらない人物？　たしかにそうではあるのだが、ふしぎに夕子はそのことを意外だとも、妙だとも感じなかった。どうしてなんだろう？　いずれ、こんなときが来る、ずっと以前から、そのことを予感していたような気がした。

その人物のほうでも夕子が現れたのを当然のことのように考えているらしい。あっけらかんと平気な顔をし、夕子のことを見つめている。そして、なにか念仏でも唱えるようにして、「曼珠沙華」の歌を口ずさんでいるのだ。

GONSHAN・GONSHAN・何故《なし》泣くろ、
何時まで取っても、曼珠沙華、
曼珠沙華、
恐《こは》や、赤しや、まだ十七。

歌を口ずさむのを終えると、その人物はニコリと笑った。新宿の死んだ宮口のアパートで会ったあの若者なのだ。首までかかる長い髪に、童顔、その右頬から顎《あご》にかけて、薄い傷あとが走っているが、それもそんなに凶暴な印象はない。白っぽい和服に、しぼりの兵児《へこ》帯、そのうえに厚い綿入れを着込んでいるのが、なんとはなしに剽軽《ひょうきん》な印象をかもし出している。

若者はなんだか眩《まぶ》しげな目になって、

「いや、どうも、先日はとんだことで失礼をいたしました。お目にかかって釈明しなければならない、そうは考えていたんですが、あれやこれや取り込んでいまして、つい遅くなってしまいました。ここでお会いすることができてよかった」

そう愛想のいい声でいった。

「まだ七ツ――」

夕子は自分でも思いもよらなかったことを口にし、わずかに頬が赤らむのを覚えた。

「え？」

若者はけげんそうな顔になった。

「〝曼珠沙華〟の歌です。これは白秋先生の妹さんが七ツでお亡くなりになったのを悼んで、おつくりになった歌なんですもの。恐や、赤しや、まだ十七、だなんて、そんなのおかしいですわ」

「そうなんですか。ぼくはこれは童謡集の『とんぼの眼玉』で覚えたんですけどね。そんなことは知らなかったな。なんでも、もともとは『思ひ出』に載っていた歌なんだそうですね。白秋先生としても、よほど愛着のある歌なんでしょうね――」

と、若者は悪びれずにうなずいて、

「ぼくはこれを先生が親友の死を悼んだものとして考えていたんです。満十七歳で自殺した中島白雨を悔やんで、〝曼珠沙華〟を歌った。だから、ぼくは自分で勝手に、恐や、赤しや、まだ十七、とそう歌っているんですけどね。そうなんですか。これは妹さんのことをうたった歌だったんですか」

「〝曼珠沙華〟の歌がお好きなんですね」

「ええ、好きです。いや、〝曼珠沙華〟の歌にかぎらず、白秋先生のものは『邪宗門』、『思ひ出』、『桐の花』、みんな好きなんですけどね」

「わたしもそうなんです。わたしも白秋先生のお仕事はどれもこれも好きなんです」

自分でも意外な気がしたのだが、夕子の声はわずかに弾んでいるようだ。この若者には接する人間の警戒心を自然に解いてしまうようなところがある。

もしかしたら、この若者は殺人者かもしれないのだ。それなのに夕子はすこしも若者のことを怖がってはいない。そのことが自分でもいぶかしくもあり、なんだか妙に痛快な感じもする。

「こんなこと、おうかがいしてもよろしいのかどうか——」

夕子はためらったが、思い切って、質問した。

「もしかしたら、あなたが、あの人なのではないのですか？　青楓社気付で、白秋先生に手紙を出したり、綺羅家に手紙を寄こした人、白霧さんとおっしゃる方なんじゃないでしょうか」

「ぼくが白霧？　いや、残念ながら、ぼくはそうではありません。ぼく自身、白霧が誰であるのか、なんとしても、そのことを突きとめたいとは考えていますが。そのこともあって、ぼくはこうして東京から柳河までやって来たんですよ」

「ほんとうに、あなたは白霧さんではないのですか？」

自分ではそんなつもりはなかったのだが、夕子はそのとき、よほど疑わしげな顔つきをしたのにちがいない。

若者は苦笑し、綿入れの袖《そで》から一枚のハンカチを取り出すと、

「こんなところで立ち話をするのも気のきかない話です。まあ、おすわりなさい。これから、ご説明しますから」

それを踏み石のうえにひろげ、自分もその横に腰をおろした。

知らない男と一緒にすわるなんてとんでもない、といつもの夕子なら、にべもなく拒絶したにちがいない。しかし、若者はニコニコと無邪気に笑っていて、その愛嬌《あいきよう》のある顔

つきを見ると、なんだか、これをむげに断る気にもなれなかった。

「失礼します」

夕子は若者の隣に腰をおろした。

恐るおそる、といったほうがいいかもしれない。なにも若者のことを警戒したわけではない。そうではなく、ハンカチがスカートを汚すのではないか、とそのことを心配したのだ。

せっかく敷いてくれたハンカチだが、これがなんとも薄汚れた感じのハンカチで、そのうえに腰をおろすのには、いささか勇気がいった。夕子はなんとなく腰を浮かすようにしてすわっている。

「矢代さんがぼくのことを信用しないのもむりはないんですけどね。ぼくは決して、そんな怪しい人間じゃないんです。いや、まあ、すこしは怪しいかもしれないけど、そんなには怪しくはない。じつは、ぼくは矢代さんのお父様に、白霧のことを調べて欲しい、そう依頼された人間なんですよ」

いきなり若者はそう話を切り出した。

「え？」

あまりに思いがけないことで、とっさには若者が何をいったのか分からなかった。夕子はただぼんやりとして、しばらく若者の顔を見つめているだけだった。

「夕子さんは、白霧という人物が青楓社気付で、白秋先生に手紙を寄こしたことを、お父様にお話しになりましたね。たまたまお父様は鈴さんの手紙から、本家の綺羅家にも、白霧なる人物が脅迫状めいたものを送りつけてきたことを知っていた。白秋先生と、綺羅家とは何の関係もないはずなのに、どうしておなじ人物が、脅迫状を送りつけてこなければならないのか？　お父様はそのことが気にかかってならなかった。そこで、夕子さんから話を聞いたその日のうちに、ぼくを事務所に呼んで、白霧という人物の調査を依頼した、とそういうわけなんですよ」

「父が……」

夕子はなんだかキツネにつままれたような気持ちでいる。そこまで聞いて、ようやくわれに返って、

「あのう、失礼ですけど、あなたはどんなご職業なのでしょうか。警察の方にも見えませんけど」

そう尋ねた。なによりもまず最初に訊かなければならない質問だった。

「ああ、失礼しました。自分では私立探偵のつもりでいるんですけどね。なに、人にいわせれば、第一乙種で、なんとか徴兵をまぬがれているのをいいことにして、ブラブラとただ遊んでいるだけの遊民ということになるかもしれません」

「私立探偵……」

「はい、つい最近まで北海道の小樽《おたる》のほうにいたんですけどね。なんとなく小樽も飽きてきたんで、東京に戻ってきたんです。たくわえも底をついたんで、なにか調査の仕事でもないかと思って、知り合いの弁護士さんの事務所に行ってみたんです。そこでお父様ともお知り合いになれたわけです。そんなことで、お父様から白霧のことを調べて欲しい、とそう依頼されることになったんですよ」

妙な若者だ。よほど探偵の仕事を依頼されたのが嬉しいのか、子供のようにニコニコと笑っている。

「ぼくは呪師霊太郎《しゅしれいたろう》といいます。いかにも変わった名前で、正直、いやなんですけど、これが本名なんだからやむをえません」

四

呪師霊太郎――たしかに、こんな変わった名もめずらしい。妙に重々しい響きの、なにが神主めいたところのある名だといえるかもしれない。

もっとも名前だけが重々しくて、本人にはすこしも重々しいところなどない。探偵などと称しているが、みずから徴兵検査で第一乙種になったと認めているとおり、どちらかというと、貧弱な体つきをしている。たんに貧弱な体格というだけではなく、この若者は利口そうでもない。愛嬌はあっても、けっして明敏そうではなく、こんな若者に探偵などという仕事が務まるものかどうか、夕子にはそのことが疑問だった。

「あの日、ぼくは杏雲堂病院に白秋先生をお訪ねしました。白霧という人物に心当たりがないかどうか、それをお訊きするつもりだったんです。あの日、矢代さんがお見舞いにいらっしゃるまえ、ぼくは白秋先生とお話ししていたんですよ。じつは」

霊太郎はそう話しはじめた。

「入院するまえ、白秋先生のもとにも頻繁に白霧と称する人物から手紙が送りつけられてきたらしい。北原白秋は現代の大詩人です。妙な中傷めいた手紙が舞い込んだりするのはけっしてめずらしいことではない。ただ、その手紙には、かならず中島白雨の名が載っていた。中島白雨、本名は鎮夫、白秋先生の郷里の親友で、ロシアのスパイの嫌疑をかけられて、十七歳で自殺をした。白秋先生にとっては忘れられない人物です。北原白秋は中島白雨の才能を盗んだ——手紙にはそんなことが書かれてあった。もちろん、いわれのない中傷ですが、誰よりも白雨の才能を認めていた白秋先生には、これはひどく残酷な言葉であったらしい。当然のことながら、白秋先生は人一倍、言語に敏感な人ですからね。白霧が悪夢と韻を踏んでいることも気にかかっていたようです。親友が自殺をした悪夢、三十年以上もの年月をへて、それがよみがえってきたような気がした。白秋先生はそんなことをおっしゃってましたよ」

霊太郎は紙巻き煙草のゴールデンバットを吸っている。ぼんやりとしたあい色の闇のなかに、煙草の火が点滅している。

「ところが、ぼくが病院をお訪ねする何日かまえ、宮口という名の男から、先生のもとに電話がかかってきたということなんです。白霧という人物が何者であるか、しかるべき礼金を用意してくれれば、そのことを先生に教えてもいい、とそんな話を持ちかけてきたらしい。ぼくは考えたんですがね。どうやら宮口は、なんらかのかたちで、白霧を手伝っていたんだと思いますね。白霧が何を目的にして、先生にあんな手紙を送りつづけていたのか、そのことが分からないかぎり、宮口がどんなふうに手伝っていたのか、それも分からないとは思いますが――あの日も先生のもとに宮口から電話があったというんです。新宿のアパートを教えて、そこにカネを持ってきてくれれば、白霧の正体を教えてやってもいい、とそういったんだそうです。どうしたらいいか、白秋先生は迷っていた。そこに顔を出したのが、ぼくだったというわけなんですよ。もちろん、カネを渡すつもりなんかありませんでしたが、とにかく宮口のアパートに行ってみよう、とぼくはそう考え、先生もそのことに賛成してくれました。ぼくは矢代先生、あ、これはお父様のことなんですが、矢代先生に電話を入れてから、これからアパートに行きます、ということを報告するために、白秋先生の病室に顔を出しました。すると、先生おひとりではなく、あなたがいらっしゃった。そこで何もいわずに、そのまま病室を出て、新宿のアパートに向かったというわけなんですよ」

「…………」

夕子はあの日のことを思い出していた。

この若者が病室に顔を出し、夕子が部屋にいるのに気がつくと、一言も口をきかずに、また引っ込んでしまった。そのときに白秋はたしかに「白霧」とつぶやいて、夕子はそれでこの若者を脅迫者の白霧だと信じ込んでしまったのだ。

いまから考えれば、とんでもない思い違いで、これからこの若者が宮口という男に会いに行く、という思いをこめて、白秋ははくむとつぶやいたのにちがいない。あれはいわば白秋がこの若者に送るエールのようなものだったのだろう。

「しかし、まあ、ぼくも自分が探偵だなんて大きな口はきけませんよね。あなたに新宿まで尾行されたのに、そのことにはすこしも気がつかなかった。こんな間抜けな探偵もいないでしょう」

霊太郎は苦笑しながら、

「宮口のアパートに行ってみたら、当の本人が死んでいた。いや、殺されていた。あれにはびっくりさせられましたね。びっくりもしたし、悔しい思いもさせられた。おかげで白霧が誰であるのか、そのことを聞き出せなくなってしまったんですからね」

「あの宮口という人はどうして殺されたんでしょう」

「さあ、宮口は白霧という人物の仕事を手伝っていた。白秋先生に脅迫状めいた手紙を送っていたのは、みんな宮口のしたことだった、とぼくはそんなふうに考えています。脅迫状の消印はまちまちだったらしい。脅迫状は決まったポストに投函されたわけではないのです。これは要するに、白霧がどこかで書いた手紙を、東京の宮口に送って、それを宮口があちこちのポストに投函した、ということなんじゃないでしょうか。宮口は露店の古本売りなんかを商売にして、全国をめぐり歩いていた男で、的屋《てきや》がいうところのやほんなんですが、去年の末ぐらいから体をこわして、新宿でくすぶっていることが多かった。ですが、以前、旧暦四月の水祭りのときには、何度か、柳河まで足を運んでいるということなんです。祭りは的屋の稼ぎどきですからね。もしかしたら、そのとき宮口は白霧と称する人物と知り合うことになったんじゃないか、とぼくはそう考えているんですよ」

「…………」

　夕子は返事ができなかった。

　霊太郎自身はほとんど気にもしていないようだが、このとき霊太郎は、きわめて重要な事実を口にしたことになる。白霧が柳河に関わりのある人物だ、と暗にそうほのめかしたことになるのだ。

「宮口は白秋先生にもカネを要求したぐらいだから、白霧のこともゆすろうと考えたんじゃないでしょうかね。まだ、あの時点では、白霧は脅迫状を送りつけるぐらいで、大したことはしてなかったわけだが、それでも宮口にあばかれると、いろいろ困ることがあったんでしょう。それで思い切って宮口を殺すことにした――」

「新聞で読んだんですけど、宮口という人は青酸カリで殺されたのだそうですね」

ふと思いたって、夕子はそう尋ねた。

「ええ、そういうことらしいです」

「どうやって宮口に青酸カリを飲ませることができたんでしょう？　その白霧と名乗っている人物はわざわざ新宿まで出てきて、宮口を殺したのでしょうか。なんだか不自然な気もするんですけど」

「つまり矢代さんは、白霧を柳河の人間ではないのではないか、とそう考えたいわけですね。柳河の人間がわざわざ新宿まで出向いてきて、人を殺すだろうか、そんな疑問をお持ちなわけだ」

「ええ、柳河の人間が東京の新宿で人を殺すのだって、ありえないことではないのでしょうけど……それでも、なんだか釈然としないものを覚えるのです」

もちろん、誰かが人を殺すとき、その現場が殺人者のよく知っている場所でなければならない、という法則のようなものがあるわけではない。人はいついかなる場所でも人を殺すことができる。このことにはどんな例外もない。

その意味では、夕子のいっていることは、ほとんどたわ言《ごと》のようなものだといえるかもしれない。それが分かっていながら、夕子はなんとしても、柳河の人間が宮口を殺した、ということを素直に受け入れる気にはなれなかった。そのことがどうにも不自然な気がしてならない。

このとき夕子の頭のなかには漠然と綺羅守のことがあったようだ。

守は横浜の鶴見に住んでいる。少なくとも守だけは、綺羅家のほかの人間とは異なり、東京という土地には馴染《なじ》みがあることになる。そんな守が新宿で宮口を殺したと仮定しても、これはあながち不自然なことではないのではないか。

もちろん、守がどうして白霧を名乗って、北原白秋や、綺羅家を脅迫しなければならないか、夕子などにそれは分かるはずもないことなのだが。

――そこにいるのはおまえなんだろ？　おれには分かっているんだ。みんな分かっているんだよ。なあ、おい、あんなことになってしまって気の毒だったな。あんなはずじゃなかったんだろ？　あんなことになるはずじゃなかったんだよな。

あの納戸のなかで守がそういった言葉を思い出した。あざけるような、いや、ほとんどすすり泣いているような声で、守はそういったのだ。あのときのおまえというのは誰のことなのだろう？　何があんなことになるはずじゃなかった、というのか。

「わたしのいってることはおかしいでしょうか？　考えてみれば、柳河の人間だから新宿で人を殺すのが不自然だなんて、そんなの理屈にも何にもなっていないですものね。わたし、自分でもそのことは分かっているつもりなんですけど……」

「いや、そんなことはありません。人は自分の知らない土地では犯罪を犯すのをためらうものです。何といったらいいのか、やはり不安な気がするんでしょうね。その意味では、柳河の人間が東京の新宿で人殺しをするのは不自然ではないか、というのはもっともな疑問なんですよ。ただ——」

「ただ?」

「たしかに宮口は新宿のアパートで死んでいたんですけどね。あの殺人はかならずしも新宿で行われたというわけではないのです」

「おっしゃっていることがよく分からないのですけど……それは、宮口はどこかべつの場所で殺されて、新宿のアパートまで運ばれてきたという意味なんでしょうか」

「いえ、犯罪が行われたのは、たしかにあのアパートだったのですが、犯人は殺人現場に足を踏み込む必要などなかったのです」

「………」

「そう、何といえばいいか、あれはいってみれば遠隔殺人だったのですよ」

五

「遠隔殺人？」

夕子は眉をひそめた。

霊太郎はみずから探偵だと名乗ったが、探偵小説の名探偵がそうであるように、この若者にもやはり持ってまわったような言い方を好む癖があるのだろうか。そうだとしたら、夕子はとてもそんな探偵ごっこなどにつきあってはいられない。

「あのとき、ぼくがお札を拾っていたのを覚えていらっしゃいますか。さぞかし、あさましい姿だったろうとは思うんですけどね。なにも、ぼくはおカネが欲しくて、あんなことをしていたわけではない。おそらく、あのおカネは白霧から宮口のもとに送りつけられてきたものだったのではないでしょうか。口止め料とかなんとか、それなりの理由はあったんでしょうけどね。じつのところ、あのお札は宮口を殺すための凶器だったんですよ」

「おカネが凶器？　どういう意味なんでしょうか」

「あのお札には青酸カリが塗られてありました。乾燥して、粉末状になっていたんです。その状態であれば、青酸カリといえども、そんなに臭いはありません。おそらく、宮口はお札を数えるとき、それを舐《な》めるのが癖だったんでしょう。犯人はそれを知っていた。だから、ただ、青酸カリを塗ったお札を郵便で送りつければ、それで宮口を殺すことができたんです。青酸カリというのはとてつもない毒なんですよ。じっさいに、舐めなくても、その揮発したものを嗅《か》いだだけで、死にいたることもある、とそうもいわれています。どんな人間も現金には弱い。白霧は頭がいいですよ。こんなに簡単で、しかも確実な殺人はない」

「………」

「いや、いまから考えれば、なんとも馬鹿な話なんですがね。ぼくはあのとき勘違いをしてしまったんですよ。それもとんでもない早とちりでしてね」

「早とちり?」

「ええ、アパートに散らばっていたあのおカネのなかに、白秋先生が送ったものも交じっているのではないか、とっさにそんなことを考えてしまったんです。宮口が白秋先生にカネを要求した、という話が、頭のなかに残っていたものですから。もちろん、宮口を殺したのが、白霧が送ってきたおカネであるのには疑いの余地はありません。ですが、そのなかに白秋先生のお札も交じっている、などということになれば、先生までが疑われることにもなりかねない。ぼくはそんなふうに考えてしまったんですよ」

「ああ、それで――」

と、夕子は思わず声を張りあげた。

「それであんなふうに、おカネを拾い集めていたのですね」

「ええ、白秋先生が警察に疑われるような事態になるのは、なんとしても避けなければならない。ぼくとしては、その一念だったんですけどね。もちろん、白秋先生は宮口におカネなんか渡してはいなかった。お恥ずかしい話なんですけどね。これはぼくの完全な勘違いでした」

霊太郎は笑い声をあげた。ほとんど無邪気といってもいいような笑顔だった。

そんなふうに、ひとしきり笑い、ふと気がついたように、あたりを見まわして、

「ああ、いつのまにか、こんな時間になってしまった。暗くなるまえに、お寺を出たほうがいいでしょう」

霊太郎は踏み石から腰をあげた。

「ああ、もうこんな時間――」

夕子もおどろいて立ちあがった。

話に夢中になって、時間の経過を忘れてしまっていたようだ。おそらく、もう五時をまわっているだろう。ぼんやりと翳《かげ》ったような墓所に、暮れのこった日の光が滲《にじ》んで、そのなかに点々と墓石が浮かんでいる。

「ぼくは矢代さんのお父様に、白霧という人物の正体を突きとめるのを依頼されたわけなんですが、それと同時に、白秋先生からも仕事を依頼されたんです。それやこれやで、こ

うして柳河に、やって来ることになったんですけどね」

霊太郎は歩きはじめた。

よほど煙草が好きなのだろう。そんなふうにして歩きながらも、新しい煙草に火をつけ、それをくゆらしている。霊太郎のまわりには、まるで蚊いぶしのように煙がたちこめていた。

夕子はふとその紫煙のなかに金魚鉢で死んでいた金魚の姿を見たような気がした。それではあの金魚はどうして死んでいたのだろう？　それもやはり白秋の不気味な「金魚」の歌になにか関係があるのだろうか。

なんとなく、そのことを訊くのがはばかられたのは童謡の「金魚」と現実の殺人事件が関連しているなどと考えるのが、やはり子供じみた妄想に思われたからだろう。現実的に考えれば、宮口の部屋で金魚が死んでいて、また死んだ稔が金魚を握っていたからといっても、それはたんなる偶然でしかないはずだった。

そんなことを訊くわけにはいかない。そのかわりに、

「白秋先生からはどんなお仕事の依頼があったのですか？」

夕子はそのことを尋ねた。

「いや、まあ、これがとんでもない難題でしてね。なにしろ三十年以上もまえのことなんですから。要するに、誰が中島鎮夫を殺したのか、それを突きとめて欲しいとおっしゃる

んですよ」

「殺された？　中島鎮夫は自殺したんじゃないのですか」

「ええ、中島鎮夫は自殺しました。そのこと自体には疑問の余地はありません」

霊太郎は一変して、きびしい顔つきになった。

「明治三十七年二月十三日、これはロシアに宣戦布告をした三日後のことなんですけどね。沖ノ端対岸の親類の家で、押し入れのなかに入って、短刀で喉を突いて、死んだというのです。その死骸を担架に載せて、たんぽぽの咲く一本道を帰ってきた――白秋先生はそんなふうに手記に書き残しています。ですが、これがほんとうに自殺でしょうか」

「え？」

夕子は霊太郎の顔を見つめた。

「なにしろアラン・ポーの小説を翻訳したぐらいですから、中島鎮夫は、当時としては、めずらしく英語が堪能《たんのう》な若者だったのでしょう。また独学でロシア語の勉強もしていたらしい。馬鹿な話ですが、そんなことから、周囲の人間の誰かが、中島鎮夫は露探だといいだして、その結果、自殺に追い込んでしまうことになった。露探、ロシアのスパイということですね。満十七歳、数えでも十九歳の若者がスパイなどであるものかどうか、常識的に考えても、分かりそうなもんですけどね。当時は、そんな突拍子もないことが信じられるような時代だったんでしょう」

「………」

「もっとも、日露戦争の開戦まえ、ロシア海軍大佐づきの横浜在住の通訳が、軍事機密を流した、という嫌疑で捕らえられるなどという事件もあるにはあったようです。その事件は『福岡日日新聞』にも掲載されたようですから、そんなことが刺激になって、中島鎮夫が露探だなどという馬鹿げた中傷も出てきたのかもしれません――」

この若者にはめずらしく、霊太郎の口調に憤りの響きが滲んだ。憤り、それに無念の思い。霊太郎は歩きながら、じっと闇の一点を凝視している。

「それにしても、こんなひどい話はありません。ただ、たんに英語が堪能で、ロシア語を勉強しているというだけのことで、ひとりの有能な、いや、もしかしたら天才であったかもしれない少年を、むざむざ死に追いやってしまったのです。なんとも残酷な話じゃないですか。そのことを考えると、いまだに悔しくてならない、はらわたの煮えくりかえる思いだ、と白秋先生はそんなふうにおっしゃっていました」

「白秋先生はよほど中島鎮夫さんのことをお好きだったんですね」

「ええ、そうだったんでしょう。中島鎮夫が自刃したとき、白秋先生は十九歳だった。白秋先生の年譜には親友が自刃して死んだために、悲嘆哀愁がきわまって、中学伝習館を退学し、東京に出て行った、ということになっていますね。そのときに親友の死を悼んで、『文庫』に〝林下の黙想〟という三六六行からなる長編詩を発表しています。このことから考えても、白秋先生にとって、中島鎮夫の死は、たいへんなショックだったにちがいありません」

「〝林下の黙想〟……」

夕子は口のなかでつぶやいた。

白秋の詩の愛好者を自任している夕子も、その詩だけはこれまで目にしたことがない。柳河の中学伝習館を退学して、東京に出ていくときの詩作だというから、明治三十七年のことになるだろうか？　いまからもう三十年以上も昔のことで、もしかしたら、そのときに『文庫』に発表して以来、どこにも掲載していないのかもしれない。

なにしろ長い詩なので、ぼくが覚えているのはそのごく一部にすぎないのですが、と霊太郎は断ってから、

戀や快楽《けらく》や虚栄《いつはり》の
彩衣《きぬ》の經緯《たてぬき》はたと捨て
赤裸々、自然《かみ》の律に眠《ぬ》る
優《いう》なるすさび春古りぬ
古りて幾とせ、寂寥《さびしき》の

そう低い声で口ずさんだ。墓所のぼんやりとした闇のなかに、しんしんとその声が消えていった。それを聞いているうちに、

「先日、綺羅家の稔さんという方が殺されました。霊太郎さんはそのことを御存知でしょうか」

自分でも思いがけなく、夕子はそのことを尋ねていた。

夕子の頭のなかで、みずから死んだ中島鎮夫と、殺された綺羅稔とが、どこか重なりあうものがあったのかもしれない。なかば衝動的に問いかけたことだった。

「ええ、聞きました。その稔さんという人は胸を刺されて、掘割に浮かんでいたそうですね。なんでも綺羅家には家督相続でむずかしい問題があるのだ、とそんなふうに聞いています――」

霊太郎は振り返りもせずに、そう返事をした。振り返りもせずに？　いや、もしかしたら、そんなふうに歩きながら、なにか考えていることがあるのかもしれない。

「宮口を殺したのが白霧という人物であることは間違いないでしょう。なんでも白霧は綺羅家にも脅迫状めいた手紙を出しているとのことですね。それがどんな手紙だったのか、夕子さんはごらんになりましたか？」

「いえ、わたしは見ていません。いまでは誰の手にあるのかも分からないのです。綺羅家の当主である鈴さんが持っているのか、死んだ稔さんが持っていたのか、それさえはっき

りしない始末なんです」

「なるほど、いずれにしても、白霧という人物が、稔さんを殺した犯人であるかもしれないわけですね。ただ、分からないのは、稔さんがどうして殺されなければならなかったのか、というそのことだ。もし、それが家督相続にからんだ問題であるなら、殺人は内部の人間の仕業ということになる。その場合には、白霧という人物がどこでどうからんでくるのか、なんだか全体に曖昧《あいまい》としたところがある事件ですよ」

「稔さんの死体が掘割で見つかったとき、わたしもその場にいたんです。ちょうど満潮時で、どんこ舟に乗って、沖ノ端川から潮川に戻ってくる途中だったんです」

　夕子はそういった。この霊太郎という若者は信頼してもいいようだ。急に、何もかも、打ち明けたくなってしまった。

「あのときには、ほかにふたりの方が舟に乗っていらっしゃったんです」

　ほう、と口のなかでつぶやいて、霊太郎は夕子を振り返った。ゴールデンバットをくわえると、

「ほかにふたりの方というと、どんな方が舟に乗っていたんですか」

「稔さんの弟さん、それにその奥様のおふたりです。弟さんは、守さんとおっしゃって、この方は横浜の鶴見で機械工場を経営なさっておいでだそうですが、いまは家督相続のことで、奥様とご一緒に、柳河に滞在していらっしゃるのです。奥様は名前を信子さんとお

っしゃいます」

「夕子さんが死体を発見した現場にいあわせたとは知りませんでした。ありがたい、というと、いかにも野次馬めいて、恐縮なんですがね。白秋先生に、調査を依頼された探偵としては、稔さんの事件のこともないがしろにはできません。申し訳ありませんが、そのときのことをくわしく教えてはいただけませんか」

霊太郎は明らかに興奮しているようだ。まだ火をつけていないゴールデンバットが唇のあいだで気ぜわしく上下していた。

夕子はあの日のことを説明した。稔ひとりはどんこ舟に乗らず、ダットサンを運転していたこと、有明海に近い神社で待ちあわせをし、そこで四人ばらばらになってしまったこと、帰りの沖ノ端川で、死んで浮かんでいる稔を見つけたこと——わずか数日まえの出来事なのに、なにか全体に色あせて、遠い日の回想であるようにも感じられた。

「舟遊びをしようといいだしたのは誰だったのですか」

「稔さんでした。わたしを歓迎する意味をこめて、みんなで舟遊びにくりださないか、とそんなふうにおっしゃって」

「夕子さん」

「はい」

「そのときの稔氏の言葉をできるだけ正確に思い出してはくれませんか。もちろん覚えているかぎりで結構なのですが」

「………」

夕子はあらためて霊太郎の顔を見つめずにはいられなかった。

どうして殺されたはずの稔の言葉をそんなに気にしなければならないのか？　稔は殺人の犠牲者であり、その稔がいったことを気にかけるのは本末転倒ではないか、とそんな疑問にかられたのだ。

しかし、霊太郎の表情は真剣そのものだった。火のついていないゴールデンバットをくわえたまま、ジッと夕子の顔を見つめている。夕子としても真剣にならざるをえなかった。

「稔さんはこんなふうにおっしゃいました——せっかく、こんないい天気なんだから、わたしを歓迎する意味をこめて……こんな天気だったら、そんなに風も冷たくないだろうし——」

夕子は懸命にあの日の朝のことを思い出そうとした。

「それで稔さんは守さんご夫婦も誘ったんです。守さんも、ずっと舟に乗っていないだろうから、信子さんも連れて、一緒に舟遊びをしないかって」

「潮川から沖ノ端川に出たときなんですが、皆さん、どんな格好をしていらっしゃいましたか？」

「格好？　そのときの格好ですか」

夕子はあっけにとられた。

「ええ」

「さあ、みんな、とりたてて変わった格好はしていなかったと思いますけど、そんなことをお知りになるのも必要なのですか」

「ええ。もし、さしつかえなければ教えていただきたい。どんな些細なことでも手がかりになるものなんですよ。これも覚えていらっしゃるかぎりで結構ですから、教えてはいただけませんか」

「火」

「は？」

「煙草の火をおつけになったらいかがですか。見ているわたしのほうがなんだか落ち着きません」

「あ、ああ。そうですね」

霊太郎は苦笑し、燐寸《マッチ》を擦って、煙草に火をつけた。

燐寸の炎の揺らめきが、ポッ、と闇のなかに、霊太郎の顔を浮かびあがらせた。その右頬から顎にかけての、ひきつるような傷あとが、炎の揺らめきのなかに、妙に生々しく映え、この愛嬌のある若者の顔だちを、ふしぎに陰影にとんだものにしていた。

六

「信子さんは洋装でしたけど、あの日はそんなに寒くなかったから、外套は着ていらっしゃいませんでした――」

夕子はあの日、自分たちがどんな服装をしていたか、そのことを話した。なぜ、そんなことを説明しなければならないか、それが分からないまま、守が和服を着ていたこと、信子がロングスカートにスェーターの洋装であったこと、稔が革ジャンパーに、ニッカーボッカー、ハンチング姿であったことなどを、つぶさに説明した。

「わたしはご覧のとおりの服装をしていました。これ、わたしのよそ行きなんです。いっちょうら。フランネルの上着に、オーヴァーブラウス、ファンプリーツのスカート。それにコートを着ていました。おかしいでしょう。わたし、そんなに似合わないのに、洋服が好きなんです」

「そんなことはありません。夕子さんは洋服がよくお似合いですよ」

霊太郎はそういったが、それはまんざらお世辞でもないようだ。なにか眩しげな視線で夕子のことを見つめている。

ふたりはまた肩をならべて参道を歩いている。専念寺の楼門を出て、沖ノ端太神宮に向かって西に、掘割に沿って、ゆっくりと歩いていく。

もう午後六時をまわったろう。あちこちの家から夕餉《ゆうげ》の支度をしているらしい匂いが流れてくる。しかし、路上に、人の姿はなく、ただ月明かりだけが大きな水母《くらげ》のように白々と浮かんでいた。

倉の海鼠《なまこ》壁、土蔵造りの白壁、庇《ひさし》の下の格子窓……どの家からもぼんやりと明かりが洩《も》れて、その明かりのなかに、柳の糸が細くしなやかな影をなびかせていた。どんよりとよどんだたまり水に、菱《ひし》の実、季節はずれの水ヒアシンス、蕨《わらび》のようにちぢれた藻が浮かんで、ひっそりと揺れている。井樋《いび》（水門）から落ちる水の響きに、ふと妙に懐かしいような、遠い気持ちにいざなわれた。

夕子の話を聞きおえると、

「なるほど。革ジャンパーに、ニッカーボッカーに、ハンチングですか。ずいぶん、しゃれた服装じゃないですか。稔さんという人はよほどモダンな人だったらしいですね」

霊太郎は考えぶかげな顔で、そんなことをつぶやいた。なにを考えているのか、あいかわらず視線を空にすえて、じっと闇の一点を凝視している。

「ええ、そうかもしれません。西方舟が燃えたときにも、新しいレコードを聞いていた、とそうおっしゃってましたから」

「西方舟が燃えた？　それはどういうことなんですか」

霊太郎は眉をひそめて、けげんそうな顔になった。

「あの日、舟遊びに出るまえに、誰かが西方舟を燃やしたんです。西方舟は御存知でしょうか？」

「いえ」

「西方舟というのは、この地方の人たちが、初盆のときに燃やして、川に流してやるための麦ワラ細工の舟なんです。精霊《しょうりょう》たちはその舟に乗って浄土に帰っていくんです。長さは二間《けん》ぐらい、幅は一間ほど、かなり大きな舟ですわ。お盆の灯籠《とうろう》流しの灯籠のようなものといえば分かりやすいかもしれません。綺羅家のご主人が亡くなったときに、作ったものです。なんでも、作ったのはいいけれど、出来が悪かったので、それはそのままにしておいて、もう一隻、西方舟を作ったそうです。それで、初盆のときには、そちらのほうを流してやり、最初に作った西方舟は、蔵にしまい込んだまま、そんなものがあることさえ忘れていた、ということのようでした」

「なんだか釈然としないな。稔さんが殺された日の朝、その西方舟が燃やされたというのですか」

「はい。庭に面した掘割の、水に浮かんで、燃えていたんです」

「どうもよく分からない。誰が、何のために、そんなことをしたんだろう？」

「わたしにも分かりません。綺羅家の人たちも皆ふしぎがっているようでした。ああ、そういえば、その前夜に、こんなことがありましたわ。わたしが柳河に着いたその日の夜のことなんですけど」

「ええ」

霊太郎はうなずいて、夕子の顔をジッと見つめた。その煙草の火口がポツンと闇のなかに浮かんでいる。

「わたし、疲れていたんだと思います。疲れすぎて、それでかえって、なかなか寝つかれずに、ぼんやりと起きていたんです。あれは夜の一時ごろだったのではないかと思うのですが、妙な物音が聞こえてきたんです」

「妙な物音？　それはどんな物音だったんでしょう」

「なにか車輪の回転するような音でした。いまから考えれば、あれは西方舟を蔵から引き出すときの音だったにちがいありません。西方舟は蔵の荷車のうえに積んであったということです。ですから、西方舟を蔵から引き出すときの荷車の音を、わたしは聞いたのにちがいありません」

「なるほど」

霊太郎は足をあげると、煙草の火を下駄の歯で押し消した。なんとなく釈然としない顔になって、燐寸と、ゴールデンバットの袋を、着物のたもとにおさめながら、

「わざわざ夜中にそんなことまでして、西方舟を燃やしたかった、というわけなのかな。

その人物はどうしてそんな必要があったんですかね？　西方舟を燃やして、それを綺羅家の人々に見せつけることに、どんな意味があったんでしょうかね？」

「ああ、そういえば、あのとき信子さんがこんなことをいってました——これは誰かが死ぬというお告げなんじゃないか。これから死んでいく誰かのために、そのまえに、精霊を送ってやっているのかもしれない……そんなようなことをいったのを覚えていますわ」

「ほほう」

一瞬、霊太郎の目がするどさを帯びたようだった。

「たしか信子さんというのは、綺羅守さんの奥様でしたね？」

「ええ、思い返すと、信子さんは稔さんの非業《ひごう》の死をいいあてたことになりますわ。ほんとうに稔さんを殺した犯人が、事前に、西方舟を焼いたのかもしれません。なんだか、この事件の犯人だったら、それぐらいのことはしかねない気がしますわ」

「予告殺人ですか。探偵小説のなかでならともかく、現実にそんなことがあるもんですかねえ？　人を殺すというのは大変なことですよ。ただでさえ大変なことなのに、事前にそれを予告して、さらに大変にする必然性なんかないような気がするんですが」

「ええ、それはそうかもしれません。たしかに、おっしゃるとおりだと思います。でも、あの日の朝、西方舟が燃えていたのは事実なんです——」

夕子はそこまで話し、ためらった。これから話そうとしていることが、陰口めいて感じられ、なんだか気が進まなかったのだ。

「わたしが綺羅家にごやっかいになった最初の夜、なにか車輪の回転するような、妙な音を聞いたといいましたわね。おそらく、西方舟を蔵から引き出すための荷車の音だったのではないか、とそう思うのですけど」

「ええ」

「じつは、わたし、その音が何であるのか、それを知りたくて、泊まっている座敷から出てみたんです。それで、お店の帳場のほうに行ってみたんですけど、そのときに稔さんの姿を見かけたんです」

「稔さんの姿を?」

霊太郎は眉をひそめた。けげんそうに、夕子の顔を見つめている。

「おかしいな。稔さんは犠牲者じゃないですか。その稔さんが殺される前夜に家のなかをウロウロしていたというのは、なんだか理屈にあわないような気がするな」

「ええ、それと、これは稔さんが殺されたその夜のことなんですけど、そのときにもやはり車輪の回転するような音が聞こえてきたんです。それで、わたし、また座敷から出てみたんですけど――」

夕子は屋根裏に納戸があり、そこに中島白雨の詩作品の掲載されている同人雑誌の『文庫』や、回覧雑誌『常盤木』などがあったことを話した。もちろん守が顔を出し、そこにいるのはおまえなんだろう、と妙なことをつぶやいたのを話すのも忘れなかった。

夕子はできるかぎり正確に記憶をたどってみた――〝そこにいるのはおまえなんだろ？　おれには分かっているんだ。みんな分かっているんだよ。なあ、おい、あんなことになってしまって気の毒だったな。あんなはずじゃなかったんだろ？　あんなことになるはずじゃなかったんだよな〟――守がいったことを再現し、それをなんとか霊太郎に伝えようとしたのだ。

「そこにいるのはおまえなんだろ？　おれには分かっているんだ、か。明らかに、守さんは納戸に潜んでいた夕子さんを誰かべつの人間だと考えていたようですね。いったい、誰だと考えていたんだろう？　あんなはずじゃなかった。あんなことになるはずじゃなかったんだよな。これもなんだか謎めいた言葉ですね。守さんはどうも何かを知っているようだ。守さんが何を知っているのか、ぼくたちもそれを知ることができれば、なんとかこの事件の全容をつかむこともできるかもしれませんね」

霊太郎はなにか考え込んだような目つきになった。あまりに夢中になって考え込んでいて、ほとんど自分が歩いているのさえ意識していないようだ。

七

ようやく綺羅の造り酒屋が見えてきた。とはいっても、もうこんな時刻だから、店はくぐりを残し、すっかり雨戸を閉ざしてしまっている。電灯の明かりのなか、庇の下にかかげられた看板がぼんやりと浮かんでいた。

もちろん、夕子は店のほうから、なかに入るような不作法なことはしない。店の横にある路地から日本庭園のほうに抜けて、母屋の裏口にまわるつもりでいる。

夕子が路地に入ると、霊太郎も当たり前のような顔をして、あとからついてきた。こうなれば何から何まで話してしまったほうがいい、と夕子はそう決心した。この霊太郎という若者は、一見、頼りなげに見えるが、それでいながら、その茫洋《ぼうよう》とした容姿のかげに、なにか異様に強靱《きょうじん》な知性のようなものを感じさせる。

路地は狭く、軒下に吊るされた電球の明かりだけがボウと浮かんでいる。

夕子は霊太郎を振り返り、

「それにもうひとつ〝金魚〟のこともあるんです」

「金魚？　なんですか、それは」

霊太郎はいぶかしげな顔になった。

「金魚がどうかしたんですか」

「霊太郎さんは白秋先生の〝金魚〟という童謡を御存知ないですか。たしか、最初、『赤い鳥』に発表されて、『とんぼの眼玉』にまとめられた童謡だと思うんですけど」

「もしかしたら西条八十《さいじょうやそ》から残酷だと評された童謡だったかな。母親を待っている子供が金魚を殺すとか、そんな内容の童謡だったんじゃなかったかな。あまり正確には覚えていないんですけどね」

「西条八十のことは知らないですけど、そのとおり、子供が一匹、また一匹と金魚を殺していく歌なんですけど。最初が、母さん、帰らぬ、さびしいな。金魚を一匹突き殺す――これは鈴さんのいったことなんですけど、もしかしたら、この白霧という人物は、その童謡のとおりに、人を殺して……」

しかし、夕子はそれを最後までいいおえることはできなかった。

そのとき、ふいに路地の暗がりのなかに、人影が立ちはだかったのだ。しかも、その人影はジッと、夕子たちのほうを見つめているらしい。男だということはかろうじて分かるものの、軒下の電球を背景にしているために、姿が黒く塗りつぶされてしまい、その顔を見さだめることはできなかった。

その男は何かつぶやいたようだ。何をつぶやいたのかは、よく聞き取れなかった。

霊太郎は足をとめ、しばらく闇のなかに視線を凝らすようにし、その人影の様子をうか

がっているようだったが、

「申し訳ありません。そこを通りたいのですが、道をあけてくれませんか。それとも、何か、ぼくたちに用でもあるんでしょうか」

妙に、おだやかな声でそういった。

闇のなかの人影が動いた。その顔が電灯の明かりのなかに浮かんだ。

「そこにおるとは矢代夕子さんやね。べつだん夕子さんには何の用もないよ。ただ、あんた、わたしはあんたの名を知らん。そこで訊きたいんやが、あんたは誰かね」

ハンチングに、ゲートル巻き、長いキセルを持っていて、それをポン、ポンと左の掌に打ちつけている。助川だった。

「ぼくは呪師霊太郎という者です。矢代夕子さんとは東京での知り合いなんです。ついこの専念寺で偶然にお会いして、それでここまでご一緒してきたんですが。あなたはどなたですか」

霊太郎はあいかわらず愛想がいい。愛想がいいのに、どんな人間を相手にしても決して臆するということがない。

「おれ？　おれは助川という者だ。そこのお嬢さんがよく御存知やばってんね。もともとは柳河の巡査やった男たい。ここの奥様にいわれて、今回の事件を手がけとるとよ」

助川は霊太郎をジッと見つめている。霊太郎がどんな人間であるか、それをたしかめようとしている。暗くて、よく見ることはできないが、おそらくその目は陰険で、するどい光をたたえているのにちがいない。

「しゅし、れいたろう？　おかしな名やね。東京者だそうやけど、こげん、柳河なんかで何ばしよるとね？」

助川はからみつくような口調でそう尋ねてきた。

「ぼくは北原白秋先生の崇拝者なんです。心から尊敬しているんですよ。白秋先生がお生まれになった柳河がどんな町なのか、それを自分の目で見てみたい、とそう考えて、わざわざ東京からやってきたんですよ」

もちろん嘘なのだろうが、屈託のない口調で、嘘を嘘と感じさせない。探偵を自称するだけあって、この霊太郎という若者はかなりの演技者でもあるようだ。

「ふん、白秋か。あれはな、ここの中学伝習館も卒業できんやった者ばい。親父は倒産して、借金もよう返さんと、柳河から夜逃げばしおった。北原の造り酒屋は、ここの綺羅のお屋敷にもずいぶんと迷惑ばかけとるはずばい。親子ともどもとんだ喰わせ者たい」

助川がそう憎々しげにいった。

どうやら巡査をして過ごすうちに、この老人のなかには、悪意がおりのようによどんで、溜まってしまったものらしい。根っからの悪意の人なのだ。おそらく、白秋が成功者だという、ただそれだけのことで、この詩人を憎まずにはいられないのだろう。

霊太郎は助川の言葉をやりすごし、

「北原家と綺羅家とは以前はかなりの親交があったんですか」

そう尋ねた。

「おなじ造り酒屋の老舗《しにせ》だ。親交がないほうがおかしかろう。あんたはこげん時刻に、わざわざそげんことを訊くために、綺羅の家までやって来たとね？」

「そんなことはありません。ぼくはただ矢代さんを送ってきただけですよ。矢代さんがお帰りになるのを見届けたら、すぐに宿に帰るつもりでいたんです。それよりも、助川さんでしたか。あなたこそこんな時刻に何をなさっているんですか」

「淳一郎だよ」

「は？」

「岸森淳一郎。あの男は稔さんが死んだ時刻、丸太を鉈《なた》で割り、それをノコギリで定尺に切って、たきもんを作りよったといった。現に、ずいぶんとたくさんのたきもんが残っとったよ。もし、それがほんとうやったら、あのとき家に残っとったことでもあるし、淳一郎には、とてものこと、稔さんば殺すことやらできるはずがなかった。それがほんとうのことであれば、な」

嘲笑《ちようしよう》するような声だ。いや、実際に、嘲笑しているのだろう。その声からは悪意が毒液のように滴っているのが感じられた。

八

「淳一郎さん、という人のことは耳にしたことがあります。なんでも、さきのご主人の忘れがたみで、今回、家督相続をなさる予定になっている、と聞いていますが――」

霊太郎はちらりと夕子の顔を見た。

夕子はその顔を正視することができなかった。

決して意図的にそうしたわけではないのだが、ほかの関係者たちのことは、あれほど微《び》にいり細《さい》をうがって説明したというのに、どうしてか淳一郎のことだけは、一切、説明を省いてしまっている。

どうしてか？　いや、もちろん夕子は無意識のうちに、そのわけを知っていて、それだからこそ、霊太郎の顔を正視することができずにいるのではないか。そんなことがあるものだろうか？　たった一度、それもごく短い時間、話をしただけだというのに、もう夕子の胸の奥底深くに、淳一郎はすんでしまっているらしい。

「あれだけのかさのたきもんを作るとには、それこそ四時間や五時間では済まなんかったはずやけん」

助川はせせら笑うようにそういった。

「つまり、淳一郎さんにはアリバイがあるとそういうわけなんですね？」

「あり、ありば……」

助川は面喰らった顔つきになった。

「アリバイ。探偵小説のほうではそんなふうに呼んでいるんです。つまり犯行時刻には、淳一郎さんは現場から離れたところにいた、という確固とした証拠があるわけなんでしょう？」

「さあ、そいつはどうかいな。たしかに、いままではそげんと信じられていたばってんね。だけど、おれはだてに三十五年間も、巡査をやってきたとやない。おれの目をごまかせるもんか」

「助川さんの目をごまかす？ どうも、いってることがよく分からないな。淳一郎さんが何をどんなふうにして助川さんの目をごまかすというんですか」

「なに、かんたんなことさね」

助川はニヤリと笑った。

電灯の明かりのなか、その笑い顔がひどく品性卑しげなものに見えた。助川は体を斜めにすると、来なよ、とそうながすようにいって、路地を先に進んでいった。

路地を抜けると、日本庭園。築山の小道を縫って、歩んでいくと、ほんの数分ほどで、母屋の裏に出る。夜の、暗いあい色の空を背景にし、ぼんやりと母屋の大きな屋根がそびえている。その母屋のまえにある、丸太を三本組みあわせたものがチキリ、たきもんにする丸太の重さをはかるための秤である。

助川はそのチキリのまえに立つと、

「おれはあれからずいぶん町のあちこちを歩いたよ。あの日、樫《かし》のたきもんを売りに歩いた人間がいないかどうか、足を棒にして、聞き歩いたもんばい。なんで、そげんことばせななならんやったか。もし、たきもん売りが来たんやったら、そしてそれを淳一郎が買ったんやとしたら、あの時間、薪を作っていたという淳一郎の証言があやふやなものになるわけやけんな。あのとき、淳一郎がほんとうに薪を作っていたとかどうか、おれにはそのことが疑わしかったとばい」

そう勝ちほこったようにいった。

「でも、あの日、淳一郎さんにたきもんを切るようにお命じになったのは鈴さんだったのじゃないですか。それなのに、どうして淳一郎さんは買った薪を、自分で切った、などと嘘をつくことができるのでしょう？」

夕子は黙ってはいられなかった。

「そんなのおかしいと思います。だって、鈴さんは淳一郎さんが薪を切るのをごらんになっていたのではないのですか」

そのとき、ほほう、と声をあげたのは、これは霊太郎だった。霊太郎は助川とチキリを交互に見ているようだ。

「だいたいの話は分かったのですが、要するに、淳一郎さんが薪を切るのを、鈴さんが見ていたというんですね？」

と、霊太郎がふたりのうち、どちらにともなく尋ねてきた。

「見ていた、と奥様はそげんいいよんしゃったばってん。こげんことをいっては何やけど、奥様はこのところ、すっかり耄碌《もうろく》しとんしゃあ。うまいぐあいに淳一郎にいいふくめられて、たんに見たつもりでいるだけかもしれん。なにしろ、奥様は目や耳が不自由で、足腰も弱っていなさる。どうにでもごまかしようはあるとやろうよ」

助川は強情だった。あくまでも淳一郎が嘘をついているとそう思い込んでしまっているらしい。

「いずれにしても、たきもんを売り歩いている人間を探すのは、そげんむずかしいことやなか。なに、そのうちに、たきもん売りば見つけ出してやるさ。そしたら、そんことを警察にいうて、淳一郎ば検束してもらうことにしまっしょうよ」

助川はまた笑い声をあげた。いかにも悪意に満ちた響きの笑い声だった。

笑い声を残しながら、助川は日本庭園の闇のなかに消えていった。

——おそらく、助川は薪売りを見つけだすだろう。

夕子はふっとそんなことを思った。薪売りを見つけだし、そして淳一郎は検束されることになる。それはもうそうなってしまうに決まっている。そんなやり場のないような絶望的な思いにみまわれていた。

「いずれ、綺羅の家でも案内していただければ、と思いますが、それはそのときのこととして、今夜はとりあえずこれで帰らせていただきます――もし、何かありましたら、どんなことでもかまいませんから、連絡していただけませんか。いつでもすぐに駆けつけますから」

霊太郎は静かな声でそういい、これはどういうつもりだったのか、こんなことをつけ加えた。

「心配いりません。淳一郎さんという人は犯人なんかじゃありませんよ。どうか心配しないでください。何もかもきっとうまくいきますから」

「………」

夕子はほとんど淳一郎のことなど話してはいない。夕子自身も自覚してはいなかったのだが、話をしなかったのは、無意識のうちに、淳一郎をかばいたい、という気持ちが働いたからだろう。

それなのに、さすがに探偵を自称するだけのことはあって、霊太郎は、夕子の淳一郎に対する思いを的確に見抜いてしまったようだった。

そのことに、恥ずかしさと、多少のとまどいを覚えながらも、夕子には霊太郎の言葉がふと涙ぐみたくなるほど嬉しいものに感じられたことだった。

九

居間で夕食をとったのは、夕子ひとりだけだった。

鈴はあんなふうだし、稔は非業の死をとげてしまった。これからの綺羅の家業をどうしたらいいか、その相談をするために、守は同業者の寄り合いに呼ばれたらしい。

信子は信子で、気分が優れないとかで、居間に顔を出そうとはせず、自室に食事を運ばせたらしい。

淳一郎も不在で、給仕の女中がひとり付き添っているだけの、なんともいえず淋しい食事だった。

納戸には、中島白雨（鎮夫）が『文庫』や、『常盤木』に発表した詩歌がある。それらをもう一度、ゆっくりと心ゆくまで読んでみたい、という思いがあった。

もちろん、それも守が不在だということが分かっていたからだろう。いつ守が現れないともかぎらない、と考えると、とても安心して、納戸なんかにいられるものではない。守が屋敷にいるあいだは、おちおち納戸で本など読んでいられるはずがなかった。

今夜は、誰にも邪魔されないように、あらかじめ引き戸をしめて、机上のランプに火を灯《とも》した。

『文庫』の第二十五巻に掲載された「初戀」を読んでみた。

中島白雨がアラン・ポーの短編を訳したという一篇である。


　されども男の胸のうつろひ易き仇《あだ》し心に、かゝる訪《おとな》ひのものうくて、また流石《さすが》にさめ去りしそのかみの戀さへ思出の種となりつゝ、千草の谿《たに》のものうさに、我は仇なる浮世に名と才とを求めつゝ、一日谿間《たにま》をさまよひ出でぬ。


何度、読みかえしても、これがわずか満十七歳の少年が訳したものとは思えない。

もちろん、その流麗で、格調たかい文章には驚かされずにはいられない。しかし、それよりも、その文章全体にみなぎっている清冽《せいれつ》な思い、ほとんど絶唱と呼びたくなるような鮮烈な響きに、胸をうたれずにはいられない。

——この人は誰かに恋をしていた。

夕子はあらためて、そのことを感じた。いや、そのことに確信を持った、といったほうがいいかもしれない。そうでなければ、十七歳の少年にこんな流麗な文章が書けるはずがない。

これほど才能に恵まれた少年が、露探の嫌疑をかけられ、自殺しなければならなかったのだ。その痛ましさが、あらためて胸にせまってくる思いがした。

――三十数年前、日本はそんな野蛮な時代にあったのだ。

そう胸のなかでつぶやいたが、そんな野蛮な時代がほんとうに過去のものになった、といいきれるのかどうか、夕子にはその自信がなかった。

淳一郎のことを思い出さずにはいられなかった。

淳一郎は主義者で、党の無産新聞社の編集をしていたという。それを京橋署の職員に検束され、懲役二年、執行猶予五年の判決を受け、いわば転向を余儀なくされた。

これは弁護士をしている父から聞いた話であるが、主義者に対する警察の取り調べは、それは過酷なものであるという。竹刀でたたくとか、鉛筆を指に挟んでひねりあげるのは序の口で、ひどい担当になると、天井から吊るしたり、角材のうえにすわらせたり、とんでもない拷問をするらしい。

大陸での戦火が拡がるにつれ、しだいに世間が息苦しくなってきた。それは青楓社のような出版社に対する検閲が厳しくなってきたことからも端的に感じられることだ。

この国では異端者を認めようとはせず、すこしでも他者と違うふるまいをする人間は、露探、あるいは主義者と決めつけ、できるかぎり社会から排除しようとする。いや、抹殺しようとする。

中島白雨が自殺したのは、明治三十七年のことだが、それから三十数年をへて、ほんとうに日本は変わった、といえるだろうか。それは野蛮な時代の悲劇だった、とかんたんに片づけることができるだろうか。もしかしたら、この日本という国は、どんなに時代が変わったところで、異端者を受け入れない、偏狭な国でありつづけるのではないか。

——そんなことを考えたところでどうにもならない。そんなことを考えるなんて、わたしらしくない。

そう、そんなことを考えるのは、夕子らしくないかもしれない。しかし、考えずにはいられなかった。

夕子の頭のなかでは、三十年以上もまえに死んだ中島鎮夫と、主義者として転向を強いられた淳一郎とが、渾然《こんぜん》となって、ひとりの同じ人間のように感じられた。淳一郎もまた中島鎮夫のように、いずれは自殺に追い込まれることになるのではないか、とそう考えると、なんだか胸が締めつけられるような思いにみまわれた。

しばらく夕子はぼんやりとしていたらしい。ふと気がつくと、思いがけず時間が過ぎていた。もう深夜と呼んでもいい時刻になっている。

ランプの火を消し、納戸を出た。

狭い階段を下りていく。ぎしぎしと階段がきしんだ。

今日、淳一郎は早朝から出かけてしまい、夕食の席にも現れようとしなかった。なんとなく、行き違ったようになってしまい、一度も、顔を合わせていないのだ。

たった一日、会わなかっただけなのに、淳一郎が懐かしい。会いたい、とそう思った。

夕子は来年の春には、陸軍大学校の教官と結婚することになっている。いずれは陸軍武官に任ぜられ、どこかの日本公使館に派遣されることになるだろう。その将来性を考えれば、主義者として、起訴され、執行猶予に処せられている淳一郎など、比べものにもならないはずだった。

婚約者が嫌いだというのではない。見合いのあと、二度、会っただけだが、好意のようなものは持っている。しかし、それはいま夕子が淳一郎に対して抱いている熱い思いとは、まったくべつのものだ。たんに嫌いではない、というだけのことだった。

──淳一郎さん。

夕子は胸のなかでそうつぶやいた。

ほとんど、まともに話をしたこともない淳一郎のことを、どうしてこんなに好きになってしまったのか、夕子は自分で自分の気持ちがいぶかしかった。

十

階段を下り、自分の部屋に行きかけて、ふとその足をとめた。いや、足がすくんだといったほうがいいかもしれない。

また、あの車輪の回転するような音が聞こえてきたのだ。一度、車輪がきしんで、そして、すぐに聞こえなくなった。夕子は耳をすました。そのまま何も聞こえてはこず、ただ深い静寂がしんと闇をのんでいるだけだ。

もしかしたら、そら耳だったのではないか、そうも考えた。が、そんなはずはない。夕子があの音を聞きあやまるはずはない。

車輪の音は裏口のほうから聞こえてきたような気がした。

夕子はわずかにためらったが、すぐに意を決して、裏口に向かった。いつまでも、ただいたずらに、あの音におびえているのは、もう沢山だった。あの車輪の回転するような音が何であるか、それを突きとめなければ、今夜は眠れないだろう。

土間の下駄を履いて、外に出た。

今夜は月が明るい。月明かりがぼんやりと霧のようにけぶっていて、そのなかに母屋のいらかが鱗《うろこ》のように光を撥《は》ねていた。なにか夢でも見ているような、奇妙に現実感にとぼしい眺めだった。

五、六秒、もしかしたら、もっと長く、夕子は自分が何を見ているのか、それが分からなかった。

月明かりのなかに、チキリが影のようになって浮かんでいる。三本の丸太が三叉《みつまた》のように組みあわされたそれを、なにか絞首台のようだと思った。妙な話だ。夕子は、これまで絞首台などというものは一度も見たことがなかったのに。

　どうして、チキリを絞首台のようだなどと思ったのか？　もちろん、それはその頂点から下がっている縄に、ひとりの男が吊るされていたからだ。男はゆらゆらと揺れ、その度ごとに、縄がきしんでいる。

　そう、夢を見ているようだ。とても、これが現実のこととは思えない。こんなことが現実にあっていいはずがないのだ。ふと、子供のころに読んだ、怖い、怖いおとぎ話のことを思い出していた。あれはグリム童話だったろうか？

　彼女自身は気がついていなかったが、あまりのことに、そのとき夕子は一種の虚脱状態におちいっていた。自分の目にしているものを受け入れるのが嫌さに、なんとか否定したいという思いが働いていた。

　しかし、これは夢でもなければ、グリムのおとぎ話でもない。まぎれもない現実であり、どんなに受け入れるのが嫌でも、否定することなどできるはずがなかった。

　男の体が揺れ、一回りした。その顔に月明かりが射した。守だった。守はなにか考えごとでもしているように、深くうなだれ、目を閉じていた。

　もちろん、守は考えごとをしているのではない。首に縄が食い込んでいるのに、いまさら何を考えることがあるだろう？　その顔がどす黒く鬱血《うっけつ》し、口から海綿のように膨らんだ舌を突き出していた。死んでしまった人間は、なにも考えない。

このとき夕子は感覚がマヒしてしまっていたようだ。すべてが夢のなかの出来事であるかのように感じられた。現実感を失ってしまっていた。いつもは臆病な夕子が、それがあらかじめ定められたことでもあるかのように、ぼんやりと歩を進め、死体に近づいていった。

また縄がきしんで、守の体が揺れた。その手からポトリと何かが落ちた。夕子は反射的にあとずさった。そして、それが何であるか、ジッと見つめた。血？　いや、それは血ではなかった。死んだ金魚が月の光を撥ねているのだ。

どこかで誰かが何かをつぶやいた。つぶやいたように感じられた。そのつぶやきが夕子の頭のなかで陰々と響いた。

まだまだ、帰らぬ、

くやしいな。

金魚を二匹《にイひき》締め殺す。

一匹めの金魚は突き殺された。二匹めの金魚は締め殺された。二匹の死んだ金魚が、闇のなかをよぎっていき、それがいつしか死んだ稔と、死んだ守の姿に変わった。稔と、守は全身を血に染めていて、それで死んだ金魚のように見えるのだ。

縄がきしんだ。夕子の頭のなかでも何かがきしんだ。

その瞬間、それまでかろうじて夕子を支えていた何かが、プツン、と音をたてて、切れるのが感じられた。夕子のなかに、驚きと、恐怖が、堰《せき》を切ったように、ドッとなだれ込んできた。

夕子はヨロヨロとあとずさった。いやいやをするように首を振っていた。悲鳴をあげた。どんなに悲鳴をあげても、驚きも、恐怖も消えることはなく、夕子はいつまでも、いつまでも叫びつづけなければならなかった。

母屋に明かりが灯った。何人もの人間が走り出してきた。

第四部　逆流

糸車

北原白秋

耳もきこえず、目も見えず、かくて五月となりぬれば、
微《ほの》かに匂《にほ》ふ綿くづのそのほこりこそゆかしけれ。
硝子《がらす》戸棚《とだな》に白骨のひとり立てるも珍《めづ》らかに、
水路《すゐろ》のほとり月光の斜《ななめ》に射《さ》すもしをらしや。
糸車、糸車、しづかに黙《もだ》す手の紡《つむ》ぎ、
その物思《ものおもひ》やはらかにめぐる夕ぞわりなけれ。

明治四四年六月五日刊『思ひ出』より一部抜粋

一

「あんたぁ」

悲鳴が聞こえた。

夕子の悲鳴ではない。信子が守の死体を見て泣き叫んでいるのだ。身をよじるようにして叫んでいる。酒屋男たちがそんな信子をなだめようとし、しかし、どうしていいのか分からずに、手を出しかねている。ただオロオロとしているだけだ。

夕子はもう悲鳴をあげてはいない。男たちが出てきて、とりあえず安心したこともあるし、ここで取り乱したのではみっともない、という思いもある。膝がガクガクと震えていたが、なんとかくずおれずに、立っていることだけはできた。

「ちくしょう。誰がこげんひどかことばやりやがったんだ」

「おい、警察に電話しろ」

「誰か助川さんのところへ知らせに行け。おれたちじゃ手におえん」

「女は見るんじゃなか。おい、女は見るんじゃなか」

夕子は、男たちが口々にそんなことを叫んでいるのを、なにか遠いもののように聞いていた。

あいかわらず現実感にとぼしい。何もかもが夢のなかで進行している。

死んだ金魚が二匹、闇のなかに浮かんでいる。その幻影だけが、生々しく、鮮烈に像をむすんで、夕子をおびやかしていた。

夕子の背後でざわめきが起こった。

鈴だ。鈴がふたりの女中に、両側から体を支えられながら、ゆっくりと歩いてくる。

女中のひとりが家紋の入った提灯《ちょうちん》を持っている。その提灯の明かりのなか、ぼんやりと浮かびあがった鈴は、白髪をふりみだし、その寝間着も乱れて、ほとんど我を失っているように見えた。

鈴はチキリのまえに立った。そして、守の死体をじっと食い入るように見つめた。その顔が提灯の明かりにくまどられ、仮面めいた陰影をきざんでいる。それまで騒がしかった男たちが、しだいに声をひそめ、黙り、やがてしんとした静寂がみなぎった。

鈴はいま何を考えているのか？　自分は足腰が弱り、目も、耳もおとろえ、いま稔と、守、ふたりの弟を失ってしまった。その精神的な打撃はたいへんなものであるだろう。まだ六十にはすこし間があるはずなのに、その衰弱しきった姿は、七十、八十、といっても、人は信用するにちがいない。

鈴は守の死体を見ながら、いつまでも立ちすくんでいる。その寝間着の腰が泥で汚れていた。

それに気がついて、ああ、転んでしまったんだな、もうすこし、気をつけて体を支えてやればいいのに、とぼんやりそんなことを考えていたのだから、夕子もやはりまともな精神状態ではなかったのだろう。

鈴がつと守から視線をそらし、地面に目を向けた。そこに金魚が落ちている。しばらく、なにか放心したように、その金魚を見つめていた。

鈴は、稔が死んだとき、その手に金魚を持っていたのを聞かされている。そして、奇妙にこの事件に、白秋の「金魚」との共通点があることにも気がついている。いま、おそらく鈴の頭のなかには、金魚を二匹《にイひき》締め殺す、という歌が聞こえているはずだ。

鈴は顔をあげ、今度は夕子を見た。なにかもの問いたげな視線だった。しかし、結局、何もいおうとはせず、

「いつまで守の死体をそのままにしておくとね？　誰か守をチキリから下ろしてやらんといかんやないか」

そうしゃがれた声をあげた。

その声にはじかれたように、何人もの男たちが、チキリに駆け寄った。そのなかには淳

一郎の姿もあった。

が、淳一郎が守の体に手をかけようとしたとき、

「さわるな、おまえはさわるな」

そう女の声が聞こえた。

信子だった。信子はヨロヨロとまえに出てくると、その指を淳一郎に突きつけた。なまじ整った顔だちをしているだけに、その怒りに歪《ゆが》んだ顔は、ほとんど正視できないほどに醜かった。

「知ってるぞ。わたしは知ってるぞ。おまえがふたりを殺したんだ。稔さんを殺して、今度は、わたしの亭主を殺した。よくそんな平気な顔でいられるもんだ。よく、そんな平気な顔で、わたしの亭主の体にさわったりすることができるもんだ」

「…………」

淳一郎はあっけにとられたようだ。何もいえずに、ただまじまじと信子の顔を見つめている。

「みんな、こいつを捕まえとくれ。こいつが犯人なんだ。こいつが人殺しなんだぁ」

なおもわめきたてようとするのを、信子、とピシャリとした声で、鈴がさえぎった。毅《き》然《ぜん》とした、さすがに何十年ものあいだ、この綺羅家を支えてきただけのことはある、とうなずかせる威厳に満ちた声だった。

「亭主が死んで、うろたえるのは分かるばってん、めったなことを口にするもんじゃなか。こげんなってしもうたんでは、もう綺羅家を支えるのは淳一郎しかおらんとたい。その淳一郎になんて口ばきくとか。そげんことが世間の耳に入ったら、どげん陰口ばきかれることになるか分かったもんやなか。いいけん、おまえは家のなかに入りんしゃい」

鈴は目配せをし、家のなかに連れていこうというつもりなのだろう、それにしたがって、何人かの男たちが信子の体に手をかけようとした。

それを信子はじゃけんに振り払って、

「知ってるかい？　この淳一郎という男は、稔さんが死んだその日に、腕に怪我をしているんだよ。スェーターで隠しているけど、わたしにはちゃんとお見通しなんだ。なんで、そんな怪我をしたのか、どうしてそれをみんなに隠しているのか、できるもんだったら、それを納得がいくように説明してもらいたいもんだね」

せせら笑うようにそういった。

その場にいた全員の視線が淳一郎に注がれた。そんな視線にさらされ、淳一郎は途方にくれたように立ちすくんだが、

「ぼくはあのとき薪を切っていた。それで鉈《なた》で怪我をしたんだ。たいした怪我じゃないから、黙っていた、ただそれだけのことなんだよ――」

やがて、なにか口ごもるようにして、そう説明した。

それに返事をする者はいなかった。誰もがただ不自然におし黙っていた。

おそらく、その場にいた誰ひとりとして、その説明を信じた者はいなかったろう。信じることなどできるはずがない。

稔が死に、守が死ねば、親族会などに決定をゆだねるまでもなく、綺羅家の資産は淳一郎ひとりのものになるのだ。そのことを考えれば、信子の告発もあながち的外れとはいえないものだった。

夕子だけは信じたかった。信じなければならないと思った。が、やはり信じることはできなかった。

二

夕子は自分の部屋に戻った。

しばらくは外の騒ぎがつづいていたが、どうにか守の死体を家のなかに運び込んだらしく、いまはもう騒ぎもおさまっている。警察も明日の朝までは来ないらしい。

寝間着に着替え、布団のなかに入ったが、もちろん眠ることなどできようはずがない。

怖い話を聞いた子供のころ、いつもそうしていたように、掛布団を鼻までかけ、体をジッとこわばらせていた。

電灯の明かりに映えて、掘割の水が窓障子にちららと影をおどらせている。井樋《いび》をくぐってくる水が、離れの軒下に、ひめやかな音を鳴らし、それが誰かのヒソヒソと囁《ささや》く声のようにも聞こえた。

誰かが窓障子から覗《のぞ》き込んでいる。誰かが囁いている。いつまでたっても眠れそうにない。その誰かが、いまにも窓障子を開けて、座敷のなかに踏み込んでくるような、そんな気がするのだ。

電灯を消すと、チキリにぶら下がっていた守の死に顔が、闇のなかに浮かんでくるような気がした。死んだ金魚も浮かんでくる。母さん怖いよ、眼が光る、ピカピカ、金魚の眼が光る。もちろん、気のせいなのだが、そんなつぶやく声も聞こえてきて、とても電灯を消すつもりにはなれない。

いや、なにより電灯を消すと、

――知ってるかい？　この淳一郎という男は、稔さんが死んだその日に、腕に怪我をしているんだよ。

闇のなかに、信子の顔が浮かんできて、そう叫び出しそうな気がする。そのことが恐ろしい。

いまとなっては、夕子自身はそんなことを考えた自分を恥じている。

が、初めて守夫妻と会ったときには、その年齢が離れていることもあって、信子はなかば財産めあてで、守と結婚したのではないか、そう考えた。信子がどんな経歴の女であるかは知らないが、少なくとも良家の子女という感じはしない。『海軍御用』の機械工場を経営している守の財産にひかれたとしても不思議はないだろう。信子の立ちふるまい、その口のききかたにも、なんとなく守を軽んじているふうがあって、とても夫を愛しているようには見えなかったのだ。

しかし、守が死んで、あんなに取り乱すところを見ると、それは夕子の邪推にすぎなかったようだ。夫婦のことは第三者には分からない、とはよくいわれることだが、ああ見えて、信子は彼女なりに夫のことを愛していたらしい。そうでなければ、ああまでも泣きわめくことはないはずだ。

——なんで、そんな怪我をしたのか、どうしてそれをみんなに隠しているのか、できるもんだったら、それを納得がいくように説明してもらいたいもんだね。

信子はこう叫んでいた。

こんな馬鹿な話はない。それぐらいのことで、淳一郎を告発するなんて、とんでもない筋違いというものだ。夫があんな無残な死に様をさらすのを見て、一時的に、常軌を逸してしまったとしか思えない。

稔が死んだ日、淳一郎は腕を怪我していたという。薪を切っていたのだから、そんなことがあったとしても、べつだん不思議はないのではないか。そのことを隠していたのも、妙にかんぐられるのが嫌だったから、といえば、それまでのことだろう。いずれにせよ、あの日、淳一郎には大量の薪を切っていたというアリバイがあり、どんな手段を弄《ろう》しても、綺羅稔を殺すことなどできなかったはずなのだ……

——そうだわ。そうに決まっているわ。

しかし、どんなに自分にそういいきかせても、やはり疑惑は残る。稔と、守の兄弟が死ねば、淳一郎が家督相続するのをさまたげる人間は、もう誰もいない。淳一郎には、おそらく淳一郎だけには、ふたりを殺す動機がある。

動機がある？　いや、そうとばかりもいえない。たしかに家督相続にかぎっていえば、淳一郎には動機があるかもしれないが、稔と、守を、白秋の「金魚」そのままに殺していかなければならない、そんな動機などがあるはずがないのだ。

一匹目の金魚は突き殺され、二匹目の金魚は締め殺された。そして、三匹めは——なぜ、なぜ、帰らぬ、ひもじいな。金魚を三匹捻ぢ殺す……これから、まだ三人めの犠牲者が出るというのだろうか？　そして、その三人めは捻《ね》じ殺されるというのか。どんなことをすれば、人間を捻じ殺すなどということができるものなのか。

土蔵造りの離れは寒かったが、布団のなかで、夕子の体はわずかに汗ばんでいた。汗ばんでいるのにその汗が冷たい。夕子は震えていた。

飾り棚の唐子人形が、そんな夕子の姿を見ながら、笑っている。煤《すす》けた額に入った西洋画の婦人が、皮肉な視線を向けている。

今夜は一睡もできないだろう。夕子はぼんやりと、そんなことを考えている……

三

ミシッ、と廊下がきしんだ。誰かが座敷の外にいる。夕子は反射的に上半身を起こした。襖《ふすま》ごしに、矢代さん、起きていらっしゃいますか、とそう囁くような声が聞こえてきた。

「はい、どなたでしょう」

「ぼくです。岸森淳一郎です」

「淳一郎さん——」

意外だった。淳一郎のほうから夕子を訪ねてくることがあろうなどとは、これまで考えてもいなかった。

夕子は布団から出て、羽織を着た。手鏡を見て、すばやく髪を撫《な》でつけると、

「どんなご用でしょう」

そう尋ねた。自分でもわずかに声が上ずっているのが分かった。

「こんな時間に申し訳ありません。ただ、夕子さんにはどうしてもお話ししなければなら

ないことがあって」

「わたしに？」

「はい、ご迷惑だとは思ったんですが、どうしてもお話ししたいことがあるんです」

いつもの夕子であれば、深夜、自分ひとりの部屋に、若い男を呼び入れるなど、考えもしないことだったろう。しかし、このときには、ほとんどためらいもしなかった。

「どうぞお入りになってください。とり散らかしていますけど——」

一瞬、間があり、

「いや、やめておきましょう。ぼくはいま夕子さんに顔を見られたくはない」

「どうしてですか。どうして、わたしに顔を見られたくないなどと、そんなことをおっしゃるのですか？」

「恥ずかしいんです。ぼくは自分を恥じている。ぼくはみんなに嘘をつきました。いや、ほかの人間なんかどうでもいい。ぼくが恥ずかしいと感じているのは、夕子さん、あなたひとりだけだ」

淳一郎は廊下にすわったらしい。襖ごしに、そのかすかな息づかいが聞こえてきた。

「さっき信子さんがいったことを覚えていらっしゃいますか。あの日、ぼくが腕に怪我をしたのを、どうして、ほかの人間に黙っていたのか？　どうしてスェーターで隠していたのか？」

「ええ」

「ぼくは嘘がばれるのが怖かったんです。誓って、ぼくは稔さんを殺してはいない。そんなことはしていません。ただ、あの日、ぼくは稔さんに会っている。そのことだけは信子さんが疑ったとおりなんです」

「稔さんに会っている? そんな、そんな馬鹿なことがあるはずがないわ。だって、稔さんは沖ノ端川のほうにいたんだし、あなたは屋敷に残っていた。第一、あなたはあの時間、薪を切っていたのではないのですか」

「それが嘘なんです。ぼくは薪なんか切っていなかった」

「………」

「あの助川という男があちこち嗅《か》ぎまわっているという話を聞きました。しょせん田舎の巡査あがりにすぎないと、たかをくくっていたんですが、なかなかどうして、あの男は油断のならない人間ですよ――」

淳一郎がわずかに笑った。追いつめられた人間の、焦燥の感じられる笑い声だった。

「あの男はいずれ、ぼくがあのとき薪なんか切っていなかった、ということを突きとめるでしょう。そうなれば、もうぼくが何を弁明したところで、信じてもらえないにちがいない。あの男はそのことを警察に告発するでしょう。ぼくは逮捕される。ぼくは警察がどんなところだか知っています。そんなことになれば、ぼくはむりやり殺人犯にしたてあげられてしまうでしょう」

「そんな……」

夕子は声が出なかった。

もしかしたら、もう誰かから聞いているかもしれないけど、と淳一郎はそういった。

「……ぼくは党員だった。京橋署に検束され、取り調べを受けたあと、市ケ谷《いちがや》刑務所に送られ、そこで検事調べ、予審を受けた。ぼくは拷問なんか怖くなかった。警察の取り調べよりも、むしろ刑務所へ入れられてからのほうが何倍も怖かった」

淳一郎の声は低かったが、その口調には妙に切迫した響きがあった。

「未決房には、畳がしかれてあるし、私物も許されているけど、これが既決ということになると、畳もないし、着るものも官給だけということになる。ぼくは子供のころに肺炎をわずらっていて、既決房に放り込まれるようなことにでもなれば、今度こそ死んでしまうだろう、とそう考えていた。そのことがとても怖かった――」

「…………」

「そんなときに検事から、綺羅鈴さんのことを聞かされた。お袋が死んでから、ぼくはひとりぼっちで生きてきたけど、死んだ親父の正妻だった人が、ぼくの身元引受人になってくれ、しかも家督相続をさせたい、とそう申し出ているという。ぼくにとっては、それこそ夢のような話だった。この際、運動をつづけるのを断念し、柳河の綺羅家のやっかいになるのであれば、すぐにも保釈の手続きを取ってもいい……検事はそう勧めた。ぼくはその申し出に屈した。というより、自分から喜んで、飛び込んでいったというほうがいいかもしれない。党にも失望させられることが多かったし、なにより刑務所で肺炎を起こして、死んでしまうような惨めな最期だけは迎えたくなかった——」

淳一郎は沈黙した。ほんの短い時間、黙っていただけだったが、それが夕子には、とてつもなく長く、深い、苦悩をきわだたせた沈黙のようにも感じられた。

「ぼくはもう警察で取り調べを受けるのも嫌だし、刑務所に入れられるのも嫌だ。こんな季節に、既決房に入れられれば、今度こそ間違いなく、ぼくは死んでしまうだろう。そんな無意味な、肺炎で死んでしまうのだけは嫌なんだ。やむをえない。ぼくは逃げることにする」

「逃げる？」

「ああ、そうする。逃げなければ、どうしようもない。逃げるんだけど、何も人を殺したから逃げるんじゃない。取り調べを受けたり、刑務所に入れられるのが怖いから、それで逃げるだけなんだ。ぼくは人なんか殺していない。ぼくのような臆病な人間にそんなことができるわけがない。夕子さんには、せめて夕子さんにだけでも、そのことを知っていてもらいたいんだ」

淳一郎の最後の言葉が甘美な響きをともなって夕子の胸を波うたせた。こんな切羽つまった状況ではあるが、それでも、このとき夕子はたしかに自分のことを幸せだと感じていた。

「どうして？　どうして、わざわざ、そんなことを、わたしにいいにいらっしゃったのですか」

夕子は囁くようにそう尋ねた。

「それは……」

淳一郎は口ごもった。

しばらく間があり、好きだから、やがて短くそういった。なんだか怒っているような口調だった。

「そう、ぼくはきみのことを好きだから」

あらためてそういいなおすと、

「それで夕子さんにだけは、ぼくが人を殺したなどと、そんなふうに誤解してもらいたくないんだ。夕子さんにそんなふうに思われるのだけは我慢がならないんだ」

おそらく淳一郎は自尊心の強い若者なのだろう。そんなことを口にした自分自身に腹をたてたのかもしれない。唐突に立ちあがる気配があり、

「それじゃ、これで」

襖ごしに、ぶっきらぼうに、そう声をかけてきた。そして、廊下を立ち去っていく気配

があり、やがて、しんと何も聞こえなくなった。

「…………」

夕子はあとを追わなかった。

こんな寝間着に、羽織をはおっただけの姿で、部屋の外に出るわけにはいかないし、いまはなによりも、ひとりでいたいという気持ちのほうが強かった。ひとりで、気を落ち着かせて、淳一郎のことを考えたかった。

妙な話だが、こんなことで、淳一郎とのことが終わりになるはずがない、というそんな確信めいたものがあった。どうやら淳一郎は別れを告げに来たようだが、すぐにもまた会えるはずだ、と夕子はそう信じている。

——ぼくはきみのことを好きだから。

と、そういった淳一郎の声が、夕子の頭のなかにこだましている。夕子はそのこだまに聞きいっていた。

夕子はこれまで酒を飲んだことはないが、もしかしたら酒に酔う、というのはこんな気分であるかもしれない。ほんのりと心地いいが、どこか自分を見失ってしまいそうな危ういものを感じさせもする。

四

その翌日は、朝も早くから、刑事や、巡査たちが押し寄せてきて、屋敷はたいへんな騒ぎになった。

なにしろ、稔が殺され、ほとんど間をおかず、今度は、守が殺されたのだ。刑事たちが目の色を変え、調査にやっきになるのも当然かもしれない。

「稔さんも、守さんも、その手に死んだ金魚を握っていた。稔さんは突き殺され、守さんは締め殺された。なんでも白秋先生の童謡にそんな歌があるということですな」

柴田部長刑事は憔悴《しょうすい》していた。

「一匹めは突き殺され、二匹めは締め殺される……われわれにはどうにも判断しかねるのですが、矢代さんは、その童謡と、今度の殺人事件とが何か関係があるとお思いでしょうか?」

「さあ、わたしには分かりません」

「まったくの話、白秋先生の童謡をなぞって、人を殺していくなど、とてもまともとは思えませんな。何と申しますか、そんなことをしなければならない必然性というものが、まるでないじゃないですか。どうして、この犯人はそんなことをしなければならないんでしようかね」

柴田は怒ったような口ぶりになっている。もちろん、夕子はそれには返事のしようがなく、ただ黙っているほかはなかった。

もっとも柴田にしたところで、本気で白秋の「金魚」と殺人事件との関連を考えているわけではないらしい。いや、考えたところでどうなるものでもなく、とりあえず、そのことには触れないほうがいいと判断したのかもしれない。

柴田は何もいわないが、どうやら警察ではこの事件の犯人を、淳一郎だと考えているらしい。

昨夜から淳一郎は姿を消してしまっているのだ。信子に告発され、自分の身に捜査の手がおよぶのを恐れ、それで姿を消してしまった……刑事たちがそんなふうに考えるのも当然のことだった。

——何も人を殺したから逃げるんじゃない。取り調べを受けたり、刑務所に入れられるのが怖いから、それで逃げるだけなんだ。

淳一郎はそういった。

だが、それも警察にいわせれば、何もやましいことがなければ逃げる必要などない、ということになるだろう。取り調べをする側と、される側との違いで、淳一郎のそんな弁明などが通用するはずがない。ただでさえ動機があるところへ持ってきて、逃げ出してしまったことで、淳一郎はなおさら警察の疑惑を招いてしまった。

夕子は淳一郎が殺人犯などではないことを知っている。そう、知っているのだ。何の根拠もないことではあるが、あの淳一郎が人を殺したりするはずがない、夕子にはそんな確信めいたものがあった。

しかし、これもまた、警察の人間にいったところで、とうてい受け入れてもらえるはずのない確信だった。

おそらく、淳一郎を犯人だとなかば断定してしまっているためだろう。夕子に対する質問も、以前とは比べものにならないほどおざなりなもので、ごく短時間に終わってしまった。

「ところで、岸森淳一郎について、なにか知っていることはありませんか」

最後に、柴田はそう尋ねてきた。

「いえ、なにも存じません。岸森さんとはこちらに来て、初めてお目にかかったのですから」

「そうですか。いや、まあ、駅などにも手配はすませてありますからね。淳一郎はこの町から逃げ出すことはできんでしょう。淳一郎を捕らえることができれば、この事件の全容もはっきりすることでしょう」

夕子の言葉をどこまで信じたのか、柴田は無表情にそういい、自分ひとりで何度もうなずいていた。

夕子の取り調べは終わったが、いたるところに刑事や、巡査の姿があり、屋敷のなかは騒然としている。そのことが気づまりで、どこへ行こうという当てもないまま、母屋の裏口から日本庭園のほうに出た。

そこに、守が死んでいたチキリがある。

いまはもう警察の検証も終わり、チキリのまわりには、ほとんど人の姿がない。ただひとり、チキリのまえに立っている男がいて、その男を見て、夕子は自分でも気がつかずに顔をしかめている。

それはいまの夕子がもっとも顔を合わせたくない男、助川だったのだ。

そのまま黙って、行きすぎようとした夕子を、めざとく見つけて、助川が声をかけてきた。

「とんだことになりましたね。守さんはまったく気の毒なことをした――」

その言葉とは裏腹に、助川の声はほとんど陽気とさえいえそうなものだった。

「いや、信子さんがもう少し早く、淳一郎が腕に怪我をしていることを教えてくれとったら、こげんことにはならんかったかもしれませんがね。これはわたしの手抜かりやった。なんせたきもんのことばかり気にしとったもんやけん――」

「…………」

夕子は会釈をし、行き過ぎようとした。しかし、助川のほうでは、そうかんたんには夕子を解放するつもりはないようだ。

「たきもん売りが見つかりましたよ。あの日、薪を売りに来た人間がいる。普通は、丸太を売り歩くとばってん、その男は、丸太をノコギリで定尺に切った薪を売り歩きよった。女中が白状しよりました。つまり、丸太を薪に切ったとは、淳一郎やなかとです。ねえ、お嬢さん、これ、どげん思われますか」

助川はキセルに煙草をつめながら、いかにも嬉しそうにいった。その満面の得意顔がなんともいえず卑しげなものに見えた。

「その女中は誰かから口止めされとったらしい。どげん責めても、誰から口止めされとったのか、それをいおうとはしませんでしたけどね。なに、淳一郎の野郎に口止めされとったに決まっとりますよ」

「だから何だとおっしゃるのですか。稔さんは沖ノ端川で殺されたんですよ。淳一郎さんは屋敷にいた。よしんば薪を切ったのが淳一郎さんでなかったとしても、何の関係もないことじゃありませんか」

相手にすべきではなかったかもしれない。が、夕子は立ちどまり、そう反論せずにはいられなかった。

「だから、あの日、淳一郎は沖ノ端川に出向いた、わたしはそげんいうとるんですよ。どこが現場だったのかは分かりませんけどね。もしかしたら、あんたたちが休んだ神社だったかもしれん。そこで、淳一郎は稔さんを殺したとですよ」

「でも、どうして？　どうして、淳一郎さんがそんなことをしなければならなかったんでしょう」

「もちろん家督相続のためです。鈴さんひとりががんばったところで、稔さん、守さんが反対すれば、綺羅家の財産を継ぐことやらできっこありません。ましてや稔さんは鈴さんを助けて、これまで綺羅家を切り回してきた、いわば功労者だ。その人をさしおいて、どこの馬の骨やら分からん人間に家督を譲るなんて、どだい無茶な話なんですよ。もともと淳一郎の母親というのはノスカイ屋の女でしてね。ほんとうに淳一郎が、先代のご主人の子供かどうか、分かったもんじゃありません」

「ノスカイ屋？」

「女郎屋ですよ。お嬢さんにこげんことをいうのは何なんですけどね」

「…………」

「子供をみごもったというんで、旦那の仕送りをあてにして、女は東京に出ていった。東京に知り合いでもいたとでしょうよ。なんでも玉《たま》の井《い》というところに行ったんやそうですけどね」

そういうことにはうとい夕子だが、朝日新聞に連載されている永井荷風《ながいかふう》の『濹東綺譚《ぼくとうきたん》』

から、そのあたりが色街であることは知っていた。

「それで、女が死んで、淳一郎が旦那のおとしだねというんやけど、まるで天一坊だ。そんな話、まともに聞けるもんですか」

「でも、淳一郎さんが亡くなったご主人の息子さんだということは間違いないことなんでしょう？　あの鈴さんのことだから、そのことは抜かりなく調べているはずなんじゃないですか」

「だとしてもですよ。女郎の子供なんかを、綺羅家の跡取りに迎えることができるはずがないでしょうが。そげんことは世間が許しませんよ——」

助川はいかにも美味《うま》そうにキセルをくゆらしている。

「それに何だそうじゃありませんか。あいつは赤だそうじゃなかですか。転向、というんですか。なんでも、そんなことをしたんだそうだが、わたしは信じませんね。どこまでいっても赤は赤だ。信用できるもんじゃありませんよ」

「それは助川さんの偏見だと思います」

「偏見ね。たしかに、そうかもしれませんばってん、わたしはああした若いやつには我慢ができないタチでしてね。ああいう奴を見ると、むしずが走るとですよ」

助川は、ポン、ポン、とキセルを打ちつけて、火を掌に転がした。そのなんでもないことが、いまの夕子には、ひどく酷薄なしぐさであるように感じられた。

――もし、何かありましたら、どんなことでもかまいませんから、連絡していただけませんか。いつでもすぐに駆けつけますから。

いまとなっては、呪師霊太郎のその言葉だけが唯一の頼みであるように思われた。

霊太郎にはなんとなく頼りなげなところもあるが、ときおり鋭い、ハッとするような知性のきらめきを感じさせることもある。あの霊太郎だったら、淳一郎が潔白であることを証明してくれるかもしれない。

なにより霊太郎は、夕子の父親から白霧の正体を探り出すように依頼され、また白秋からは誰が中島鎮夫を死に追いやったか、そのことを調査するように依頼されてもいるのだ。父親に信頼され、白秋に信頼されている人間であれば、まずは信用してもいいだろうし、無能ということもありえない。

新宿のアパートでのことをべつにすれば、ほとんど昨日が初対面といってもいい人物なのに、妙に、霊太郎という若者のことが懐かしく感じられた。あの若者には接する人間をいきなり信頼させてしまうような、ふしぎな魅力のようなものがあるようだった。

おそらく旅館なのだろう。霊太郎は三柱神社の欄干《らんかん》橋の近くにあるという松風楼という店に滞在しているという。どんこ舟で行けば、それほど遠くはない。

船頭を頼んで、舟を出してもらった。

十二月にしては暖かな日だ。いたるところのよどみに水藻がからんでいて、それがうららかな日差しを撥《は》ねている。その暖かさに誘われたのか、ときおり、鮒《ふな》が水面に浮かんできて、口をパクパクとさせている。水路に沿った家々に、布団が干され、その織り柄があざやかに陽光にきわだっていた。

櫓《ろ》の音を聞きながら、夕子はぼんやりと北原白秋のことを考えていた。いま、白秋はほとんど失明に近い状態で、杏雲堂病院のベッドに横たわっているはずだ。そんな白秋が、微妙に旧友の中島鎮夫にからんだ、この一連の殺人事件のことを聞いたら、どんな感慨を洩《も》らすだろう。

もしかしたら、柳河には幽霊が出る、とまた、そうつぶやくかもしれない。

五

柳河には幽霊が出る……

あれから三十数年をへて、時代は明治から大正、昭和へと、めまぐるしく変転し、掘割の木橋、石橋にも、無粋なコンクリートの欄干や、水道管などが目につくようにはなった。しかし、柳河をめぐる掘割に何の変わりがあるはずもなく、一度《ひとたび》、ひたひたと流れるみどりの水に目をやれば、小賢しい年月など、たちまちのうちにけし飛んでしまう思いがする。

すでに視力はおとろえ、視野に拡《ひろ》がるものといえば、ただボワボワと白くたちこめる霧ばかり。幼児が優しい母親のたもとをまさぐるように、その霧のなかにわずかに射し込む光明に恋いこがれ、追いすがるのも、いまとなっては何やら浅ましい気がし、いささか疲れもしたし、倦《う》みもした。

見たい、という思いを、しょせんは、はかない煩悩と思いさだめて、いっそこの白霧に身をゆだねてしまえば、それはそれでまたおのずから、新たな心境もひらけてこようというものである。白い霧の彼方《かなた》にぼんやりと懐かしい幻灯のように浮かんでくるのは、遠い日の柳河の情景であり、そこを闊歩《かっぽ》する中島鎮夫の姿なのだ。

鎮夫はいつまでたっても満十七歳のまま、あまりに若々しく、いまのわが身とひきくらべれば、なにやら自嘲《じちょう》めいて、老残、という言葉さえ胸のなかに浮かんでくるようである。

もっとも、夭折《ようせつ》した人間の若さに羨望《せんぼう》をいだくのは、つまるところ生き残った人間のいい気な思いにすぎず、鎮夫自身はどんなにか生きのびたかったことか。そのことを考えると、あれから三十数年をへた昭和のいまになっても、この見えない目に涙が噴きこぼれてくるのを覚える。

しかし、鎮夫の死を悼む一方で、（生者の身勝手な思いと知りながら）やはり鎮夫は死んでよかったのだ、どこか胸の片隅でそうも考えている。そんなふうに考える自分がいる。よしんば生きのびたところで、あのガラス細工のようにもろく、無垢《むく》な魂は、いずれは傷つき、血を流して、みじんに砕け散ることになったろう。

鎮夫が死んだのは、明治三十七年二月十三日、ロシアに宣戦を布告した三日後のことだった。あのころ、そのことに興奮した人々が、長崎、熊本などで、提灯行列をして、しきりにねり歩いたと聞いている。露探というあらぬ疑いをかけられ、鎮夫が自刃せざるをえなかったのも、つまるところは、そんな浮き足だった世相に追いつめられたからだといえないこともない。

こんな体になってしまい、新聞を読むこともままならず、ただ噂に聞くだけではあるが、さきの南京陥落の報をうけ、なんでも日本中が、昼は旗行列、夜は提灯行列と沸きに沸いたらしい。こんなことをむやみに口にしようものなら、たちどころに、どこからか手痛いけんつくを喰《く》わされそうだが、なにやらその興奮ぶりが浅ましくも、恐ろしいものに感じられる。

あれから三十数年をへて、何が変わったのか、変わらなかったのか、あいもかわらず武張《ぶば》った世の中で、あのとき鎮夫が生きのびたところで、しょせんはその生をまっとうすることはできなかったかもしれない。

しかし、だからといって、あのとき鎮夫を自刃に追い込んだ人間の罪が許されていいはずがない。鎮夫を露探だと中傷し、あることないことをいいたてて、ついには絶望の淵《ふち》に追いおとした心ない人間たち、その罪はいずれは白日のもとにさらされなければならない。

そうしたところで、犬死には犬死に、何がどう変わるものでもないかもしれない。しかし、そんなふうに済ますことができるのは、おこないすました偽善者のきれいごとで、死んだ人間になりかわり、正義をまっとうするのは、むしろ生きのびた人間の務めであるだろう。

以前、北原家にはちゅうまえんだと呼ばれる菜園があって、そこにはユリの花が咲きみだれ、また向日葵《ひまわり》の花も咲き誇っていた。

そのちゅうまえんだには、ユリの根をすりおろした堕胎薬を飲ませ、おろした赤子が埋められている、という噂があった。それも三十数年もまえのことであるから、よしんば本当のことであったにせよ、もはや赤子の体は土に戻り、その骨も水のように溶けてしまっているにちがいない。

自分にとって、死んだ中島鎮夫は、いわばこの水子のようなものであるかもしれない。そんな気がする。はるか思い出のかなた、ちゅうまえんだに埋められて、すでにその肉も、骨も、どこかに消えてなくなってしまっているのだ。

しかし、そうであっても、消えてはならない、いや、消してなるものか、というこの思いがある以上、中島鎮夫はこの胸のなかに脈みゃくと生きつづけ、ついには滅びることがない……

六

……松風楼を旅館だと思ったのは、世間知らずの夕子の早とちりだったようだ。掘割に面した二階家には、赤い雪洞《ぼんぼり》が吊るされ、障子窓の欄干も赤く塗られている。家のなかからは、気だるげな三味をつまびく音が聞こえてきて、これがただの宿屋なんかであるはずがない。この地方の方言でノスカイ屋といったか、要するに、遊女屋であるらしい。

家に入り、案内を乞うと、はい、と返事がして、奥から女が出てきた。袷《あわせ》に、伊達締《だてじ》めをしめ、綿入れの半纏《はんてん》を着ている。夕子の姿を見て、けげんそうな顔になった。たしかに、この家では細身のロングスカートに、パンプスを履き、それにロングコートを着ている夕子の姿は、いかにも場違いなものに感じられたろう。素人の娘が出入りしていいような店ではないのだ。

夕子は顔を赤らめながら、

「あのう、申し訳ありません。お客様の呪師霊太郎さんを呼んでいただけませんか」

「………」

女は無言のまま、うなずき、やおら声を張りあげると、霊太郎さん、と二階に向かって、名を呼んだ。

「あいよ」

と返事があり、霊太郎がトン、トンと勢いよく、階段をおりてきた。

これも袷に、女物のしごきをだらしなく締め、やはり綿入れの半纏を羽織っている。夕子の姿を見ると、ウッ、というような妙な声をあげ、なんともバツの悪そうな顔で、階段のうえに立ちすくんだ。

さすがにノスカイ屋に居続けしているのを見られたのが恥ずかしかったらしい。

霊太郎は、

「いやあ、とんだところを見られてしまいましたね。面目ありません」

そう照れ笑いをし、頭を掻《か》いた。

もっとも、いまの夕子は霊太郎がどんな感情でいるか、そのことをおもんぱかっているだけの心の余裕はなかった。そんなことはどうでもいい。

「守さんが殺されました」

いきなり、そう切り出した。

「守さんが……」

霊太郎は顔色を変えた。

「守さんというのは、たしか綺羅稔さんの弟さんでしたね。その弟さんが殺されたというんですか」

「ええ。また〝金魚〟のとおりでした。守さんもその手に金魚を持って、締め殺されていたんです」

「金魚？　金魚がどうかしたんですか。そういえば、夕子さんは、昨日《きのう》も白秋先生の〝金魚〟のことをおっしゃってましたね。金魚が何か関係があるんですか」

霊太郎はけげんそうな顔になった。

「…………」

一瞬、霊太郎の反応をもどかしく思ったが、あらためて考えてみれば、これは夕子の早とちりだといっていい。

霊太郎は白秋の「金魚」そのままに殺人事件が起こっていることを知らずにいる。死んだ稔が金魚を握っていたことも知らないはずだった――昨日も、そのことを話しかけたとたん、助川にじゃまされ、結局、話し終えることができなかった。

「稔さんも、守さんも、殺されたとき、その手に死んだ金魚を握っていました。稔さんは突き殺され、守さんは締め殺された。白秋先生の〝金魚〟という童謡はこういうものです。母さん、帰らぬ、さびしいな。金魚を一匹突き殺す。まだまだ帰らぬ、くやしいな。

金魚を二匹締め殺す……」

夕子は霊太郎の顔を見た。

霊太郎はしばらく唖然《あぜん》とし、夕子の顔を見つめていたが、しだいに、その表情におどろきの色があらわになっていった。

「まさか、そんなバカなことが――白秋先生の童謡そのままに殺人事件が起きているとおっしゃるんですか?」

「わたしはそう考えています。鈴さんもそうお考えのようですし、半信半疑らしいですけど、どうも警察もそんなふうに考え始めたみたいです」

「母さん、帰らぬ、さびしいな。金魚を一匹突き殺す……」

霊太郎はそう口のなかでつぶやいた。ふいに身をひるがえし、階段を駆けあがっていった。

「いま着替えてきます。ちょっと待ってもらえませんか。これから綺羅家に行きます。申し訳ありませんが、その途中で、くわしい事情を教えてください」

階段のうえから、慌てふためいた声が聞こえてきた。

風が出てきた。川べりの柳の糸が揺れている。菱《ひし》の実や、蓮《はす》の浮き藻が流れている。遠い、はるかな掘割の水が、さざなみを寄せて、おぼろ銀にきらめいた。柳河に人の姿はなく、ただどんこ舟の、櫓のきしむ音だけが聞こえていた。

その舟のうえで、夕子は昨夜から、今朝にかけて起こったことを話した。

どんなに些細に思われることでも、柴田部長刑事が助川には近づかないほうがいい、と注意したことまで、細かに話した。

とりわけ、守の死体が発見されたときのことは、くわしく話した。守がどんなふうにして死んでいたか、信子がどんな口調で淳一郎を非難したか、それこそ鈴の寝間着が泥で汚れていたことまで、何ひとつ洩らさずに話をするように心掛けた。

やや、ためらいはしたが、淳一郎が深夜に自分の部屋を訪ねてきたことも、すべて打ち明けた。何もかも隠さずに話したほうがいいと判断したし、霊太郎にかぎって、淳一郎と自分との仲を邪推するようなことはしないはずだ、そうも考えたからだ。

もしかしたら、淳一郎が自分を好いてくれていて、自分もまた淳一郎に淡い思いを抱いている、そのことを誰かに知ってもらいたい、という思いもあったかもしれない。

その話を聞いて、

「どうして、淳一郎さんはそんな薪を切っていたなんてことをいったんでしょうかね」

霊太郎は首をかしげた。

「それは、あれだけの薪を切っていたということになれば、とても稔さんを殺しに、沖ノ端川まで行く時間がない、ということになるからじゃないでしょうか。淳一郎さんには稔さんを殺すだけの動機があると思われていましたから」

「だって、たきもん売りですか。その人から薪を買っているんでしょう。そんなことは誰かが調べれば、すぐに分かることじゃないですか。現に、あの助川という人物が、そのことを調べあげている。お話をうかがうと、その淳一郎さんという人は、そんな単純なことをしそうな人には思えないんですけどね」

「………」

夕子にはこれは返事のしようのないことだった。ただ黙って、霊太郎の顔を見つめているほかはなかった。

「それに、守さんの奥さん、信子さんといいましたか、その人はどうして淳一郎さんが腕に怪我をしていることに気がついたんでしょうかね？　だって、ほかに誰も気がつかなかったことなんでしょう。それなのに信子さんひとりがそのことに気がついた。なんだか妙な気がしますね」

霊太郎はそうつぶやき、掘割の水に目を向けた。

これもまた夕子には返事のしようのないことだった。

やがて、綺羅家が見えてきた。

その庭園の船着場に、ぼんやりと柴田部長刑事がたたずんでいた。

おそらく、捜査の進捗《しんちょく》がはかばかしくないのだろう。その大きな顔に、なんだか途方にくれたような表情が浮かんでいた。

夕子には愛想のいい笑顔を向けてきたが、同行している霊太郎を見ると、一転し、その笑いを消して、

「失礼ですが、こちらの方はどなたでしょうか」

そう、うさん臭げな視線を向けてきた。

「………」

夕子は、一瞬、返事につまった。

何と返事をしたらいいのだろう？　探偵だなどといおうものなら、嫌な顔をされるに決まっている。いや、なにしろ相手は現職の部長刑事なのだ。嫌がられるどころか、妙な疑惑を招くことにもなりかねない。

しかし、さすがに探偵を自称するだけあって、霊太郎はこうしたときの振る舞い方を心得ているようだ。

「ああ、ぼくは呪師霊太郎といいます。北原白秋先生の弟子なんです。いたって出来の悪い弟子なんですけど。矢代夕子さんとは先生のご本のことで、あれこれお世話になっている者なんですが――」

そう如才なく挨拶《あいさつ》した。

「今回、たまたま、柳河でご一緒することになったんで、矢代さんに挨拶にうかがったん

です」

「ふうん、なるほど、白秋先生のお弟子さんですか」

柴田はそううなずいたが、どこまで霊太郎の言葉を信じたものか、その表情からはうかがい知ることができなかった。

「こちらは柴田部長刑事さん。今度の事件の捜査を担当なさっているんです」

夕子がそう紹介すると、霊太郎は大仰《おおぎよう》に目を剝《む》いて見せて、

「へえ、そうなんですか。いや、矢代さんからうかがったんですけど、なんだか、とんでもない事件が起きたみたいですね。部長刑事さんもご苦労なことですね」

「いや、まあ、これが仕事ですから」

柴田は霊太郎にどう対処したらいいのか分からずにいるようだ。この妙に馴れなれしい若者が実際のところ何を考えているのか、そのことをつかみかねているのだろう。

「あらかじめ事情を御存知のようだから、くどくは申しませんが、なにぶん、綺羅家は事件の現場です。入ってはいけないとまでは申しませんが、あまり、あちこちお歩きにならないようにお願いします」

「はい、気をつけます」

霊太郎はニコニコと笑いながら、

「あのう、柴田さん、こんなことお訊きしていいのかどうか分からないのですが」

「はい？」

「これは夕子さんから聞いたことなんですけど、淳一郎さんは主義者だったそうですね。なんでも新橋の無産新聞社で運動をしていたとか――」

「ええ、そのようですな」

「ぼく自身は、党には何の関係もない、平凡な人間なんですがね。無産新聞の編集局で働いている人間は、レポというんですか、ときには連絡員のようなこともやらされるみたいじゃないですか。淳一郎さんもそうしたことをやっていたんでしょうか」

「どうして、そんなことをお訊きになるんですか？」

柴田の表情がわずかに変わったようだ。その目つきが険しくなり、霊太郎のことをうかがうような視線になった。

夕子はヒヤヒヤさせられたが、霊太郎のほうは、いっこうに、そんなことに頓着《とんちゃく》している様子はない。あいかわらずニコニコと笑いながら、

「いや、べつだん、どうしてということはないんですけどね。たんなる好奇心といってもいいかもしれません。もし、何かさしさわりがあるようでしたら、もちろん、お話しいただかなくても結構なんですが」

柴田はしばらく疑わしげな視線を向けていたが、

「いや、べつに、さしさわりがあるというようなことではないんですがね。それぐらいの

ことはお話ししても問題はないでしょう。わたしは特高の方面にはうといので、くわしいことは知らないんだが、たしかに淳一郎はレポのようなこともしていたらしい」

「なんですか、そうしたレポには暗号名のようなものがつけられている、と聞いたことがありますが。淳一郎さんにも暗号名があったんでしょうか」

さすがに、柴田もこれに答えるのには、ややためらったようだが、やがて、ええ、とうなずいた。

「たしかに暗号名があった。そう聞いています」

「それはどんな暗号名だったんでしょう？」

「なんだか、あんたのほうが警察の人間みたいじゃないですか。どうやら、あんたの好奇心は底なしらしい」

「いや、これは恐れいります」

霊太郎は軽く頭を下げたが、口ほどには恐縮していないようだ。

本当なら、部長刑事の職務にある者が、外部の人間にこんなことまで話すはずはなかった。が、ここでも、なんとなく接する人間の警戒心を解いてしまうような霊太郎の個性がものをいったらしい。

「あの連中にはどうも子供じみたところがあるようですな。暗号名もなんとなく子供っぽい。淳一郎はレポをつとめるときには〝霧〟の名で呼ばれていたらしい」

「霧……」

夕子は自分の顔色が変わるのを覚えた。反射的に、霊太郎の顔を見た。しかし、霊太郎の表情は変わらなかった。ただ、平然として、うなずいただけだった。

「そうなんですか。淳一郎さんは〝霧〟と呼ばれていたんですか」

その声はむしろ楽しげでさえあった。そんな霊太郎を柴田は眉をひそめるようにして見ている。

「ところで、これも夕子さんから聞いたことなんですが、柴田さんは夕子さんに助川さんにはあまり近づかないほうがいい、と注意なさったらしいですね」

「ほう、矢代さんはそんなことまであなたにおっしゃったんですか」

柴田はジロリと夕子を見つめた。

夕子はなんとなく身のすくむような思いになっている。どうして霊太郎がそんなことをいいだしたのか、その真意を測りかねていた。

「いや、まあ、注意、といいますか、わたしとしては忠告のつもりだったんですが、そのことが何か？」

「いえ、べつだん何ということもないんですけどね。助川さんは巡査だったわけでしょう。柴田さんとはいわば身内のような人じゃないですか。その人のことをよくいわないのは、なんだかおかしいな、とそう感じたものですから」

「わたしにはそんな姑息《こそく》な身内意識はありません。以前、巡査であろうとなかろうと、よくない人間はよくない、とそうはっきりいいますよ」

霊太郎のいったことがいくらか気にさわったらしい。柴田は顔をしかめていた。

「そうですか。いや、さすがに部長刑事の役職にいらっしゃるだけあって、柴田さんは公正な方なんですね」

霊太郎はニコニコと笑っている。本人は柴田をなだめているつもりかもしれないが、聞きようによっては、皮肉ととれないこともない。

「じつは、これは綺羅家の事情にくわしい人から聞いたんですけどね。なんでも若いころ、助川さんは、鈴さんのことを好きだったらしいですね。そのこともあって頻繁に綺羅家に出入りしていたらしい」

「ほう」

これは柴田も初耳だったらしい。わずかに眉をあげるようにし、霊太郎の顔をまじまじと見つめていた。そして、

「世間の人間は何かと口さがないものですよ。あまり無責任な噂はお信じにならないほうがいい」――

と、これは苦々しげにいった。

「………」

夕子はただ驚いて、霊太郎の横顔を見つめるばかりだった。

いまの鈴や、助川からは想像もつかないことだが、たしかに年まわりを考えれば、助川が鈴のことを好きだったとしてもふしぎはない。

が、それにしても、いつ、誰から、霊太郎はそんなことを聞き出したのだろう？　なんだか信じられないような気もするが、霊太郎は遊女屋に居続けしながら、その一方で、地道に探偵の仕事をつづけていたらしい。

七

そのあと、鈴の寝室に向かった。どうしても鈴に会っておきたい、と霊太郎がそういいはったのだ。

夕子は鈴の体調が心配だったが、ほんの数分でいいから、霊太郎にそういわれると、これを断ることはできなかった。

奥座敷では、あいかわらず火鉢に薬缶《やかん》がかかっていて、その湯気のなかに、薬湯のにおいがこもっていた。厚い掛布団にくるまって、鈴がちんまりと蓑虫《みのむし》のようにうずくまっているのも、いつものことだ。

「夕子さんのお知り合いだそうやけど、いや、夕子さんには、とんだご迷惑をおかけすることになった。わざわざ東京から来ていただいたのに、なにしろ家のなかがこんな有り様で、ろくなお世話もできん。ふたりともあんなふうに酷《むご》い殺され方をされたんでは、綺羅の家ももうおしまいやね」

鈴の声はボソボソと力がなかった。かつては綺羅の造り酒屋をひとりで切り回していたというが、いまの鈴からは、そのころの覇気はまったくうかがわれない。

「いや、そんなことはありませんよ。こんなことを申しあげては何ですが、まだ淳一郎さんがいらっしゃるじゃありませんか。ぼくはお会いしたことはありませんが、なんでも淳一郎さんはずいぶんとしっかりした方のようじゃないですか」

霊太郎は調子がいい。この霊太郎という若者は、どこまでが本音で、どこからが演技なのか、夕子にもそのあたりの判断のかね《ヽ》あい《ヽヽ》がつけられない。

「しかし、それにしても、よく淳一郎さんを見つけることができましたね。しかも、淳一郎さんは、市ケ谷の刑務所に入れられていたそうじゃないですか。その身元引受人になって、保釈の手続きを取るなんて、なかなかできることじゃありませんよ」

「人を使った。ずいぶんと手間をかけたし、カネも使った。それでも、淳一郎が見つかったとやけん、なによりのことやった。刑務所に入れられていたといっても、淳一郎は何も悪いことをしたわけやない。ただ、自分の信じるところに従ったまでのこと、なにも恥じることはない。死んだ亭主の息子であれば、わたしにとっても子も同然、身元引受人になるぐらいは何でもないことたい」

「いや、それにしたところで、鈴さんはそれまで淳一郎さんには一度もお会いになったことがないのでしょう。一度も会ったことのない人間を、ただ、ご主人の血をひいているというだけで、身元引受人になるなんて、なかなかできることではありませんよ」

夕子は霊太郎の話をハラハラしながら聞いている。この若者にはめずらしいことだが、霊太郎の口ぶりはいかにも強引で、鈴にたいして、あまりに礼を失しすぎているように思われた。

「なんの、それまで一度も会ったことがないなどということがあるもんですか」

しかし、鈴は、夕子が心配しているほどには気分を害したようには見えなかった。腕を伸ばすと、枕もとから文箱《ふばこ》を引き寄せ、その蓋《ふた》を取った。

「いや、会わなかったのは事実やけど、淳一郎がどんな若者かは、弁護士の先生から聞いとる。それにな、こうして淳一郎の写真も送ってもらった。顔を見れば、それがどんな人間かぐらいは分かろうというもんやなかかね」

鈴は文箱のなかから一枚の写真を取り出すと、それを霊太郎に手渡した。

霊太郎はその写真をまじまじと見つめている。夕子もそれを脇から覗き込んだ。

淳一郎の写真だった。おそらく数年前の写真だろう。淳一郎は絣《かすり》の着物を着て、学生帽を被《かぶ》っている。若々しい、ほとんど無邪気といってもいい顔だちをしている。

「なるほど、たしかに、淳一郎さんはいい若者ですな。これなら、奥様が身元引受人になったのも分かります。いや、どうも、ありがとうございました」

霊太郎はそういうと、文箱を手元に引き寄せ、その蓋を開けた。写真をそのなかに入れると、

「ところで話は変わりますが、奥様は今回の一連の事件をどんなふうにお考えになっていらっしゃいますか。北原白秋先生の〝金魚〟という童謡そのままに殺人事件が起きていくという噂があるようなんですが、そんなことがあるもんでしょうか?」

「さて、信じられんようなことではあるばってん、稔が突き殺され、守が締め殺されたのは、まぎれもなく事実やけんの。しかも、ふたりながら、その手に金魚を握っておった。〝金魚〟の童謡そのままに人が殺されていく、そうとしか考えられんやろう」

「しかし、誰がどうして、そんな馬鹿げたことをしなければならないんでしょう? 童謡のとおりに人を殺したところで、どんな益があるというんでしょう? 」

「そんなこと、わしに分かるはずがなか。いずれにせよ、古問屋《ふっどいや》のトンカ・ジョンがあんなやくたいもない歌を作るもんやから、こげん馬鹿げた事件が起きるとたい」

ははあ、と霊太郎はうなずいて、

「どうやら奥様は白秋先生のことがお嫌いなようですな」

いきなり、そう尋ねた。

これには夕子は飛びあがらんばかりに驚かされた。どうして、霊太郎はこんなぶしつけな質問をする気になったものか？

さすがに、これには鈴も気分を害したようだ。ジロリと霊太郎を一瞥《いちべつ》しただけで、返事をしようともしなかった。

霊太郎はこれにもこたえた様子がない。一礼すると、

「お休みのところをおじゃまして申し訳ありませんでした。ごらんのとおりの若造で、何かとお気にさわることがあったかもしれませんが、お許しください。ぼくはこれで退散させていただきます」

立ちあがりながら、そういい、さっさと座敷を出ていった。

夕子もあわてて頭を下げ、霊太郎のあとを追った。

なんだか霊太郎には似つかわしくない不作法さに感じられ、夕子にはそのことがけげんでもあり、不愉快でもあった。

「霊太郎さん」

とがめるつもりで、そう声をかけたが、霊太郎は何か考え込んでいるようで、夕子を見ようともしなかった。視線をぼんやりと天井に這《は》わせながら、

「今度は、その信子さんという人に会ってみたいもんですね」

そう口のなかでつぶやくようにいった。

八

信子は居間にいた。ガラス障子を開けはなし、縁側の籐椅子《とうい す》にすわって、ぼんやりと日本庭園を見つめていた。

信子は守の死体を見たときには、ひどく興奮し、淳一郎を非難した。しかし、そのあとは、なにか虚脱してしまったように、ボウとしていることが多い。一日中、ほとんど口もきかずにいる。

稔の遺体はとりあえず埋葬されたが、守の遺体はまだ警察から戻ってなく、葬儀がいつのことになるのか、まだ、その見込みもついていないとのことだ。

信子自身はすぐにも柳河を出ていきたい意向のようだが、葬儀のこともあり、また警察から足どめもされていて、やむをえず綺羅家に滞在しているらしい。

信子は守とそんなに夫婦仲がうまくいっているようには見えなかった。そのことを考えると、こんなに信子がしょんぼりとしてしまうのは、夕子にはなにか意外なことにも感じられた。

それでも夕子が居間に入っていくと、信子は、ああ、と会釈をして見せたが、その笑いにしてからが、力のないものだった。

ここでも霊太郎は夕子の知り合いだと自己紹介した。この馴れなれしさは天性のものであるらしい。

「どうして信子さんは淳一郎さんが怪我をしていることに気がついたのですか」

霊太郎はいきなりそう切り出した。

「ほかの人たちは誰も淳一郎さんが怪我をしていることなんかに気がつかなかった。それなのに、あなた一人だけがそのことに気がついた。これはなんだかおかしいんじゃありませんか」

「おかしいったって、気がついたものは仕方ないじゃありませんか。女だと思って、妙な言い掛かりをつけると、ただじゃすみませんよ」

信子はたちまち顔色を変えた。その美しい顔が怒りで歪んだ。

「お気にさわったら、勘弁してください。べつだん悪気はなかったんです。ただ、どうしてなのかな、とそう疑問に思ったもんですから。申し訳ありませんでした」

霊太郎はあっさりとそう謝り、

「ところで、稔さんが殺された日、信子さんは沖ノ端川で舟遊びをするのに、ずいぶん軽装でいらしたみたいですね。コートを着ていらっしゃらなかったと聞いています。それはどうしてなんでしょう?」

信子は、一瞬、虚をつかれたようだ。沈黙し、なにか不思議なものでも見るように、まじまじと霊太郎の顔を見つめる。

そして、

「それは、そこにいらっしゃる夕子さんも御存知だけど、あの日は、ことのほか暖かかったから……」

やがて、そう口ごもるようにいった。いままで怒っていたのが嘘のように、その表情が自信のないものになっていた。

「たしかに、あの日は暖かかった。そのことは夕子さんからも聞いています。それにしても十二月ですよ。しかも舟遊びで川に出るんだ。コートぐらいは用意していくのが当たり前だと思うんですけどね」

「コートを着ていかなかったから何だというのよ。なんで、あんたにそんなことを訊く権利があるの。あんたは警察の人間でもなんでもないじゃないの」

信子はそう声を張りあげたが、それは精一杯の強がりにすぎなかったようだ。その顔が不自然にこわばっていた。

「たしかに、ぼくは警察の人間でもなんでもありません。こんなことをお尋ねする権利なんかないかもしれない。ただ、ぼくは、もしかしたら信子さんは自動車の運転を知っているのではないか、フッとそんなことを思ったもんですから」

「………」

それまで夕子はただ黙って、ふたりのやりとりを聞いていた。自分などが口をはさむことではないと考えていた。しかし、これには霊太郎の顔を見ずにはいられなかった。

霊太郎がどんなつもりで自動車の運転のことなど持ち出したのか、そのわけが分からない。コートの話をしていたはずなのに（なぜ、霊太郎がそんなにコートにこだわっているのか、それもまた夕子には理解できないことだったが）、それがどうして急に自動車の話になどなるのだろう？　前後のつじつまがまったく合っていないではないか。

しかし、どうやら話のつじつまが合っていないと思ったのは、夕子ひとりだけだったようだ。

信子は顔を青ざめさせ、なにかかたきの顔でも見るような険しい目つきで、霊太郎の顔を見つめている。

霊太郎はそれにも平然とし、ただニコニコと笑っているだけだ。

それからあとは、もう霊太郎が何をいっても、信子ははかばかしく返事をしようとはしなかった。そのひたいに癇性《かんしょう》らしい青筋を刻んで、ただ、ツンとそっぽを向いているだけだった。

「どうもご機嫌を損じてしまったみたいですね。いや、つまらないことをお尋ねして、申し訳ありませんでした。これで引きさがりますので、どうかお許しください」

霊太郎がそう頭を下げたが、信子はそれにも返事をしようとしなかった。

居間の外に出たとたん、霊太郎の顔は一変して、険しいものになった。

霊太郎はしきりに何事か考え込んでいるらしい。いつもはお喋《しやべ》りな霊太郎が、廊下を並んで歩きながら、しばらくは一言も口をきこうとしなかった。

そして、やおら立ちどまると、夕子さん、と妙に思いつめた声でいった。夕子の顔を見つめるその顔が真剣そのものだった。

「夕子さんにこんなことをお願いするのは心苦しいのですが……」

「はい？」

「今夜、ぼくを夕子さんの部屋に泊めていただけないでしょうか」

「………」

夕子はあっけにとられた。まじまじと霊太郎の顔を見つめた。

「いえ、といっても、もちろん、変な意味ではなくて、そのう、ぼくにはそんな下心なんかなくて――じつは、今夜、信子さんを見張っていたいんです」

妙な若者だ。いつもは馴れなれしいのに、人一倍、純情なところもあるらしい。霊太郎は頬を赤らめていた。

「信子さんを？　どうして信子さんを見張らなければならないのですか」

「おそらく信子さんは、今夜、外出すると思います。信子さんが、どこに行って、何をするのか、ぜひともそのことをたしかめてみたいのです」

霊太郎はこれだけは奇妙にきっぱりとした口調でそういった。

——いったい、信子さんがどこで何をするというんですか？

夕子はそう尋ねたかったが、霊太郎のいつになく深刻な顔を見ると、それを訊くのがはばかられる気がした。おそらく尋ねたところで、素直には答えてくれなかったろう。

「どうぞ休んでください」

霊太郎はそういったが、もちろん休むことなどできるはずがない。なにしろ霊太郎が部屋の隅にすわり込んでしまっているのだ。寝具を敷くこともできなかった。

もう夜も十二時を過ぎている。これまでも何度か、霊太郎は離れを抜け出して、どこかに行っては、帰ってきている。おそらく信子の様子をうかがいに行くのだろう。

その度ごとに、誰かに見咎《みとが》められはしないかと、夕子はヒヤヒヤさせられるのだが、探偵を自称するだけあって、さすがに霊太郎はこうしたことには手なれたものだ。ふしぎに誰にも騒がれることなく、ヒッソリと離れを出ていき、ヒッソリと帰ってくる。そして、また座敷の隅にすわり込んでしまう。

こんなにわたしが心配しているのに、と夕子は霊太郎の涼しげな顔が憎らしくなるほどだった。

これで何度めになるだろう？　霊太郎がまた座敷を出ていった。そして、いつもはすぐに戻ってくるはずの霊太郎が、五分たっても十分たっても、離れに帰ってこない。

——どうしたんだろう？

それをじりじりしながら待っているのが耐えられなくなり、夕子も離れを出た。

信子の部屋に向かった。

廊下に面した小座敷、その襖がわずかに開いていた。糸のように細い明かりが廊下に洩れている。

夕子はわずかに迷ったが、思い切って、部屋のなかを覗き込んでみた。

部屋には誰もいない。寝具も座敷の隅に寄せられたままだ。電球の明かりがぼんやりとわびしい。

霊太郎がいったとおりだった。信子はやはり外出したのだ。しかし、こんな夜更けに、女がひとり、どこへ何をしに行ったのか？

ふと、いつも深夜に聞こえてくるあの妙な車輪の響きのことを思い出した。まさかとは思うが、もしかしたら信子はあの車輪の響きになにか関係があるのではないか。

いまから外出するとなると、上町通りに面した店の表側、帳場のくぐり戸を抜けるしかないだろう。

夕子は店に向かった。土間をへだてた板張りを出たとき、くぐり戸のさるを外す音が聞こえてきた。一瞬、電球の明かりのなかを、腰をかがめ、外に出ていく人影がよぎったが、それはたしかに女の姿のようだった。おそらく信子だろう。

——霊太郎はどこにいるんだろう？

夕子は焦った。このままでは信子は外出してしまうではないか。彼女が、どこで何をするのかを突きとめようにも、かんじんの霊太郎が消えてしまっているのだ。

薄暗い土間のどこを見回しても、霊太郎の姿などはない。信子のことを夜っぴて見張っているといったはずなのに、いざというときには、このていたらくだ。なんとも頼りない探偵だというほかはない。

もうためらっている暇はない。夕子は土間の草履を突っかけた。素足にひんやりと草履が冷たかった。

くぐり戸から外へ出た。

離れにいるときには気がつかなかったのだが、外には皓々《こうこう》と月明かりが射していた。柳並木がおぼろに影をかさね、掘割の水が月の光にきらめいている。月明かりが銀色の霧のようにたなびいて、そのなかに屋根のいらかがぼんやりと浮かんでいた。

その月光のなかを信子が歩いている。掘割に沿った道を柳河のほうに向かっている。地面に長い影をひいていた。

いつもの夕子ならこんな無謀な真似はしない。しかし、いまの夕子は奇妙に高揚した気持ちになっていた。信子はどこに行き、何をするつもりなのか？　なんとしてもそれを見届けなければならない、そんな思いになっていた。

夕子は信子のあとをつけ始めた。

沖ノ端川に三明《みあけ》橋という開閉橋がある。沖ノ端川は潮の干満が大きく、舟が出入りするときには、手回し式の歯車で、この橋を開閉させるようになっている。

この河原には葦《あし》が茂っていて、夏にはヨシキリが鳴くという。淋《さび》しく、昼間にも、ほとんど人通りのない場所だ。

そこに廃屋があった。たち枯れた葦になかば埋もれるようにし、ヒッソリと一軒だけ建っている。かつては漁師家であったらしく、柱だけを残し、壁も崩れ落ちて、トタンに重しの石をのせた屋根だけが、かろうじて形をたもっている。

信子はその廃屋を回り込んで、裏のほうに入っていった。

夕子もあとを追う。

廃屋の裏は以前は菜園のようになっていたらしい。もうほとんど雑草に埋もれてしまっているが、それでもわずかに菜園のあとを見ることができる。ユリの花が何本か褐色にちぢれて残っていた。

信子はその中に入っていく。月明かりのなかに、その姿がぼんやりと燐光《りんこう》をおびているように見えた。

――もしかしたら白秋の生家にあったというちゅうまえんだとはこんな畑だったのかもしれない。

夕子はフッとそんなことを思った。

『思ひ出』のなかにちゅうまえんだを歌った詩がある。

ちゅうまえんだの百合の花、その花あかく、根はにがし。――その『思ひ出』の「わが生ひたち」に白秋はこう書いている。

――それでもなほ昼は赤い鬼百合の咲く畑に夜は幽霊の生じろい火が燃えた。

実際、この廃屋の菜園にもどうかすると幽霊でも出てきそうな凄惨《せいさん》な雰囲気がたちこめていた。

信子は菜園にうずくまった。たち枯れたユリの根のあたりをしきりに手で掘っているようだ。何を掘り出しているのだろう？　崩れ残った壁に身をひそめ、夕子は信子の様子をうかがった。

信子は何かを掘り出したようだ。しかし、夕子のいる場所からは、それが何であるかは分からない。信子はコートのポケットから小さな瓶のようなものを取り出した。そして、その瓶の中身を掘り出したものにふりかけている。水？　いや、水なんかふりかけるはずがない。

信子が燐寸《マッチ》を擦ったとき、初めてそれが何であるか分かった。おそらく灯油だろう。どうやら信子は掘り出したものを燃やそうとしているらしい。その炎の揺らめきのなかに、信子の顔がボウと能面めいて不気味に浮かびあがった。目だけが光っていた。

信子は何を燃やそうとしているのか？　それを知りたいあまりに、つい夕子は用心をおこたってしまったようだ。身を乗り出しすぎて、落ちていた板を、うかつに踏みつけてしまった。板を踏みやぶる音が、思いがけず大きく、闇のなかに響いた。

信子はサッと立ちあがった。夕子のほうを見た。

「誰？　そこにいるのは誰なの？」

そう叫んだ。悲痛に上ずった、ほとんど悲鳴のような声だった。

信子は夕子のほうに歩いてくる。コートのポケットから何かを取り出した。それがギラリと月の光を撥ねた。西洋剃刀《かみそり》だ。

夕子は逃げようとした。が、足がすくんで、動けなかった。悲鳴をあげようにも、声も出なかった。

信子は剃刀をふりかざしながら、近づいてきた。その目が吊りあがってしまっている。いつもは美しい顔が、それだけにいっそう醜く歪んで、凄《すさ》まじいものに見えた。

「おまえかあ」

信子は叫んだ。その大きくあけた口が濡《ぬ》れぬれと赤かった。鬼女のようだった。剃刀を頭上に振りあげた。

そのとき、やめるんだ、と男の声が聞こえてきた。

「そんなことをしても何もならない。信子さん、バカなことはやめるんだ」

信子の背後に、男が立っていた。霊太郎だった。

その姿を見て、夕子は安堵《あんど》のあまり、その場にヘタヘタとすわり込んでしまった。いつもはあまり頼りにならない霊太郎だが、このときばかりは、その姿がとてつもなく頼もしいものに感じられた。

「そんなことをする必要はない。いや、何をしたところで、もう無駄なんだ。信子さん、ぼくはあなたが何をしたのか、それをみんな知っているんですよ」

霊太郎は静かな声でそういった。信子のことをジッと見つめていた。

信子は霊太郎を見、夕子に視線を転じ、また霊太郎を見た。追いつめられた小動物のような顔つきになっていた。

しかし、どうやら逃げることも、抵抗することもできないと観念したようだ。剃刀を持った手がしだいに下がっていった。そして、そのまま力なくうなだれてしまった。

「そんなものは捨てなさい」

そう霊太郎がいうと、信子は素直に剃刀を落とした。剃刀は地面に刺さり、わずかに揺れた。

霊太郎は、

「信子さん。どうしてこんなものを燃やそうとしたのですか。いや、そもそも、どうしてこんなものを地面に埋めたりなんかしたんですか」

あいかわらず静かな声でそういい、手に持っていたものをさしだした。

革ジャンパーに、ハンチング、それにニッカーボッカーだった。

九

信子は地面にうずくまっている。うなだれてしまい、何もいおうとしない。このいつもは気の強い女が、いまは迷子の女の子のように、心細げな姿に見えた。

その姿をなにか痛ましいものでも見るように見つめながら、

「信子さん。あなたは稔さんと関係がありましたね」

霊太郎はそういった。

「…………」

夕子はおどろいて、信子を見、霊太郎を見た。

信子はうなだれたままジッとしている。その何もいわないことが、かえって霊太郎の言葉を肯定しているように感じられた。

「こんなことは余計な詮索《せんさく》だと分かっています。これが殺人事件に関係していなければ、ぼくもこんなことに首を突っ込んだりはしません。ただ、このことをはっきりしなければあの日、稔さんが殺された状況を明らかにできないので、やむなく余計な詮索をするのです——」

と、霊太郎はそう断ってから、

「ぼくがあなたと稔さんとの関係を疑ったのは、深夜、稔さんがどこかへ出かける姿を、夕子さんが見たといったからです。ぼくは俗っぽい人間なのかもしれません。男が深夜にひとりでどこかへ出かけるとしたら、それは女と逢引《あいびき》するためではないか、とそう考えたのです。夕子さんの話からすると、稔さんは人目を避けるようにして、ひっそりと外へ出ていったらしい。おそらく人に知られてはならない色恋沙汰《ざた》なんでしょう。だとしたら相手は人妻ではないか。そう考えたとき、信子さん、自然にあなたの名前がぼくの頭のなかに浮かんできたのです。夕子さんの話からすると、あなたとご亭主の守さんとはそんなに夫婦仲がうまくいっていなかったらしい。守さんと一緒に柳河に来て、それで稔さんとわりない仲になってしまった。そういうことだったんじゃないですか?」

「……………」

信子はあいかわらず沈黙したままだ。霊太郎はため息をついて、また自分ひとりで、話をつづけた。

「もちろん、ただそれだけのことで、あなたと稔さんとが関係があった、とそう断定したわけではありません。あなたと稔さんが関係があったと想定すれば、いろんなことがつじつまが合うんです。あなたは稔さんの愛人でもあり、共犯でもあった。そう考えなければ、事件のつじつまが合わないんですよ」

「共犯？」

夕子はあらためて霊太郎の顔を見た。

「それはどういう意味なんです？　そんなのおかしいわ。理屈に合いません。だって、稔さんは殺された側なんですよ。殺された稔さんがどうして信子さんを共犯なんかにしなければならないんですか」

「稔さんはたしかに殺されました。でも、殺そうとして、それで殺されたんです。殺された人間がアリバイ工作をしたんです。そのために事件全体がなんだか妙なものになってしまったんです」

「殺そうとして、殺された？」

夕子は呆然《ぼうぜん》としている。なんだか自分がいきなり悪夢のなかに投げ込まれてしまったように感じていた。

「あの日、稔さんが殺された日のことを思い出してみてください。あのとき、みんなを川遊びに誘ったのは稔さんでした。そうですね、夕子さん。それなのに自分は舟に乗らずに、車の慣らし運転をするのだ、といって、ダットサンを走らせた。ダットサンの慣らし運転をしなければならないのだとしたら、どうして皆さんを舟遊びなんかに誘ったんでしょう？　ぼくはまずこのことに稔さんの作為のようなものを感じたのです――」

と、霊太郎は話をつづけた。

「それからもうひとつ、そのあとで西方舟が燃えるのを見て、信子さんが、これは誰かが死ぬというお告げなんじゃないか、とそんなことを喋った。そのときに稔さんが凄い剣幕で、そんなバカなことをいうもんじゃない、と信子さんを叱りつけた。これも夕子さん、あなたがぼくに教えてくれたことです。覚えていらっしゃいますか？」

「…………」

夕子はうなずいた。

なにか漠然とした構図のようなものが頭のなかで形をとり始めている。霧のなかでなにかがうごめいている……

「人の女房をつかまえて、そんないいぐさはないだろう。守さんはそう怒ったということですが、これは怒るのが当然でしょう。たしかに、いくら弟の奥さんだからといって、いきなり怒鳴りつけるなんて、不作法もはなはだしい。稔さんが粗暴な人間であれば、そんなこともあるかもしれないが、夕子さんの話を聞いたかぎりでは、稔さんは粗暴な人間ではなかったらしい。いくら何でもこれは不自然というものですよ――ぼくはこんなふうに考えました。そのとき稔さんには信子さんが弟の奥さんだという意識はなかったのではないか。つい夫である守さんの存在を忘れてしまったのではないか。つまり、稔さんは信子さんと親しい間柄だった。このことから、ぼくは信子さんと稔さんとが関係があるのではないか、とそう考えたんです」

霊太郎の声は低かった。なにか自分で自分の推理に恥じいっているように。

「西方舟が燃えているのを見て、信子さんはこういったらしいですね。これは誰かが死ぬというお告げなんじゃないか……よしんば稔さんが信子さんと特別な関係にあったにせよ、これはそんな怒鳴りつけなければならないようなことではない。ほんの冗談として片づけてもいいようなことであるはずだ。それなのに稔さんは信子さんを怒鳴りつけた。それはなぜなのか？　つまり、それは稔さんが、これから誰かが死ぬことになるのを、予想していたからではないのか。そして、そのことを人に知られるのを恐れていた。それで、信子さんが何の気なしにいったことに、ついそんなふうに過剰に反応してしまったのではないだろうか――」

「そんな……」

一瞬、夕子は絶句した。そして、ようやく言葉をふりしぼった。

「稔さんはあらかじめ自分が殺されることになるのを予想していたというんですか」

「いや、そうじゃないんです。そういうことじゃない」

霊太郎は複雑な表情になり、

「自分が殺されるのを予想していたのではありません。稔さんはこれから自分が人を殺すつもりでいたんですよ」

「稔さんが人を殺す？　誰を、ですか」

「淳一郎さんだったと思います。稔さんは淳一郎さんを殺すつもりでいた」

「…………」

夕子はまじまじと霊太郎の顔を見つめた。あまりに意外で、もう口をきくこともできなかった。

「これから、ぼくが話すことには何も証拠がありません。あくまでも推理、いや、推測にすぎないんです。ですから、警察に告げるつもりはありませんし、間違っているかもしれない。民間人のぼくには犯罪を告発する義務などない。いや、よしんば義務があったところで、ぼくは自分に人の犯罪を裁く資格があるなどとは考えていません。ですから、信子さん、これからぼくがお話しすることは、たんなるたわ言と取っていただいて、聞き流してください——」

霊太郎は信子を見た。一瞬、信子も霊太郎を見つめたが、すぐに視線をそらし、また目を伏せる。

「いくら暖かい日だからといって、冬に舟遊びをするのに、女の人がコートを着ないのはおかしい。どうして信子さんはコートを着なかったのか？　ぼくにはそのことがいぶかしかった――もちろん、それは変装をするのにコートがじゃまだったからです。いや、変装だなんて大げさなもんじゃない。信子さん、あなたはあの日、洋服の上に革ジャンパーを着て、ニッカーボッカーを穿き、髪をハンチングに隠した。あなたはあのとき稔さんのふりをしましたね。違いますか？」

「稔さんの……」

夕子はぼんやりとつぶやいた。信子が稔のふりをした。何のために？　夕子はあの日のことを懸命に思い出そうとしていた。

「こういうことだったんじゃないですか。まず稔さんがダットサンを運転して神社に現れる。そして、車の調子がよくないから慣らし運転をしてくるという。ダットサンは走り去って、信子さんもそのあたりを歩いてくるからといい、みんなのまえから姿を消す。もちろん、稔さんと信子さんとは、どこか別の場所で落ち合ったんでしょう。おそらく稔さんはそのまま信子さんを乗せ、ダットサンを運転して、綺羅家の近くまで行ったんでしょう。稔さんは車の慣らし運転をするといってたから、ダットサンがどこを走っていても、そのことを人からけげんに思われることはない。どこか人目につかないところで、稔さんは車を降り、綺羅家に向かった。信子さんはダットサンに残る。あらかじめ用意してあった革ジャンパー、ニッカーボッカー、ハンチングなどを身につける。これで少なくとも遠目には信子さんの姿は稔さんのように見えるはずです。そして、ダットサンを運転し、ふたたび神社に向かう。信子さん、あなたは車の運転を知っているんですね？」

「ああ」

夕子は思わず声をあげている。

あのとき神社に帰ってきた稔に夕子は手を振っている。いや、霊太郎の推理が正しいのであれば、あれは稔ではなく、信子であったはずなのだ。あのとき夕子は、革ジャンパーに、ハンチング、ニッカーボッカーという姿を見て、てっきり稔だと思い込んでしまい、そのことを疑おうともしなかった。そのあと、稔はどこかに行ってしまい、そして、もう二度とは、その生きた姿を見ることはなかったのだ……

「でも、どうして稔さんはそんなことをしなければならなかったんですか」

と夕子はそう尋ねた。

「アリバイのためです。さっきもいったように稔さんは淳一郎さんを殺そうと考えたんだと思います。稔さんはこれまでずっと、お姉さんの鈴さんを助けて、家業をもりたててきた。それなのに、ここに来て、淳一郎さんに家督相続させる話が持ちあがった。稔さんはそのことが我慢できなかったんでしょう。淳一郎さんを殺したい。だけど、当然のことながら、警察には捕まりたくない。淳一郎さんが殺されれば、まっさきに疑われるのは、稔さんのはずですしね。それで、信子さんを味方に引き込んで、淳一郎さんが殺されたときには、自分はべつの場所にいた、というアリバイをつくることにしたんです」

そのアリバイ工作を打ち破って、しかし霊太郎はすこしも得意げな顔などしていなかった。むしろ、その口調には自己嫌悪に似た苦い響きさえ感じられた。

「ぼくが稔さんが淳一郎さんを殺そうとしたのではないかと考えたのは、たんなる推理ですが、まったくの当てずっぽうというわけでもありません。誰も気がつかなかった淳一郎さんの腕の怪我を信子さんが気がついた。ぼくにはそのことが不自然に思えてなりませんでした。どうして信子さんひとりが淳一郎さんの怪我に気がついたのか？　信子さんは淳一郎さんが殺されるはずだと知っていた。それなのに、殺されたのは淳一郎さんではなく、稔さんのほうだった。信子さんが淳一郎さんを稔さん殺しの犯人だと疑うのは当然のことでしょう。そのあと、信子さんは淳一郎さんのことをあれこれ観察していたにちがいありません。だからこそ、淳一郎さんが腕に怪我をしていることにも気がついたのではないか、とぼくはそう考えてみた。そう考えれば、なんとかつじつまが合う。おそらく淳一郎さんは稔さんと揉《も》みあったときに、稔さんの刃物で傷を負ったんだと思うのですが」

「…………」

夕子は胸のなかに冷たいものがこみあげてくるのを覚えた。ほとんど恐怖と呼んでもいい感情だった。

稔は淳一郎を殺そうとして自分が殺されたのだという。稔は誰に殺されたのか？　いや、誰に殺されたと考えるのが、もっとも自然なのか？　夕子はそのさきのことは考えられなかった。考えるのが、恐ろしかった。

「なんとも皮肉な話ですよ。稔さんは自分はみんなと一緒に神社にいて、淳一郎さんは綺羅家で殺された、ということにしたかったはずなんです。それが逆に自分は綺羅家で殺されたのに、神社のどこかで殺されてしまった、という状況をつくってしまった。被害者が犯人のアリバイをつくることになってしまったんですよ——ほんとうは単純な事件だったんです。こんな単純な事件はない。それが殺された稔さんがアリバイ工作なんかしたために、事件そのものが妙に複雑なものになってしまった」

霊太郎はフッとため息をついて、口をつぐんだ。夜の静けさが戻ってくる。

その静けさのなかに、葦の葉のそよぐ音だけが聞こえていた。これまで気がつかなかったのだが、いつのまにか風が吹いている。月の光をキラキラと撥ねて、葦の葉がそよぐさまが、なにか地面そのものが脈うっているようにも見える。ゆらゆらと揺れている。それをぼんやりと見ながら、夕子はめまいを覚えていた。

——そんなはずはないわ。淳一郎さんは人を殺したりするような人ではない。

そのめまいのなかで、夕子はそれこそ祈るような思いで、霊太郎のいったことを、くりかえし頭のなかで反芻《はんすう》していた。

あの淳一郎が稔を殺したなどと、とうてい信じられない。耐えられない。その可能性を考えるだけでも、胸から血が噴き出してくる思いがする。

だ。霊太郎の推理には矛盾がある。その矛盾をついて、なんとしても淳一郎を冤罪《えんざい》から救いださなければならない。

霊太郎さん、と夕子は呼びかけた。霊太郎は夕子の顔を見た。

「わたしにはどうしても分からないことがあります。いえ、霊太郎さんの推理には矛盾があります。稔さんが綺羅家で殺されたと考えるのはおかしいんじゃないでしょうか」

そういった夕子の声は、わずかに震えているようだった。

「あのとき沖ノ端川は満潮だったはずです。もし、稔さんが綺羅家で殺され、川に投げこまれたのだとしたら、わたしたちの舟とは反対側の方角に流されていたはずじゃないのですか。神社で殺され、投げこまれたからこそ、わたしたちが稔さんの死体を発見することもできたのではないでしょうか？」

「…………」

しばらく、霊太郎は夕子の顔を見つめていた。そして、ええ、まあ、それはそうなんですけどね、とそう曖昧《あいまい》に言葉を濁して、夕子から信子に視線を転じた。

信子はあいかわらず地面にうずくまっている。深くうなだれたまま、ピクリとも動こうとしない。

そんな信子をいたましげに見ながら、

「どうやら、ご主人の守さんは、あなたと稔さんの関係を薄々、気がついていたらしい。

いや、そればかりではなく、稔さんが淳一郎さんを殺そうとして、自分が殺されてしまった、ということにも気がついていた。もちろん、いまとなってはもうたしかめようのないことですが――」

霊太郎は静かにいった。

「綺羅家には納戸があります。そのことは御存知でしょう？　もしかしたら、あなたは稔さんとそこで密会するようなことはありませんでしたか」

あっ、と夕子は頭のなかで声をあげている。守が妻の不貞を知っていて、しかも稔が殺されてしまったいきさつを知っていたのだとしたら、あの納戸で、守がいった言葉の意味も理解できようというものだ。

――おれには分かっているんだ。みんな分かっているんだよ……あんなはずじゃなかったんだろ？　あんなことになるはずじゃなかったんだよな。

守はあのとき納戸のなかにいた夕子を信子だと勘違いしたにちがいない。いまになって、守のあのどことなくあざけるような響きのある笑いの意味が分かった。

あのとき守は、不貞を犯した妻の悲運をあざ笑っていたのだ。いや、あざ笑っていたのは、むしろ自分自身に対してだったかもしれない。

「それでは、あの納戸のなかで中島鎮夫の残した歌を読んでいたのは、信子さんたちだったのですか？」

夕子はそう尋ねた。

「いや、そうではないでしょう。ぼくは納戸に出入りしていたのは信子さんたちだけではなかったと考えています」

「そのべつの人間が中島鎮夫の歌を読んでいたとおっしゃるのですか」

「ええ、多分」

「それは誰だったのでしょう？」

淳一郎、という名が、チラリと頭のなかをかすめたが、夕子は懸命にそれを信じまいとしていた。

「いや、それは――」

霊太郎は曖昧に言葉を濁し、夕子から顔をそむけた。

「さきほどもいったように、ぼくは自分に人を裁く資格があるとは思っていません。ましてや、信子さん、あなたは実際にはどんな犯罪にも加担したわけでもない。稔さんはあくまでも犯罪の犠牲者ですからね。その稔さんのアリバイ工作に協力したからといって、あなたが罪を問われなければならないいわれはない――」

霊太郎はそういった。

「お約束します。ぼくはこのことを誰にもしゃべりませんよ。おそらく夕子さんもこのことは黙っていることでしょう。どうか、このことは忘れてください。ただ、事件の輪郭をはっきりさせたくて、それでぼくはこんなことをあなたにいっただけなんです」

信子はやはり返事をしなかった。

月が隠れたのか、スッと信子の姿が暗くなった。夕子には急に信子がどこか遠くへ行ってしまったかのように感じられた。ここではない、どこか遠くに。

「とんだご迷惑をおかけしました。ぼくたちはこれで失礼します」

霊太郎は信子に頭を下げ、夕子に目配せをした。そして、歩きはじめた。夕子はややためらったが、すぐに霊太郎のあとにしたがった。自分がここにひとり残ったところで、信子にしてやれることは何もない。

一度、振り返った。しかし、あいかわらず月は雲に隠れたままで、その闇にまぎれて、信子の姿を見ることはできなかった。

「夕子さん」

さきに立って歩いている霊太郎が、そう呼びかけてきた。

「はい？」

「夕子さんはどうして稔さんが殺されたとき、それを白秋先生の〝金魚〟と結びつけて考えたんですか？　死んだ人間がただ金魚を持っていたというだけのことで、それをすぐに白秋先生の〝金魚〟と結びつけるのは、なんだか不自然のような気がするんですが」

「それは――」

夕子はいいかけ、いったんその口を閉ざした。どうして、この事件を白秋の「金魚」と結びつけて考えるようになったのか、すぐにはそのきっかけを思い出せなかった。あれはどうしてだったんだろう？

「それはあの新宿のアパートで亡くなった宮口という人のせいだと思います」

「宮口の？」

霊太郎の声はけげんそうだった。

「ええ。あの人は金魚を飼っていました。部屋に金魚鉢があったんです。その金魚鉢のなかで、金魚が死んでいました。あの人が死んでいて、金魚も死んでいる。わたしにはなんだかそのことがとても恐ろしいことのように感じられたんです。白秋先生の病室をお訪ねしたあとだったからかもしれません。よく覚えてはいないんですけど、その死んだ金魚を見たとき、わたしは白秋先生の〝金魚〟のことを思い出したらしいのです」

「………」

「そんなことがあったからでしょう。稔さんが殺されて、その手に金魚を握っているのを見たとき、わたしは反射的に、先生の〝金魚〟のことを思い出したんです。そのときにはまだ半信半疑だったんです。童謡そのままに人が殺されていくなんて、そんなことがあるはずがない、と思っていました。でも、守さんが殺されて、やはりその手に金魚を握っているのを見たときには、そのことを信じざるをえませんでした」

霊太郎がふいに立ちどまった。振り返ると、しばらく、闇のなかに夕子の顔を透かして見ているようだったが、

「そんなことだったんですか」

そう絞りだすような声でいった。

何がそんなことなのか、夕子がその真意を問いただそうとしたときには、もう霊太郎は歩きはじめていた。二度と振り返ろうとはしなかった。何事か一心に考えているらしく、その背中は他人を拒絶しているように、とりつくしまのない印象だった。

霊太郎は河原の土手を登っていく。夜目にも、なんだか足元のさだまらない、ふらついた足どりのように感じられた。


夕子を綺羅家まで送ると、霊太郎はフラッと闇のなかに消えていった。夕子が、ありがとうございました、と声をかけたが、それには返事をしようともしなかった。あいかわらず何事か考えているらしく、うなだれながら、とぼとぼと立ち去っていった。

離れに戻って、寝間着に着替えても、すぐには眠ることができなかった。眠ることなどできるはずがない。

淳一郎は人を殺した。いや、そんなはずがない。淳一郎は人を殺した。いや、そんなはずがない……頭のなかで、声がせめぎあっていた。ときにはつぶやくように低く、ときに

は叫ぶように高く、いつ果てるともなく、そのせめぎあいの声は繰り返されるようだった。

——霊太郎さんは一度も淳一郎さんが犯人だなどとはいわなかった。

そのことを考え、なんとか自分をなぐさめようとする。しかし、どうやら霊太郎は、夕子が淳一郎を好きなのに気がついているふしがある。あの霊太郎のことだ。夕子の気持ちを傷つけるのを恐れ、それであえて真犯人を指摘するのを避けた、ということも考えられないではない。

あの日、稔は淳一郎を殺すために、綺羅家に戻ってきた。そして、淳一郎を襲い、ふたりは揉みあって——それから、どうなったのだろう？　淳一郎が腕に傷を負ったのは分かっている。しかし、稔のほうはどうなってしまったのか。稔はそのときに殺されてしまったのか。

淳一郎が殺人犯だとは考えたくない。そんなふうに考えるのは耐えられない。

が、淳一郎は、自分はそのとき薪を切っていた、という偽のアリバイをでっちあげているのだ。淳一郎がたんに稔に襲われ、それを撃退しただけであれば、そんな偽のアリバイなどでっちあげる必要はないだろう。

もちろん淳一郎は警察から疑われることになる。そのことは避けられない。しかし、あくまでも潔白であれば、いきなり逃げ出すなどということはせずに、自分の主張をつらぬこうとするのではないか？　あんなふうにして姿を消してしまうなんて、いくらなんでも不自然だった。

いや、不自然といえば、淳一郎の薪を切っていたというアリバイそのものが不自然だといえないこともない。

――どうして、淳一郎さんはそんな薪を切っていたなんてことをいったんでしょうかね。

どんこ舟のうえで、霊太郎がそう首をかしげたのを思い出した。

――だって、たきもん売りですか。その人から薪を買っているんでしょう。そんなことは誰かが調べれば、すぐに分かることじゃないですか。

たしかに、そうなのだ。稔も偽のアリバイをでっちあげ、淳一郎も偽のアリバイをでっちあげた。稔のアリバイ工作はまがりなりにも考えぬかれたものであるのだが、それに比して、淳一郎のアリバイ工作はいかにも稚拙だ。

必要にせまられ、やむなくでっちあげたという事情を割り引いて考えても、淳一郎がこんなアリバイに固執しなければならなかったわけが分からない。どうして淳一郎はそんなすぐに嘘とばれるようなアリバイにこだわらなければならなかったのだろう？

――お話をうかがうと、その淳一郎さんという人は、そんな単純なことをしそうな人には思えないんですけどね。

霊太郎はそういったが、それはそのまま夕子の疑問でもあった。

そんなふうにして考えながらも、どこか頭の片隅では、あいかわらず、あの声が聞こえている。淳一郎は人を殺した。いや、そんなはずはない。淳一郎は人を殺した。いや、そんなはずはない……やはり疲れていたのだろう。その頭のなかのつぶやきが、掘割の水の響きと混じりあい、いつしか夕子はとろとろと眠りのなかに落ち込んでいった。

どれぐらいの時間、眠ったろう。そんなに長い時間ではない。

いきなり声が聞こえた。これは頭のなかでつぶやく声ではない。現実に、誰かが叫んだ声だった。しばらくは、なかば眠りのなかに落ち込んでいて、誰が何を叫んでいるのか、それをよく聞き取ることができなかった。

そして、それがふいに、

「火事だ！」

と、はっきりそう聞こえたのだ。どこか遠くで叫んでいる。しかし緊迫感に満ちた響きの声だった。

——火事？

夕子は布団のうえに起きあがった。寝間着の襟をかきあわせるようにし、しばらく耳をすましていた。

家のなかが騒がしくなった。廊下を何人もの人間がバタバタと走りまわる足音が聞こえてくる。火事はどこなんだ、誰が火事を見つけたんだ、などという声がしきりにとびかうようになった。

もう寝てなどはいられない。寝間着のうえに羽織をはおって、離れを出た。

が、夕子が予期したような騒ぎは、どこにも起きていなかった。

廊下には、ただぼんやりと女中が立ちつくしているだけだ。よほど、うろたえて起きたものらしく、寝間着のまえがだらしなくはだけている。なんだかキツネにつままれたような顔つきになっている。

火事にしては妙な雰囲気だった。いや、これは火事なんかではなさそうだ。どこにも火も見えなければ、煙も見えない。女中はただキョトンとして、夕子の顔を見つめているだけなのだ。

夕子も拍子抜けしてしまったのだが、

「火事はどこなのでしょう？」

それでも、そう女中に声をかけた。

「それがどこも火事なんかじゃなかとです。まったくバカにしとる。誰かの悪戯《いたずら》なんですよ——」

女中は腹立たしげにそういい、くしゃみをした。それから、これはいかにも眠そうに、大きなアクビを洩らした。

十

明け方になって、火事が起きた。

咳《せ》き込んで、その自分の咳き込む声で、目を覚ました。そのときにはもう離れにまで、うっすらと煙が流れ込んでいた。

しきりに、人の叫ぶ声、怒鳴る声が聞こえていた。掘割に面したガラス障子に、あかあかと炎が映え、それが水のよどみとあいまって、なにか流れるような影をちらつかせていた。

目を覚まし、一瞬、現実と夢との区別がつかなかった。深夜のあの火事騒ぎが、夢の切れ端のように頭のなかにたゆたっていて、とっさにこれが現実の火事だとは判断できなかったのだ。自分はまた夢のつづきを見ているのではないか、とそう思った。

夢ではなかった。ムッと汗ばむような熱気がこもっていた。なにかが爆《は》ぜるような音が聞こえていた。なにより人々の叫んでいる声が、深夜の火事騒ぎとは異なり、切迫した、真剣そのものだった。

夕子は跳ね起きた。羽織をはおって、廊下に飛び出した。廊下にはもう煙が充満していた。その煙のなかを、男たち、女たちがぼんやりと影絵のように滲《にじ》んで、右往左往していた。

男たちの何人かは庭に面した雨戸を蹴《け》り倒していた。雨戸が外れると、そこに嘘のように晴れわたった、朝日の射し込んだ日本庭園が浮かんだ。朝日は澄んでいたが、そこにはもう煙が這《は》い寄っていて、全体に白い霧がかかったようにも見えた。その霧のなかを鳥たちが羽ばたいていた。

――白霧だ。

どうしてか夕子はその光景に痛切に胸をかきむしられるようなものを覚えた。白霧の執念がついに現実の白い霧となってかたちを現した、一瞬、そんな非現実的な思いが、胸をよぎるのを感じた。

庭園に裸足で飛び出し、母屋を振りあおいだ。

朝の陽光のなか、屋根のいらかを舐《な》めるように、青く澄んだ炎が噴きあがっていた。白い煙がゆらめいている。甘く、むせるような匂いがたちこめているのは、店先に積まれた酒が、熱で蒸発しているからだろう。

思いのほか、大きな火事だった。酒屋男たち、消防の刺子姿の男たちが、しきりに桶《おけ》で水を運んでいたが、とてもそんなことで消せるような生易しい火事ではない。

夕子はじっと炎を凝視している。

どうやら火元は母屋の二階であるようだ。もちろん、はっきりしたことはいえないが、どうやら中島鎮夫の『常盤木』、『文庫』などがおさめられていた、あの納戸のあたりが火元であるらしい。

——中島鎮夫が消えていく。

フッとそんなことを思った。露探の嫌疑をかけられ、自刃した中島鎮夫が、今度はまたその著作まで燃やされ、ふたたび世の中から消されようとしている。そんな悲哀に似た思いがするどく胸をえぐるのを覚えた。

「おおい、酒倉に火を入れるなあ！」

誰かがそう叫んでいた。ほとんど悲鳴といってもいい、必死の声だった。

しかし、どうやら、その必死の叫びもむなしかったようだ。酒倉に火が燃え移ってしまったらしい。ときおり、パン、パン、と桶の爆《は》ぜる音が聞こえてくる。なかの酒はひとたまりもないだろう。

ふいに庭園のそこかしこに酒があふれ、それが何筋もの流れとなって、ひょうたん池に、また掘割にと流れ込んでいった。黄金色の酒の流れだった。

酒に酔ってしまったのだろうか？　池や、掘割に、おびただしい小魚が腹を見せ、浮かんできた。その小魚の腹に炎がきらきらと赤く映えていた。

——これはあのときと同じだ。

夕子はぼんやりとそんなことを考えた。なんだか、とてもふしぎな気がした。

あのとき——夕子が生まれるはるか以前、四十年近くもまえ、北原家が火災にみまわれたときが、やはり、ちょうどこんな様子だったのではないか。

白秋はそのときの様子を『思ひ出』のなかにこんなふうに書いている。

私が十六の時、沖ノ端に大火があつた。さうしてなつかしい多くの酒倉も、あらゆる桶に新らしい金いろの日本酒を満たしたま、真蒼《まつさを》に炎上した。

……ある意味では、その大火が、白秋の少年時代に終止符を打ったともいえる。

夕子はフッと妙なことを考えた。それでは、もしかしたら、この火事は、三十数年まえに自殺し、そのまま宙に浮いてしまった中島鎮夫の青春をとむらうためのものではないだろうか？　白秋とおなじように天才であった中島白雨（鎮夫）の青春をとむらうためには、やはり白秋とおなじように、豪奢《ごうしや》な炎の祭りを必要とするのではないか。

蝶々が舞うように、一冊の本が燃えて、はためきながら、飛んできた。夕子の足元に落ちた。

こんな偶然があるものだろうか？　夕子にはそれが何かふしぎな暗合のようにも思われた。それは『文庫』の一冊だったのだ。

火にあおられ、『文庫』のページがまくれあがった。そのなかに記された歌が、信じられないほどはっきりと、夕子の目に焼きつけられた。

二人なる軀《むくろ》は老いよ朽ちぬべき軀《から》はとく老いてゆけ

中島鎮夫の歌だった。見るみるうちに、そのページが黒く焦げていき、火のなかに包まれた。

「二人なる軀は老いよ朽ちぬべき軀はとく老いてゆけ……」

夕子はそう口のなかでつぶやいた。

なにか痛みに似たものが頭をよぎるのを覚えた。なにかが分かった気がした。いや、なにも分かりはしないのだが、その瞬間、たしかに頭のなかで閃《ひらめ》いたものがあった。

「鈴さん――」

後になって、そのときのことを考えると、自分でも自分のしたことが信じられない気がする。なぜ、あんなことができたんだろう、とわれながらいぶかしい。

しかし、そのときには無我夢中で、そうとは意識せずに、ただ体だけが勝手に動いていたのだ。

誰かの制止する声が聞こえてきた。が、その声を振り切るようにして、夕子は炎のなかに飛び込んでいた。

夕子は鈴のいる居間に走った。

「鈴さん、鈴さん――」

そう叫んでいる。

炎が天井といわず、床といわず、めらめらと燃えていて、いまにも梁《はり》が焼け落ちそうになっている場所も、一箇所ならずあった。小座敷の障子が桟だけを残し、焼け落ちて、火が廊下に向かって噴き出しているところもあった。

が、夕子はただひたすら鈴の姿を探して走った。ほとんど熱ささえ感じなかった。

炎のなかに人影がうごめいた。ハッ、と視線を凝らし、鈴さん、とそう呼んだが、それは鈴ではなかった。

「淳一郎さん」

意外だった。炎のなかに立ちつくしているのは淳一郎だったのだ。

淳一郎は夕子を見るなり、なにか叫んだようだ。おりから燃えあがる炎の音にかき消されて、淳一郎が何をいったのか、それを聞き取ることはできなかった。

夕子は淳一郎のもとに駆け寄った。火の粉が体のまわりを流れた。

「こんなところで何をしているんだ。早く逃げるんだ」

と、淳一郎はそう叫んだが、その目は夕子を見てはいなかった。

夕子は自分も淳一郎の視線のさきに目をやった。炎のなか、なにかぼんやりとした影のようなものが浮かんで、それがしだいに、ふたりのほうに近づいてくる。あの車輪の回転するような音が追ってきた。

鈴だった。鈴が二輪の荷車の梶棒《かじぼう》に、体をもたせかけるようにし、ゆらゆらと歩いてくるのだ。その炎にあかあかと映えた顔は、ほとんど放心状態で、なにか恍惚《こうこつ》とした色さえ感じられた。

これがあの車輪の音の正体だったのだ。鈴は足腰がおとろえ、歩行がままならない。しかし、まわりの人間がそう信じ込んでいたように、まったく歩くことができない、というほどではなかった。なにかの助けを、そう、たとえば荷車に身をあずけることができれば、なんとか歩くことができるのだ。

夕子も、淳一郎もただ呆然として、そんな鈴の姿を見つめている。鈴もまた、ふたりのまえまで来ると、荷車を押すのをやめ、その場に立ちつくした。

鈴の、ふたりを見る表情は、ほとんどあどけない、とさえいえそうなもので、こんな場合だが、夕子はふとルネッサンス絵画の聖母の顔を思い出した。

鈴は夕子たちを見つめている。視力がおとろえているはずだが、これもまた全盲というほどではないらしい。鈴の唇にフッと微笑が浮かんだ。

そして、

「あなたがたは本当にあのころのわたしたちにそっくりだ。あのころのわたしたち、鎮夫さんと、わたし自身に──」

なにか唄でも歌っているような口調でそういったのだ……

……それでも三時間ぐらいは燃えつづけていたろうか。ようやく火の手がおさまったときには、もうほとんど綺羅の屋敷は燃えつきていた。

瓦礫《がれき》のやまのなかにブスブスと余燼《よじん》がくすぶっている。そのなかで酒屋男たちも、女中たちも、放心したように、ぼんやりと立ちつくしていた。

夕子もまたそのなかのひとりだった。もっとも、夕子はほかの人間とはまた異なる理由で、放心状態におちいっていたのだが。

背後から、瓦礫を踏む音が聞こえてきた。その音に、夕子は振り返った。

柴田部長刑事だった。柴田は沈んだ顔になっていた。

「こんなときに申し訳ありません。ちょっと同行していただけませんか」

そして、低い声でそういった。

柴田に案内されるまま、掘割に沿って二十分ほど歩いた。

沖ノ端の町外れといってもいいあたりだった。柳の糸が川面にしだれ、ただ枯れた葦の葉だけが茂っている、そんな淋しい場所だ。

そこに警察の人間が何人か集まっていた。まだ午前中のことで、ほかにはほとんど人の姿がない。そのせいだろうか？　凍りついたような静寂だけが妙にしんときわだって感じられた。

柴田と、夕子が近づいていくと、男たちが糸で引かれたように、一斉に顔を向けた。誰もが沈痛な面持ちになっていた。

そのなかに、呪師霊太郎の顔が交じっているのを見ても、夕子はべつだん驚きは覚えなかった。もう夕子はどんなことにも驚かないようになっているのかもしれない。

警察の係官たちと距離をおくようにし、霊太郎はひっそりとたたずんでいる。

川岸に、ムシロ掛けの小屋があり、そこに蜘蛛手網《くもで》が仕掛けられている。釣竿が重くしなって、川面にたれ、そのさきの釣糸が複雑にからみあっていた。釣糸は、四つ手網をささえていて、その網が、河岸に引きあげられていた。

その網のなかにあるものを見ても、夕子はやはり驚かなかった。これもまたあらかじめ見ることになるだろう、と予想していたものだった。いまさら驚きはしない。しかし、そのかわりに、悲しみの念が、なにか水のように冷えびえと胸のなかを浸していくのを覚えていた。

四つ手網のなかには、鈴と、助川の死体があった。全身に藻がからみついて、水にグッショリと濡れていた。どうやら、ふたりは激しく争ったようだ。その顔に苦悶《くもん》の色があらわだった。網が、その首といわず、胴といわず、深く食い込んでいて、ほとんど体が捻《ね》じれてしまったように見えた。

「なぜなぜ、帰らぬ、ひもじいな。金魚を三匹捻ち殺す……でしたかな。おかげでわたしも白秋先生の〝金魚〟を覚えてしまいましたよ――」

柴田が沈痛な声でいった。

「どうやら、本当に、三匹の金魚が殺されてしまったようですな。もっとも殺した当の人間も死んでしまったようだが」

「…………」

夕子は何も返事をしなかった。いうべき言葉を知らなかった。

そのとき、

「こいつは思いもかけないことだ。助川が殺人犯だったんですね――」

背後からそう声が聞こえてきた。霊太郎の声だった。

「それにしても、鈴さんは気の毒なことをしてしまいましたね」

「…………」

柴田は霊太郎を振り返った。そして、しばらくいぶかしげに、霊太郎の顔を見つめていたが、

「あなたはまたこんなところで何をしているんです？」

そう尋ねた。尖《とが》った、決して好意的とはいえない声だった。

しかし、霊太郎は柴田が険しい声をあげたのも、まったく意に介していないようだ。柴田の顔を平然と見返して、

「いや、たまたま、ここを通りかかったもんですから。ただ、それだけのことなんですけどね——部長刑事さん、助川が一連の事件の犯人だったんでしょう?」

「助川が?」

柴田は驚いたようだ。霊太郎の顔をまじまじと見つめた。

「ええ、そんなふうに考えてもいいんじゃないのですか」

「どうして、そんなことがいえるんです?」

「助川は若いときに鈴さんに思いを寄せていた。ぼくはそう聞きました」

「いや、しかし、それは——」

柴田が反論しようとするのを、霊太郎は手をあげて制して、一気にまくしたてた。

「もちろん鈴さんは助川なんかには目もくれなかった。それ以来の怨《うら》みがつのっていたんじゃないでしょうかね。それに、これは助川自身がぼくにいったことなんですけどね。助川は淳一郎さんのような若者を嫌っていたらしい。もうひとつ、つけ加えれば、北原白秋先生のことも嫌っていた。ね、なんだか符節が合ってくるじゃありませんか」

「………」

「人の気持ちの底は分かりません。柴田さんがおっしゃったことですけど、助川にはなに

かとよからぬ噂があったらしいですね。おそらく巡査を辞めてからその屈折した思いが極端にねじ曲がっていったんだと思います。鈴さんに相手にされなかったこと、自分の嫌いな淳一郎さんが老舗《しにせ》の綺羅家の当主になること、夜逃げ同然に柳河を出ていったはずの白秋先生がいまになってもてはやされること、あれやこれやが積もりかさなって、〝金魚〟の歌そのままに連続殺人を犯すなんてことをしでかしたんじゃないですかね。もともと〝金魚〟の歌にあわせて人を殺すなんて、まともじゃありませんからね。これは異常な犯罪だったんですよ」

「いや、あなたはそうおっしゃるが——」

柴田はそういいかけたが、それをまた、柴田さん、と名を呼んで、霊太郎は強引にさえぎった。

「助川が一連の事件の犯人なんです。そうですよね。これで事件は片づいたんだから、そういうことにしてしまってもいいんじゃないですか」

「…………」

柴田は眉をひそめた。そして、霊太郎の顔をじっと凝視した。

柴田と霊太郎はしばらく互いの顔を見つめあっていた。が、さきに視線をそらしたのは、柴田のほうだった。この、どんなことにも動じないように見える柴田が、このときばかりは妙に気弱げな顔になっていた。

「そう、まあ、そういうことでしょうな」

と、柴田は口のなかでつぶやいた。これもまた、いつもの柴田には似つかわしくない自信なげな口調だった。

「…………」

夕子はそれを見届けると、膝を折り、死んだ鈴のまえにうずくまった。悲哀の念が胸の底に激しくつきあげてくるのを感じた。両手をあわせ、目を閉じた。

霊太郎と、柴田、ふたりの視線を強く感じたが、いまの夕子にはもうそんなことは気にならなくなっていた。いつまでもその姿勢のまま、鈴が安らかに成仏できるように、胸のなかで念じつづけていた。

道の両側に柱がたてられ、アーチ状に棒が渡されている。そこに〝祝南京陥落〟と記された板があげられ、日の丸の旗がさしちがいに掲げられている。旗は大きく、風に揺れ、重く、ゆっくりとはためいている。その音がバタバタとうるさかった。

一瞬、霊太郎は立ちどまり、それを見つめた。霊太郎はまったくの無表情で、その顔からはどんな感情もうかがえなかった。また歩きだした。

夕子も霊太郎にしたがって歩いた。柳河の町を抜け、掘割に出た。掘割には風が吹いている。水面にちりめんじわのような波が吹き寄せられ、そのなかで、かすかに薄紫の色が揺れた。

——あ、水ヒアシンス。

夕子はそう思ったが、そんなはずはない。白秋が『思ひ出』のなかで、われは知る、二人溺《おぼ》れて／ふと見し、水ヒアシンスの花。と歌った水ヒアシンスは夏の花のはずだ。

それでも、もしかしたら一度ぐらいは見ることができるのではないか、とはかない望みを持っていたが、ついに柳河の掘割に水ヒアシンスの花を見ることはできなかった。

——わたしはこの柳河の町で何を見たんだろう？

何も見なかったような気もするし、見てはならないものを見すぎてしまったような気もする。ただ、もうこれで夕子は柳河に来ることはないだろう。そんな気がする。白秋の柳河はすでにもうない。いま、この時代、この町にあるのは、〝祝南京陥落〟の躍るような文字と、出征兵士を送る万歳のおたけびの声だけなのだ。

それまで、黙って歩いていた霊太郎が、

「なにも心配することはありませんよ。まさか警察も助川を犯人と断定するようなことはしないでしょうが、助川を犯人であるともないとも断定せずに、うやむやに事件を終わらせてしまうでしょう。あの柴田という部長刑事はああ見えて、なかなかのタヌキだ。事件が終わって、真犯人が死んでしまったいま、あえて老舗《しにせ》の綺羅家に傷をつけるようなことはしないと思いますね。あの人物ならそれぐらいの腹芸をやってもおかしくはない」

そう自分自身にたしかめるようにつぶやいた。

夕子は霊太郎の顔を見た。霊太郎は険しい顔つきになっている。鈴と、助川の死体が見つかって以来、ずっとこの険しい表情を崩そうとはしない。

「霊太郎さんは、いつ、いつ、あのう――」

夕子はためらった。しかし、いつかは尋ねなければならないことだ。

「いつ、鈴さんが犯人だとお気づきになったんですか？」

「最初に、夕子さんの話をうかがったときからそうじゃないかと考えていました。どうして西方舟が燃やされなければならなかったのか？　まず、そのことが疑問でした。江戸川乱歩の探偵小説ならともかく、現実の事件で、犯罪者が自分の犯罪を予告などするはずがありません。ぼくは犯人は西方舟を燃やすのが目的ではなかったのではないか、とそう考えたんです。西方舟は荷車に載せられていた。もしかしたら、犯人はその荷車を必要としたんじゃないか。ただ、荷車だけを取ったんでは、足腰が不自由な人間が歩きまわるのに必要とするから、と見破られてしまうかもしれない。人々の目を、荷車にではなく、西方舟に引きつけるために、ああして火を放ったんだと思いますね。現に、誰も西方舟が載せられていた荷車がどこに行ったのか、そんなことを気にする人間はいなかった――」

霊太郎の声は低い。低いが、ふしぎな力のようなものがあり、それを聞き取るのに、苦労はしなかった。

「そうやって考えてみると、それまでそんな人間ではなかった鈴さんが、急に気むずかしくなり、世話をする人たちを次から次に怒らせた理由も分かる。鈴さんは誰からも面倒を見られたくはなかった。犯罪を実行するためには、そんな世話をする人間などいてくれては困るのです。それに、これは細かいことですが、あとになって、守さんの死体が発見されたとき、それを見に来た鈴さんの寝間着が汚れていた、と夕子さんはそう教えてくれましたね。女中ふたりで体を支えていて、寝間着の腰が泥で汚れているというのは、なんとも妙な話じゃありませんか。鈴さんは自由に歩きまわっているんじゃないか？　それを聞いたとき、ますます、その確信を強めたんです」

「………」

「淳一郎さんは薄々、そのことに気がついていたんだと思いますね。あの日、淳一郎さんは稔さんに刃物で切りつけられ、腕に傷を負いはしたが、なんとか撃退することができたんでしょう。それなのに稔さんはあんな死に方をしてしまった。淳一郎さんが鈴さんを疑うのは当然でしょう。淳一郎さんがたきもんのアリバイに固執したのは自分のためではなかった。鈴さんが淳一郎さんが薪を切るのを見ていた、と証言しているんです。淳一郎さんは自分のアリバイのためではなく、鈴さんのアリバイを守るために、あんなにもやっきになっていたんですよ」

「淳一郎さんはどこまで事件の真相を知っていたんでしょう？」

「さあ、それはぼくにも何ともいえません。おそらく鈴さんはかねてより稔さんを殺そうと機会をうかがっていたんでしょう。その稔さんが淳一郎さんに切りかかるのを見て、カッとして、稔さんのあとをつけた。稔さんをいいふくめて、刃物を取りあげると、その刃物で、稔さんを突き殺した。死体は池に落とした――」

「どうして、そんな、死体を池に落としたなんてことが分かるんですか」

「あのひょうたん池には水量を調節するために、沖ノ端川に通じている水門がある。鈴さんはその水門を開けて、稔さんの死体もろとも、一気に沖ノ端川に水を落としたんです。たしかに、あのときは満潮でした。そのために誰もが稔さんは神社で殺されたとばかりそう考えました。稔さん自身のアリバイ工作もありましたしね。ですが、実際には、水門から落とされた勢いで、稔さんはあそこまで流されてしまったんですよ。鈴さんにしてみれば、さぞかし殺人現場が神社になってしまったことを思いがけない幸運だと喜んだことでしょう。ただ、ここに鈴さんが考えてもいなかった誤算があった」

「誤算？　どんな誤算ですか？」

「稔さんが苦しまぎれに池の金魚をつかんでしまったことです」

「………」

　夕子は頭のなかでアッと声をあげた。そうだったのか、とそう頭のなかでうなずいていた。が、実際には、一言も何もいわず、ただまじまじと霊太郎の顔を見つめている。

「死体が発見されたとき、稔さんはその手に金魚を持っていた。その話を聞いたとき、鈴さんは青ざめたことでしょう。殺人現場が池だと分かってしまえば、自分がまっさきに疑われることになる、と一途にそう思いつめてしまったにちがいありません――」

霊太郎はいったん、そこで言葉を切り、夕子に皮肉な視線を向けてきた。

「あなたは白秋先生の〝金魚〟のことを淳一郎さんと話しましたね。おそらく鈴さんは淳一郎さんからそれを聞いた。そこで殺人事件が童謡の〝金魚〟そのままに起こるということを思いついたんだと思います。鈴さんとしては、なんとしても、実際に殺人が行われたのが綺羅家の庭園だった、ということを隠しておきたかった。童謡の〝金魚〟そのままに殺人が起きる。そんなことにでもしなければ、稔さんがその手に金魚を持っていたことを説明できない、とそう思い込んでしまったんでしょうね。もちろん守さんが死んだとき、金魚を持っていたのは、あくまでも童謡そのままに殺人事件が起きる、ということを鈴さんが演出したかったからでしょう。その演出をつらぬけば、殺人現場が綺羅の庭園だったことも分からない、とそう考えたんでしょうね」

「………」

何ということだろう。それでは白秋の「金魚」のとおりに殺人事件が起きていく、というのは、もともとは夕子の妄想から始まったことにすぎないというのか。ある意味では、夕子自身も、この殺人事件に加担していたということになる。

「もっとも、夕子さんがそんなことを考えついたのも、死んだ宮口のアパートで、金魚が死んでいたのが、そもそもの発端なんだから、これはぼくにも責任の一端があることなんですよ――」

霊太郎は苦笑し、頭を掻いた。

「宮口が死んでいるのを見たときには、ぼくも焦りましたからね。おカネに青酸カリが塗ってあったからだとは考えましたが、それをたしかめる方法がない。まさか、ぼくが自分で舐めるわけにもいきませんからね。それで、あそこに散らばっていたおカネを、金魚鉢のなかに突っ込んでみたんです。それで金魚が死んでしまった、と、まあ、そういうわけなんです」

「…………」

夕子はもう言葉もない。頭のなかがマヒしてしまったようになり、何もまとまったことが考えられなかった。しばらくは、ただ黙々として、歩いていたが、

「どうして、鈴さんはあんなことをしたんでしょう? 稔さんも、守さんも、じつの弟じゃありませんか。そのじつの弟さんをどうして殺さなければならなかったんでしょう?」

「そのことなんですがね、じつはこんなものがあるんです」

霊太郎はなにか照れ臭げな表情になると、その着物の隠しから、一枚の写真を取り出した。

夕子はその写真を見た。それは鈴が文箱のなかに入れておいた淳一郎の写真だった。夕子は写真から顔をあげ、じっと霊太郎の顔を凝視した。

「いや、そんなに見ないでください。じつはあのとき、写真を戻すふりをして、それを預かっておいたんです。どうしても、この写真が必要だったものですから」

「どうして、写真が必要だったんですか」

「ぼくはこの写真を、柳河に古くからいる人たちに見せました。そのなかに、自殺した中島鎮夫さんを知っていた人がいて、淳一郎さんは鎮夫さんに生き写しだと、そんなふうにいってくれましたよ」

「…………」

「いまとなってはもう、そのことはたしかめようがありません。ただ、鎮夫さんが残した歌を読んでみると、どうやら鎮夫さんには好きな女の人がいたようです。鎮夫さんの当時の年齢を考えれば、その人が年上だったとしてもおかしくはありません」

「鈴さんが、……鈴さんが、その女の人だったというのですか」

「さっきもいったように、いまとなっては、もうたしかめようのないことです。いや、もしかしたら、鎮夫さんが残した恋の歌は、たんなる若者の感傷にすぎず、鈴さんのほうで、そんな鎮夫さんに片思いをしていたのかもしれない。分からないことですよ」

「…………」

「稔さんは以前は伝習館中学の教師をしていたというじゃないですか。守さんもお兄さんの影響を受けていたでしょう。そして、助川は当時すでに巡査をしていた。いったい誰が中島鎮夫を露探だなどという心ない噂をいふらしたのか？　これも想像です。たんなる想像にすぎない。もしかしたら、それは死んだ稔さん、守さん、そして巡査だった助川の三人ではなかったのか。それがまったくの事実ではないにしても、おそらく、それに近いことはあったんじゃないかと思いますね。少なくとも鈴さんはそう信じていたんだと思います」

「鈴さんは恋人のかたきを討ったんだとそうおっしゃるんですか」

「ええ」

と、霊太郎はうなずいた。

「ぼくはそう考えています。誰が中島鎮夫を殺したのか？　これを究明するのは、ぼくが白秋先生から依頼されたことでもあります。ぼくは先生の依頼を果たすことができた、とそう考えていますよ」

「それじゃ、助川さんが鈴さんを好きだったという噂をお聞きになったというのは？」

「嘘です」

霊太郎はあっさりと認めた。

「助川がどうして綺羅家に呼び出されたのかそのことがふしぎだった。いくら以前に巡査をやっていたからといって、あんな男が頼りになるはずがない。鈴さんはしっかりした人だったそうじゃないですか。そのしっかりした人が、事件が起きたからといって、助川のような男を頼りにするはずがない。どんこ舟で、あなたから話を聞いたときから、もしかしたら鈴さんが犯人ではないか、と漠然とそんなふうに考えていました。ぼくはあのまえに助川に会っていますからね。助川のような男を呼び出したのは、もしかしたら、鈴さんは助川も殺すつもりではないのか、とそんなふうに考えたんですよ」

「それじゃ、助川さんが鈴さんを好きだった、と柴田さんに嘘をついたのは――」

「助川のような男は死んで当然なんです。あいつは害虫のような人間だった」

と、霊太郎はそういいきった。いつになく冷酷な響きのある声だった。

「ぼくは鈴さんを殺人犯にするのが忍びなかったんですよ。もし助川が殺されるようなことになったら、なんとか、一連の事件の犯人を助川にしたててやろう、とフッとそんなことを考えたもんですからね」

「…………」

夕子は呆然としている。

霊太郎はどんこ舟で夕子の話を聞いたときから、すでに真相に気がついていたらしい。いや、そればかりではなく、事件がどんなふうな結末を迎えるか（まさか鈴までもが死ぬとは考えてはいなかったろうが）、そのことも予想していたようなのだ。そのときからもう助川を犯人にしたてようと考えていた。

霊太郎は抜群の推理力に恵まれているが、そればかりではなく、相手によっては、ひどく冷酷にもふるまえる若者のようだ。

「でも、どうして、そんな……そんな三十年以上もたったいまになって、鈴さんはそんなことを思いついたんでしょう?」

「鈴さんの精神状態は正常ではなかった。そのことは間違いないでしょう。鈴さんの視力はおとろえていた。おそらく何もかも白い霧がかかったように見えたことでしょう。白秋先生が白い秋、中島鎮夫が白い雨、そして自分が白い霧――白霧の名前で、白秋先生を中傷するような手紙を送りつけたのも、先生の栄光にくらべて、死んでしまった鎮夫があまりにも不憫《ふびん》だという思いがあったからにちがいありません。その思いが凝りかたまって、ついに、じつの弟である稔や、守、それに当時、巡査だった助川を殺そうとまで考えるようになったのでしょう。親族会を開いたのも、守を呼び寄せたかったからでしょうし、助川を屋敷に呼び寄せたのも、そのほうが殺しやすいと考えたからでしょう。おそらく鈴さんは、現実に、階段から足を踏みはずして落ちたんだと思いますね。ただ、みんなが考えているほどには、足腰が不自由にはならなかった。このことを利用してやろう、と鈴さんはそう考えたんでしょう」

「でも……でも、それでもやっぱり、三十年以上もたってから、恋人のかたきを討つなんことを思いつくのは、不自然ではないでしょうか」

「さっきもいったように、鈴さんの精神状態はふつうではなかった。まず第一に、淳一郎さんが中島鎮夫とうり二つだったということがあるでしょう。どう考えても、亡夫が妾に生ませた子供を家に引き取って、それに家督を相続させるなんて、そんな妙な話はないですよ。もしかしたら、鈴さんの頭のなかでは、淳一郎さんと鎮夫さんのふたりが混ぜこぜになっていたのかもしれない。淳一郎さんには党員だった前歴もありますしね。そんな事情も鎮夫さんに似ているように思われたんでしょう。淳一郎さんをまた鎮夫さんのような目にあわせるわけにはいかない……鈴さんがそう思いつめたとしてもふしぎはない。それに——」

「それに？」

「この時代があります。鎮夫さんが死んだのは日露戦争が開戦したすぐあとだった。そして、いま、ぼくたちの時代も、やはり戦争が始まってしまっている。鈴さんの頭のなかでは、ふたつの時代がおなじものに思われたのかもしれません」

このときばかりは、霊太郎の声も重く、苦々しいものだった。霊太郎自身が何かに耐えているようにも見えた。

しばらく夕子は黙っていたが、

「もしかしたら、あの夜、火事だ、と騒いだのは、霊太郎さんがやったことじゃないのですか？　霊太郎さんは鈴さんが本当に歩けないかどうか、そのことをたしかめたかったんじゃないですか」

「そのとおりです。あの夜、鈴さんは火事だという声を聞きつけて、ご自分で立ちあがりましたよ。いまから考えれば、ぼくはずいぶん軽率なことをした、と後悔しています。まさか、あのあと、鈴さん本人がご自分の家に火をつけるなんてことは予想もしなかった。どうして、鈴さんがあんなことをしたのか、それだけはぼくにも想像もつかないんですけどね」

「………」

もしかしたら、鈴は鎮夫をとむらうために、白秋が体験したのとおなじ、造り酒屋の火事を再現したかったのではないか。そうでもしなければ、死んだ鎮夫が、白秋の栄光のかげに隠されたままになってしまう、とそんなことを考えたのではないか？　夕子はふとそんなことを思ったが、これはたんなる想像にすぎず、霊太郎にも軽々しく話していいことではなさそうだった。

船着場に着いた。どんこ舟のうえでは船頭が待っていて、夕子の姿を見て、笠をぬいで挨拶した。

「これでいよいよお別れですね」

霊太郎が夕子にカバンを渡した。そして、ふいに顔を寄せると、これまでよりもいっそう低い声で、秘密めかして、こう囁きかけてきたのだ。

「守さんがチキリで殺されたのは、なにも奇をてらったわけではありません。非力な鈴さんには、ああでもしなければ、守さんの首を締めることなどできなかったからでしょう。ただ、鈴さんが蜘蛛手網で助川と死んでいたのはいかにも不自然です。もちろん鈴さんも助川と争ったにはちがいありませんが、鈴さんひとりで、助川を殺すことなんかできるはずがありません。誰かが鈴さんに手を貸したのではないでしょうか。火事の現場で、淳一郎さんの姿を見かけたという人間がいます。夕子さん、あなたも鈴さんを助けるために、火事のなかに飛び込んでいる。もしかしたら、あなたがた二人は、炎のなかで、鈴さんに会っているんじゃないですか？　あなたが何かをしたとは考えられない。いや、考えたくありません。しかし、淳一郎さんだったら、官憲を嫌っていたはずですから、鈴さんの話を聞けば、もしかしたら、もしかしたら――」

ふいに霊太郎は身をひるがえし、掘割から歩き去っていった。一度も振り返ろうとはしなかった。その後ろ姿が、風に吹かれて、なんだかとてもちっぽけで、孤独なものに見えた。

「お嬢さん、汽車の時間がありますから」

船頭がそう声をかけてきた。

「はい」

夕子はうなずき、どんこ舟に乗った。

船頭が櫓を漕《こ》ぎはじめた。その櫓の音を聞きながら、もう霊太郎には二度と会うことはないだろう、とそう考えた。

霊太郎にも、そして淳一郎にも、もう二度と会えない。あのとき、淳一郎は鈴に肩を貸しながら、炎のなかに消えていった。淳一郎もまた一度も振り返らなかった。淳一郎はあのときすべてを察したのだろう。鈴は異常だったかもしれないが、その異常な鈴に、自分も殉じるつもりになったのではないか。もしかしたら、霊太郎がほのめかしたように、淳一郎も鈴を助けて、助川を殺したかもしれない。だが、そのとき、淳一郎と鈴が滅ぼそうと考えたのは、助川ひとりではなかったはずなのだ。中島鎮夫を殺し、いままた淳一郎を押しつぶそうとしているこの時代、ふたりはそれを滅ぼそうとしたのではなかったか？

鈴はあのとき炎のなかでこういった。その声がいまも夕子の耳のなかに残っている。

……こんなにも目がおとろえ、耳も遠くなり、口にするのも悔しいほどの、ふがいない体になってしまったが、それでも自分には人の見えないものが見え、人の聞けないものを聞くことができる。

また、あの時代がやって来る。中島鎮夫を殺したあの時代がやって来る。わたしらを押しつぶそうと、その機をうかがっている。そう、北原白秋が「金魚」で歌ったように。

涙がこぼれる、
日は暮れる。
紅《あアか》い金魚も死《しィ》ぬ、死ぬ。
母さん怖いよ、
眼が光る、
ピカピカ、金魚の眼が光る。

この作品を書くにあたって、久保節男氏の『北原白秋研究ノート　I』（啓隆社刊）を参考にさせていただきました。お礼を申しあげます。

著　者

解説――異常な時代に生きるヒロインと探偵

文芸評論家　細谷正充《ほそやまさみつ》

探偵小説作家・山田正紀《やまだまさき》は、どの作品から始まったか。そんなことを考えたとき、パッと頭に浮かぶのが『人喰いの時代』である。SF同人誌「宇宙塵《うちゆうじん》」への参加を経《へ》て、「SFマガジン」一九七四年七月号に『神狩り』を発表して商業デビューを果たした作者は、以後、多数の作品を発表。優れたSF小説だけではなく、多彩なジャンルを横断しながら現在に至る。その中にミステリーも含まれる。『人喰いの時代』刊行以前にも、『ふしぎの国の犯罪者たち』『裏切りの果実』『たまらなく孤独で、熱い街』などの作品があるのだ。それなのに『人喰いの時代』を始まりの作品というのはなぜか。理由がある。『人喰いの時代』の「あとがき」を見ると、作者が現代ミステリーと探偵小説を、まったく別物だと思っていることが分かる。そして現代ミステリーと探偵小説の融合を考えるも上手《うま》くいかず、別々に書くことにしたそうである。そのような認識により上梓《じようし》された最初の探偵小説が『人喰いの時代』だったのだ。さらにいえば山田探偵小説の特徴として、事件や登場人物を通じて昭和という時代と向き合うことが挙げられる。この点も『人喰いの時代』で、明確に表明されていた。戦前の昭和の北海道を舞台とした連作は、各話の本格ミステリー度が高く、どれも面白く読める。しかもラストで、それまでの話を勢いよく〝ちゃぶ台返し〟してくれるのだ。読んでいて驚愕した記憶は、いまでも鮮やかに思い出せる。山田探偵小説の始まりの作品は、インパクト抜群であり、名探偵役である呪師霊太郎《じゅしれいたろう》の存在が記憶に刻まれたのである。

本書『灰色の柩《ひつぎ》 放浪探偵・呪師霊太郎』は、その呪師霊太郎が名探偵役を務める、シリーズ第二弾である。一九九〇年、徳間書店の冒険小説とミステリーのシリーズ「TOKUMA冒険&推理特別書下し」の一冊として、『金魚の眼が光る』のタイトルで刊行された書き下ろし長篇だ。『人喰いの時代』で、友人になった椹秀助《さわらしゅうすけ》と北海道でフラフラ暮らしていた、遊民の霊太郎。今回は雇われ探偵として、九州は柳河《やながわ》に現れる。といってもそれは物語の半ばになってから（それ以前に正体不明の人物として、ちらりと登場している）。彼は名探偵であっても、主人公ではない。ストーリーの中心になっているのは、青楓社《せいふうしゃ》という出版社に勤務する矢代夕子《やしろゆうこ》である。

昭和十二年の東京。結婚までという家族との約束で、青楓社で働く夕子は、大好きな北原白秋《きたはらはくしゅう》に仕事を依頼できてご機嫌であった。しかし人気絶頂の白秋は、眼底出血の診断を受けて入院。さらに青楓社には、白秋が中島白雨《なかじまはくう》から才能を盗んだという、脅迫めいた手紙が届く。送ってきたのは白霧《はくむ》という人物のようだ。

一方、夕子の父方の本家が、柳河で大きな造り酒屋をしていた。その綺羅《きら》家で、当主の鈴《すず》の亡夫が別の女に産ませた、岸森淳一郎《きしもりじゅんいちろう》という庶子が見つかる。鈴は淳一郎を相続人にしようとするが、弟の稔《みのる》と守《まもる》は大反対。親族会議が開かれることになり、夕子の父も参加が求められた。しかし弁護士をしている父は仕事で動けず、夕子が派遣されることになる。その綺羅家にも〝白霧〟の脅迫状が送られてきたそうだ。いったいどういうことなのだろうか。

このように始まった物語だが、夕子が柳河に行くまで、さらに一波乱がある。病室の白秋を見舞っていたときのことだ。右頬から顎にかけて、薄い傷あとが走っている若い男が顔を覗かせるも、すぐにドアを閉めて去っていった。そのとき白秋が「白霧」と呟いたのを聞いた夕子は男を追跡。新宿のアパートの一室まで追いかけるが、そこで毒殺された別の男の死体を発見する。さらに現れた傷あとの男は、奇妙な行動に出た。警察に連絡した夕子は、部屋で男と一緒に死んでいた金魚に強い印象を抱きながら、柳河に向かうのだった。

以上がプロローグである。夕子が柳河に行ってから、いよいよストーリーが大きく動き出す。階段から落ちて、ひとりでは歩けない鈴。ハイカラだが軽薄な稔。横浜《よこはま》で手広く商売をしている守と、新妻の信子。美男子だが、どこか陰のある淳一郎。不穏な空気の渦巻く綺羅家で、次々と殺人が起こり、なぜか死体は死んだ金魚を握っていた。まるで白秋の童謡「金魚」をなぞるように……。

非常に読みどころの多い作品だが、まずヒロインの夕子に注目しよう。都会で働く近代的（といっても時代の制約に囚《とら》われている）な女性が、地方の旧家に行き、怖ろしい事件に巻き込まれる。これはゴシックロマン、あるいは「もし私が知ってさえいたなら」などと語り手にいわせることでサスペンスを盛り上げるＨＩＢＫ（Had I But Known）派の作品を想起させる。意外と行動的な夕子の一挙一動から目が離せないのだ。

次に、横溝正史《よこみぞせいし》の「金田一耕助《きんだいちこうすけ》」シリーズの影響を挙げたい。ストーリーの流れや〝六《ろっ》騎《きゅ》〟という名の由来は『八つ墓村』、夜中の不思議な物音は『本陣殺人事件』、柳河での最初の殺人のトリックに関する場面は『獄門島《ごくもんとう》』を連想させる。『人喰いの時代』から金田一耕助的なところのあった呪師霊太郎だが、本書でさらに重なり合うようになったといえよう。

また、ミステリーの部分もネタが満載だ。北原白秋が絶賛した詩才の持ち主でありながら、露探《ろたん》と疑われて自刃した中島白雨（鎮夫《しずお》）は実在の人物である。それをミステリーのストーリーに、巧《たく》みに組み込んでいる。しかも起きる事件は、白秋の童謡「金魚」を使った見立て殺人だ。なぜ見立て殺人にしたのかなど、謎を論理的に解き明かす、霊太郎の推理にも痺《しび》れる。いい本格ミステリーを読んだと、満足してしまうのである。

だが本書の最大のポイントは他にある。留意すべきは事件の起きた時代だ。昭和十二年の七月に盧溝橋《ろこうきょう》事件が起き、日本は中国との戦争に向かっていく。『人喰いの時代』もそうだったが、戦争に覆われていく日本が、物語の時代となっているのだ。そこに作者は、明治三十七年の日露戦争を重ね合わせる。日露戦争が開戦した三日後に、白雨は自刃するのだ。ふたつの時代を重ねることで、繰り返される人間の愚行が強調され、昭和十二年の闇が際立っているのである。

さらにここに、本書を読んでいる私たちの時代を重ねることも可能だ。物語の中で、

「もしかしたら、この日本という国は、どんなに時代が変わったところで、異端者を受け入れない、偏狭な国でありつづけるのではないか」

と、夕子が考える場面がある。スリランカ人女性が、名古屋の出入国在留管理局で収容中に死亡した問題。あるいはインターネットで横行する、視野狭窄《きょうさく》な正義感による、他者への批判。令和の今でも、日本は偏狭な国であり続けているのではないか。ならば本書は読者の存在する時代も含めて、三重の重ね合わせが行われているのだ。優れた小説は、時代と呼応することによって、古びることはない。常に今の時代を重ねることのできる本書は、それを証明する一冊なのである。

もちろん昭和史と向き合った、他の山田探偵小説も、そのような作品だ。ではなぜ作者は、昭和史の発するメッセージを、探偵小説という形で表出させるのか。『人喰いの時代』で秀助が霊太郎について、

「いまにして思えば、霊太郎の犯罪捜査には急速に狂気を帯びはじめた時代のさなかにあって、必死に理性にしがみつこうとしているようなおもむきがないでもなかった。あるいは彼なりに歴史の流れに懸命に反抗しようとしていたのかもしれない」

と、考えている部分が答えといえないだろうか。論理によって謎を解明する探偵小説は、まさに理性の凱歌《がいか》の物語である。時代が狂気に向かうとき、最後までそれに立ち向かえるのは個人の理性。「呪師霊太郎」シリーズは、その戦いの記録といっていいのだ。そしてデビュー作である『神狩り』から作者は、神・権力・時代など、巨大な何かに挑み続けている。だから山田探偵小説を読むと、胸が熱くなるのである。

最後に本書以後のシリーズについて触れておこう。一九九四年に刊行された本格ミステリー短篇集『見えない風景』に書き下ろしで収録された表題作は、シリーズ番外篇というべきか。戦後を舞台に、三浦《みうら》半島の見える港で起きた事件が扱われている。二〇〇〇年から「文芸ポスト」に連載された『ハムレットの密室』は、戦時下の昭和十九年を舞台に、

自称探偵の呪師霊太郎が、新興宗教・月辰教《げっしんきょう》で起こる怪事件に挑む。ただしこの作品は二〇二一年現在、未刊である。そして二〇一六年には、戦後の北海道を放浪する霊太郎が、四つの不可思議な事件を解決する『屍人の時代』が刊行された。超スローペースだが、このように書き継がれているところを見ると、作者にとっても愛着のあるシリーズなのだろう。

だとすれば、また、霊太郎に会えるような気がしてならない。そしてそれは、今ではないのか。昭和史を剔抉《てっけつ》することは、現代を剔抉すること。コロナ禍《か》と東京オリンピックを巡る騒動で揺れ、政治家や権力者の愚昧《ぐまい》が露《あら》わになった令和の時代が、「呪師霊太郎」シリーズを求めているのだ。

（本書は『金魚の眼が光る』として、二〇〇三年四月に徳間文庫から刊行された作品を底本にしました。なお、本作品はフィクションであり、実在の個人・団体などとは一切関係がありません）

灰色の枢

一〇〇字書評

切り取り線

購買動機（新聞、雑誌名を記入するか、あるいは○をつけてください）	
□（　　　　　　　　　　　　）の広告を見て	
□（　　　　　　　　　　　　）の書評を見て	
□ 知人のすすめで	□ タイトルに惹かれて
□ カバーが良かったから	□ 内容が面白そうだから
□ 好きな作家だから	□ 好きな分野の本だから

・最近、最も感銘を受けた作品名をお書き下さい

・あなたのお好きな作家名をお書き下さい

・その他、ご要望がありましたらお書き下さい

住所	〒				
氏名		職業		年齢	
Eメール	※携帯には配信できません	新刊情報等のメール配信を 希望する・しない			

この本の感想を、編集部までお寄せいただけたらありがたく存じます。今後の企画の参考にさせていただきます。Eメールでも結構です。

いただいた「一〇〇字書評」は、新聞・雑誌等に紹介させていただくことがあります。その場合はお礼として特製図書カードを差し上げます。

前ページの原稿用紙に書評をお書きの上、切り取り、左記までお送り下さい。宛先の住所は不要です。

なお、ご記入いただいたお名前、ご住所等は、書評紹介の事前了解、謝礼のお届けのためだけに利用し、そのほかの目的のために利用することはありません。

〒一〇一-八七〇一
祥伝社文庫編集長　坂口芳和
電話　〇三（三二六五）二〇八〇

祥伝社ホームページの「ブックレビュー」からも、書き込めます。
www.shodensha.co.jp/bookreview

祥伝社文庫

灰色《はいいろ》の柩《ひつぎ》　放浪探偵《ほうろうたんてい》・呪師霊太郎《しゅしれいたろう》

令和 3 年 7 月 20 日　初版第 1 刷発行

著　者　山田正紀《やまだまさき》

発行者　辻　浩明

発行所　祥伝社《しょうでんしゃ》

東京都千代田区神田神保町 3-3

〒101-8701

電話　03（3265）2081（販売部）

電話　03（3265）2080（編集部）

電話　03（3265）3622（業務部）

www.shodensha.co.jp

印刷所　萩原印刷

製本所　ナショナル製本

カバーフォーマットデザイン　芥 陽子

 ISBN978-4-396-34741-3 C0193

〈祥伝社文庫　今月の新刊〉

越谷オサム

房総グランオテル

季節外れの海辺の民宿で、人懐こい看板娘と訳ありの宿泊客が巻き起こす、奇跡の物語。

宇佐美まこと

黒鳥の湖

十八年前、〝野放しにした〟快楽殺人者が再び動く。人間の悪と因果を暴くミステリー。

柴田哲孝

五十六　ISOROKU

異聞・真珠湾攻撃

ルーズベルトの挑発にのり、遂に山本五十六が動き出す。真珠湾攻撃の真相を抉る！

森谷明子

矢上教授の夏休み

「ネズミの靴も持って来て」――謎が誘う秘密のひととき。言葉だけからつむぐ純粋推理！

山田正紀

灰色の柩《ひつぎ》　放浪探偵・呪師《しゅし》霊太郎

昭和という時代を舞台に、北原白秋の童謡「金魚」にそって起きる連続殺人の謎に迫る！

沢里裕二

女帝の遺言　悪女刑事《デカ》・黒須路子

手が付けられない刑事、臨場。公安工作員拉致事件の背後に恐ろしき戦後の闇が……。

小杉健治

鼠子待《ねこま》の恋　風烈廻り与力・青柳剣一郎

迷宮入り事件の探索を任された剣一郎。調べを進めると意外な男女のもつれが明らかに。

長谷川　卓

柳生七星剣《やぎゅうしちせいけん》

剣に生きる者は、すべて敵。柳生が放った非道なる刺客陣に、若き武芸者が立ち向かう！

辻堂　魁

寒月に立つ　風の市兵衛　弐

跡継騒動に揺れる譜代の内偵中、弥陀ノ介が襲われた。怒りの市兵衛は探索を引継ぎ――。